日曜の夜は出たくない

倉知　淳

JN225586

「だいたいお前さん達は想像力ってもんが足りなさすぎるよ、新聞や雑誌にひょいひょい乗せられて、やれ空飛ぶ人だ空中散歩者だってはしゃいでるんだから。もう少し頭使って自分の考えで物を云いなさいよ」そう言い放ったこの、仔猫みたいなまん丸い目をした童顔の小男こそ名探偵猫丸先輩その人である。いろんなところにひょっこり出没しては、おかしな謎を鮮やかに解き明かして去ってゆく、憎めない名探偵の最初の事件簿。コミカルな筆致とロジカルな推理で読者を魅了し続ける正統派の本格推理作家、倉知淳が本格的なデビューを飾った連作集であり、最後には驚愕も待ち受けています。

日曜の夜は出たくない

倉知　淳

創元推理文庫

NEVER GO OUT ON SUNDAY NIGHT

by

Jun Kurachi

1994

目次

この物語はフィクションであり、実在する事件・個人・団体等とは何ら関係のないことをお断りしておきます。

――著者

日曜の夜は出たくない

——心より祝福をこめて

空中散歩者の最期

こんな夢をみた——と云うとなんだか黒澤明《くろさわあきら》の映画みたいだが、とにかく僕はこんな夢をみた。

今話題の「空中散歩者」の夢である。

自分で云うのもどうかと思うけれど、元来が素直な性格であるし、比較的どんなことでも容易にすんなり受け入れられるタチでもある。口の悪い先輩などに云わせると「単純」であり「単細胞」ということになるそうだが、いかに連日新聞や雑誌で騒がれていてその影響を受けたからといっても、確かに三十男のみる夢としてはいささか幼稚だと云えなくもない。しかし男なんてのは幾つになっても、どんなに日常の繁雑さに忙殺されていたって、どこかしらロマンの尻尾を引きずって生きている動物である。僕がいい年をしてこんな子供っぽい夢をみたからといって、そう恥じることでもなかろう。

それは、こんな夢だった——。

○

深夜。

彼は空を見上げていた。

東京の空のこと、星は数少なく、月も朧《おぼろ》である。

都心からは少し離れた住宅街。ネオンの灯りとは無縁のこの街は、今、夜の帳《とばり》に包まれて静かに眠っている。

季節は春。

冬の間は辛かったが、いい季節になった。だから今日の彼は革ズボンにトレーナー、そしてスニーカーの軽装である。色はもちろんすべて黒。夜の闇に溶け込みやすいように――。冬場は革手袋にフルフェイスのヘルメットは欠かせなかったが、もうそこまで重装備をする必要もないだろう。

彼はそっと周囲を見渡した。

家々は灯りを消し、灰色の景色の中にうずくまっている。人通りもない。

よし、行こうか――彼はゆっくり深呼吸をし、彼の「力」を発動させた。

「力」が彼の全身を包み込むと同時に、すかさず真下に一Gの力場を加える。不用意に浮かび上がらない用心である。

もう一度辺りを確認し、彼はちょっとうなずくと、そのまま空の一点を見上げた。木の枝、電線などの障害物はなし。真下にかけていた一G分の「力」を抜く。全方向均等にゼロ――彼の身体は五センチ程、その場で浮き上がった。そして今度は真下の力場を一息にマイナスへ――瞬間、落ちるように、まさに落ちるように彼は、漆黒に近い濃紺の空の闇へと飛び上がった。

今立っていた地面がぐんぐん遠ざかる。

頬が風を切る心地よい爽快感。やはりヘルメットはやめておいてよかった。

三百メートルくらい上昇すると、彼はゆるりと弧を描くように水平飛行に移った。両の腕を横に広げ、顔を前に突き出し、一陣の風のように滑空する。

全身が空気を切り裂く。髪が煽られる。びゅうびゅうと耳許で風がうなる。

眼下には東京の夜の街——。

宝石をばら撒いたようなイルミネーションの海。あるいは赤く、あるいは青く、そして黄金色に——満天の星のごとくどこまでも続くきらびやかな光の洪水。歓楽街の灯りはひと固まりになって、豪奢な宝冠のように眩《まばゆ》くそびえ、高層ビルはクリスタルの輝く宝石箱、ハイウェイの光の帯は真珠のネックレスか——地上にいる時は想像もできない、あのごみごみと薄汚れた東京の夜の顔。どこまでも、限りなく美しい夜のネオンの街——。

もちろん彼は、この空中飛行は夜だけと固く心に決めている。昼は人に見つかる危険が高すぎる。昼間「力」を使うのは、上り階段をちょっとサボってみたり、歩道の長い距離を少しだけ横スライド移動するくらい——無論誰もいないところに限ってである。それもいくらか早足に思えるくらいのスピードで。彼は他の誰にも、自分のこの能力を知られるつもりはなかった。この「力」を世間に知られたら、興味本位で無神経なマスコミだの「力」を解明しようとする学者だのが、それこそ雲霞《うんか》のごとく押し寄せるに決まっている。そんな不粋な連中に、静かな生活をかき回されるなどまっぴらだ。自分の「力」は自らの楽しみにのみ使えば、それで充分ではないか。

だから今夜も彼は一人で、気ままな空中散歩を楽しんでいた。

高く、低く、速く、ゆるやかに——空気が彼の周りで波のようにうねり、風が彼の思うままに流れる。

飛び、滑り、旋回し——彼は気まぐれに空中を漂った。そして自由自在に飛翔する。何という大らかな解放感。広い夜空のまっただ中にたった一人。そうしてすべての空が彼のためだけにある。

世界を我が物にした気分。

すべてのネオンサインは彼のためだけにまたたき、すべての風は彼と共に走る。

彼は、夜空の帝王だった。

おそらく、この「空とぶ」ことに関しては彼が史上で一番の能力者であろう。

記録に残されている「飛ぶ人間」——十四世紀の聖テレサも十五世紀の聖ジョセフも、能力こそ持っていたが、自らの意思でコントロールできないお粗末な「力」だったようだ。彼らは宗教的恍惚感に浸った時のみ、思いがけず空中に飛び上がるだけだった。聖テレサは「飛翔」が終わるまで、姉達に押さえつけてもらわねばどうにもならなかったそうだし、聖ジョセフに至っては、自分の能力を恥と考えていたらくだ。彼の能力の足許にも及ばない。現代のヨギ——すなわちヨガの行者の浮遊能力も、杖にすがって地面から数メートル浮くだけの、彼にとっては児戯にも等しい、人々を驚かす効果しかない他愛ない「力」だ。一八六〇年ごろ活躍し、多くの文献に名を残す霊媒D・D・ホームでさえ、天井に昇ったり、十三メートルの建物の窓から出て別の窓から戻る——そんなちゃちな能力しか保持していなかった。

彼の「力」は、歴史上のいかなる「鳥人」の能力をも遙かに上回っている。

史上最高の能力者——彼の能力は、自分の身体にかかる重力をコントロールする力なのだ。

彼の方法は——進行方向に重力をかけるのではなく、まず「力」を発動させて全方向に同量の重力をかける。そうすることによって彼の身体は全方向から引っぱられ、その場に静止する。それから進みたい方向と反対側の重力を、ゼロからマイナスにかけるのである。これでバランスが崩れ、進行方向への重力だけが過多になって身体がブレることなく進むことができる。この方が、進行方向へだけ重力をかけるやり方より、身体に負担をかけずにハイスピードを出すことができるのだ。無論これは単純に図式化しただけのことであり、実際にはもっと微妙で複雑なコントロールを絶えず無意識に行っている。彼はこの方法を独自に開発し、今では鳥よりも自在に飛べるようになっているのである。

さて、今夜はどこへ行こうか——。彼はゆっくり旋回すると、高層ビルが建ち並ぶ方角へと進路を取った。

ビル群へ向けてうねうねと、金粉を蒔き散らす蛇でも通った跡みたいな、ひときわ輝くハイウェイが進んでいる。彼は、その地上にきらめく銀の道に沿って飛んでみた。高層ビルの群れ——巨大な黒い固まりが威圧するように眼前に迫ってくる。その一つの屋上の端っこにちょこんと腰かけ、一服しながら夜の景色を眺めるのが彼は好きなのだ。

夜景に飽きたら少し低空で飛んで、一般の人間どもの営みを覗くのも悪くない——。

事実、人々は空からの「訪問者」に対して呆れるほど無防備なのだ。

高層ホテルの窓、マンションのベランダ、大邸宅の二階——人々が密室だと信じているそれらの場所など、彼にとってはほんのちょっと、通常人が石段を一段上がるくらいの労力で踏み込むことができるというのに——。そうした彼専用の「訪問口」から彼は金を手に入れ、好奇心を満たし、時には笑いをこらえるのに死ぬほど苦労するような珍妙な場面を観賞することもできる。

金は、まだいいか——。低空飛行に移りながら彼はそう思った。

彼の能力をもってすれば、たやすく神出鬼没の大怪盗にもなれるのは判りきっているが、彼は当座の生活費を「頂く」だけで満足している。この空中散歩に比べれば、他の人生の目標など取るに足らないものだ。大怪盗などケチくさい。ひとたび飛び立てば、夜の街を丸ごと手中に収め、全世界の帝王になれるのだから。

低空飛行——。

街並みをジグザグに縫って——。街灯すらまばらな小さな街。頬を叩く風。全身を貫くスピード感。最高の気分。

その時——思いがけないことが起こった。

何かが彼の頭に当った。

衝撃。

目まい——。

烏《からす》だった。

烏といえども夜ともなれば、普通は巣で寝ているはずなのに——。

何たる偶然。何という邂逅。世界でたった一人の「空中散歩者」の軌跡と、不眠症の鳥のそれがたまたまぶち当るとは。

天文学的な確率の偶然――時として人は、これを神の摂理と呼ぶのかもしれない。人類に与えられた能力の限界を著しく逸脱してしまった彼への、神に近づきすぎてしまった彼への、天からの鉄槌。

その瞬間、彼がスピードを上げすぎていたのが不運だった。闇夜に鳥の譬《たと》えのごとく、接近してくる黒い鳥が見えなかったのも不運だった。

何だ、今のは――それが彼の、この世で最後の意識だった。

彼は脳震盪を起こし気を失った。同時に彼を取り巻いていた力場が乱れ、彼の身体は自然の法則に従うことを余儀なくされた。彼は地上へと落下していき――。

○

――そんな夢だった。

○

春眠をむさぼっていた所轄署の刑事達が、不粋な電話のベルに叩き起こされて現場へ到着したのは、ようやく白々と朝日の気配が街に満ち始めた頃だった。

私鉄沿線の小さな街。

新都心のベッドタウンとはいえ、急行の停まらない駅であり、駅前のメインストリートもせいぜいが二車線といった小さな街である。事件現場は、その主要道路の一本奥の通りだった。駅から五百メートルも離れているから、もはや住宅街の中の私道と化している裏通りだ。そこに大量の血液を派手にぶちまけて、ぺっちゃんこになった男が倒れている。

爽やかな春の夜明けにはいささかそぐわない光景ではあるが、他人の凄惨な死に慣らされている捜査員達はあくびまじりに朝の挨拶など交わし、朝っぱらから駆り出された不平をこぼし合っていた。まだ本庁のお偉いさん達がご到着あそばす前だから、多少だらけていても係長も大目に見てくれるだろう。それにベテラン捜査員達には経験からくる余裕があった。この一件は割合早く片がつく、と。

血痕を踏まないよう気を配りながら死体の傍らに立っていた中年刑事も、そう考えていた。彼の立っているすぐ近くに四階建てのマンションの入口があり、ふり仰げば規則正しく並んだベランダと、屋上の柵が見える。

間違いない、あそこから落ちたのだ――刑事はそう確信していた。

鉄筋四階建て。名前は「ダイワマンション」。屋上から地上まで約十メートルほど。人が死ぬには充分な高さだった。血の飛び散り具合からすると、二階や三階ではない、少なくとも四階かそれとも屋上から落ちたのだろう。

自他殺の別は今のところ判らないが、いずれにせよこのマンションの住人達と無関係ではあるまい。マンションを調べて被害者の身許を割り出し、目撃者を探し、住人と関係者を洗えば

——簡単に片がつく。刑事はそう考えていた。覚悟の自殺か痴情のもつれの殺人か、怨恨の果ての殺しかはたまた金目当ての犯行か、どのみち近い未来にはファイルの一冊に収まって忘れ去られてしまうであろう小さな事件だ。

そして、マンションの管理人に朝駆けをかけた若い刑事が、「一階の玄関も屋上への出入口も施錠されておらず誰でも出入りでき、住人は皆それを知っていた」との報告をもたらすと、彼の確信は益々深まった。死体のそばに落ちている鳥の死骸が幾分気にかかりはしたが——。

ところが調べが進むにつれて、刑事達の表情から余裕の色が拭い去られることになる。

まず解剖の結果報告が彼らの眉をしかめさせた。

死因は、誰もが予想したように紛れもない墜落死だったが、それが二十メートル以下の高さから落ちた結果ではあり得ない、となっていたのだ。死体の落下時の損傷は、二十メートルを超える高さから落ちたことを物語っている——。もちろん現場地点に落ちたことは云うまでもなく、他の場所から移動された形跡もなければ、現場のアスファルトには落下跡が明瞭に残ってもいる。

ダイワマンションの高さは、屋上のテレビアンテナを含めてどう頑張っても十メートル五十センチ——これではどうしたってダイワマンションから落ちたとは考えられない。

刑事達は困惑した。

付近に該当する高さの建築物など見当らないのだ。高い樹木や高圧線の鉄塔、火の見櫓《やぐら》の類などもない。近くで一番高いのは「釜谷《かまたに》第三ビル」という、サラリーローンや宅配便会社の事務所等が入っている雑居ビルだが、これとて高さ十五メートル五十センチ——及第点にはほど遠い。おまけにこのビルは墜落現場から見ればダイワマンションの向こう側に、しかも大通りを間に挟んで建っているのだ。近辺で二十メートルをクリアできるのは、駅ビルの「ノアノア西急《せいきゅう》」しかない。地下に食料品売場、地上八階の全フロアーに七十六のテナントが入り、屋上にはちょっとした遊戯施設もあるショッピングセンターで、高さが二十六メートル八十三。しかしこれは現場から五百メートルも離れている。

異様な事態であった。

死因が判っているのに死亡方法が判らない——。犯罪という、謂わば世の中の変事に通暁しているはずのベテラン刑事達にとっても、かつてないケースだった。死者は確かに存在しており、死因もはっきりしている。ところがその人物がどうやって死んだのかが判らないのだ。しかも簡単に判明すると高をくくっていた、死者の身許すらなかなか判らない。

死体は己の立場を語る物を何ひとつ所持していなかった。

男性。身長一六五センチ、体重五二キロ。推定年齢二十から三十五歳。血液型AB・RHプラス。特徴となる傷痕または手術痕等なし。指紋照会による前歴者リストに該当なし。下顎右側第三大臼歯及び上顎左側中切歯にアマルガム充塡による治療痕あり——現在都下の歯科医院に協力を要請、調査中——。黒の革ズボン、黒のトレーナー、黒のスニーカー着用——製造販売元は特定できず。所持品は現金で八千三百六十円のみ——千円紙幣八枚、百円硬貨三個、五十円硬貨一個、十円硬貨一個——むき出しのままズボンのポケットに入っていた。

ダイワマンションの居住者との関連は、それこそ砂漠から一粒の砂金を探し出すような執拗さで調べられた。それでも死んだ男との繋がりは発見されないでいる。

目撃者も皆無。ただ、ダイワマンションの三階に住むサラリーマン（四十二歳）が夜中に短い悲鳴のようなものを聞いたような気がすると証言したが、半分眠っていたので時間すらはっきりしない。

初動捜査は暗礁に乗り上げ、捜査本部に焦りの色が見えてきた。

現場周辺の調査を担当していた班は建築物を諦め、死者が現場「上空」までやってきた経路を「空」に求めた。

飛行機、ヘリコプター、飛行船、及び気球――民間機、チャーター機、個人所有のセスナに至るまで徹底的に洗ったが、結果はむなしかった。どこの管制塔のフライト記録を見ても、事件当夜現場空域を飛んだ機はなかったし、だいいち夜中に住宅地を二十メートルの低空で飛ぶなど、件の被害者と心中する気でもなければどんなパイロットでも尻込みするはずである。

捜査員達の間で「あのガイシャは自分一人で飛んできて勝手に墜落したんじゃないか」という笑えない冗談が横行した。それを口にする時、誰の脳裏にもあの、死者の近くに寄り添うように落ちていた烏の死骸の映像がよぎっていた。

最後の頼みの綱は――冗談ではなく――自力で飛ぶ機械だった。

ハンググライダー、パラセーリング――。

もっとも現場にはこうした機材のかけらすら残っていなかったが、墜落後、何者かが片づけたという想定に基づいた上での仮説である。この線については現在も捜査中だが、途中経過ははかばかしくないようだ。この種のスポーツは独学で習熟できるものではないし、機材もスキーやゴルフのそれのように手軽に買えはしない。もし死者が経験者ならば、必ずどこかの同好会なりクラブなりに所属しているはずである。決して数多くはない、空のスポーツを楽しむ「鳥人」の集まりからも、今のところ有力な情報は得られていないようである。

○

最初にこの事件を大きく取り上げたのは、ユーモア溢れる創作記事と思わせぶりな一面見出しが十八番の、ある夕刊紙だった。「鳥人・墜落死」と例によって大見出しの下に申し訳程度のクエスチョン・マークを入れる手法で、ご丁寧にも夜の東京上空に人間の影が滑空している合成写真まで載せていた。

その記事を皮切りに「空中散歩者」は一躍時の人、話題の的となる。

ある週刊誌は空飛ぶ人間の夢とロマンを強調し、ある新聞は警察の捜査能力を批判し、またある雑誌では空中からの覗き見趣味を面白おかしく書き立て——誰しも幼い頃一度は想い描いた、鳥のように大空を飛び遊ぶ幻想を、人々の胸に淡い郷愁とともに甦らせた。

マスコミが騒ぎ立てたおかげで「鳥人」の身許はほどなく判明した。

一般公開された死者の顔——現物は墜落時に破損しており、到底公開に堪えられる状態ではなかったので、これはもちろん復顔された似顔絵だが——に市民の反応があったのだ。

死者の名は羽山圭一《はやまけいいち》。独り暮らしの三十四歳で、近しい身よりはいなかったようだ。住居は千葉寄りの下町にあるアパートで、現場となった街ともダイワマンションとも何の繋がりもない。資産があるでもないのに仕事をしていた様子はなく、どこから生活費を得ていたのか判らない。そして、よく夜中に出かけていたらしいとの近隣の人の証言もあり、その正体はやはり空中散歩者だったのだとの風評が高まった。

空中散歩者――彼はどこから落ちてきたのか――今もってその謎は霧の彼方である。

彼は本当に人類の奇跡なのだろうか。

人々の噂する通り、空中遊泳を楽しんでいる最中に何らかのアクシデントに見舞われて墜落したのだろうか――。

○

他人のみた夢の話を聞かされるのは、たいがい退屈でつまらないものと相場が決まっている。こちらがまだ観ていない映画のストーリーをこと細かに語って聞かせる手合いがよくいるが、あれと同じである。視覚的に――時には聴覚をも含めて――体験した事柄を言葉だけで表現してもらっても、聞き手にはいまひとつピンとこない。映画は、視覚を通じてスクリーン上の主人公と自己とを一体化させ、異世界の物語を疑似体験するのを旨とする娯楽だから、ストーリーだけを聞かされたって面白くも何ともない。いわんや夢においてをや――夢は映画以上に言葉で伝えにくい、いわば「雰囲気」をみるものだから、自分が感じた面白さを他人に向けて表現するのはどだい無理な話である。

しかし今日の僕の「空中散歩者」の夢は、大がかりな話の展開がなかったので簡潔に話せたのと、何よりタイムリーな話題だったので、猫丸《ねこまる》先輩も八木沢《やぎさわ》も割と興味深そうに聞いてくれた。

「へえ、面白い夢ですねえ、ディテールに念が入ってるとこなんか泣かせるじゃないですか」

と八木沢が、「特徴のないのが唯一の特徴」と学生時代から評されている、至って平凡な顔を何度もうなずかせながら云った。

「そうだろ、それにさ、すごくリアルだったんだ、飛んでて、こうビューンって風を切る感じとかさ、気分よかったなあ」

「それってあの感じですか、ほら、『スーパーマン』の特撮で飛ぶシーンみたいな」

「そうそう、あの感じあの感じ。あのテの特撮モン、結構好きだしな」

「僕も好きですよ、ああいう映画」

「あのイメージがどっかにあったんだろうな、それであんな夢になったんだと思う」

と僕と八木沢が盛り上がっているところへ、

「それにしてもお前さん、相変わらず単純だね、観た映画読んだ記事、みんなストレートに夢に出てくるんだから。そう単細胞だと夢分析もできやしないな、フロイトが泣くぜ、ああ私の一生を賭けた研究は何だったんだろう、って——。夢みるにしても、もうちょいと捻りってもんをつけられないのかね」

猫丸先輩が口を挟んだ。おどけた表情で煙草をくわえて——。この先輩はいつだってこうして人の話の腰を折るのだ。

むき出しの鉄筋と打ちっぱなしのコンクリートが、都会的で無機質な内装になっているショット・バーでの会話である。淡く薄暗い照明に、擦り切れたような古いジャズの音色がよく似合っている。鋭角的にぶった切った鉄材の洒落たテーブルに、僕と八木沢が並び、向かいには猫丸先輩が小柄な体をちょこりと落ち着けている。酒に弱い先輩の前には小振りのビールグラス、僕と八木沢は三杯目のハイボールに口をつけたところである。

猫丸先輩はいつもの人を喰った顔つきで煙草の煙を吹き上げながら、

「八木沢も八木沢だよ、そうやって人の夢の話聞いて、バカみたいに喜んでるんじゃありませんよ」

「はあ、すみません」

従順な八木沢は素直に頭を垂れる。

「だいたいお前さん達は想像力ってもんが足りなさすぎるよ、新聞や雑誌にひょいひょい乗せられて、やれ空飛ぶ人だ空中散歩者だってはしゃいでるんだから——もう少し頭使って自分の考えで物を云いなさいよ」

猫丸先輩は云い放ったが、慣れないネクタイなぞ首に巻いているものだから、口調にもうひとつ普段の毒気が感じられない。それにしても三十過ぎの大の男で、こうまでキチンとした服装が似合わない人も珍しい。僕も八木沢も今や立派な社会人だから、ごく自然に礼服を着こなしているが、猫丸先輩ときたら背中に鉄板でも入れているみたいだ。見ていてイヤになるほど似合わない。小柄で童顔なせいもあって、ほとんど七五三である。

この、スーツが似合わない、仔猫みたいなまん丸い目をした小男こそ、学生時代からの伝説の奇人変人なのだ――。

とにかく好奇心が旺盛で、その興味の赴くところ何にでも首を突っ込みたがる。怪しげなアングラ劇、アマチュア奇術クラブ、推理小説の同人誌に始まって、町内会の三味線同好会にお茶の教室、果ては何だか得体の知れない断食会に入って一ケ月も山籠もりする――。やることがまるで首尾一貫していない無茶苦茶な人で、おまけに口達者で人を煙に巻くのが大好きとくるから、付き合うこっちがくたびれることこの上ない。気のいい八木沢など、いつでもカモにされて途方に暮れている。いい年をして就職もしないで極楽トンボの毎日を過ごしているのも変人たるゆえんで、テレビにチョイ役で出ているのを数回、八木沢が編集者をしている推理小説専門誌に評論を載せているのを数回見かけたが、それだけで食っていけるとは思えない。どうやって生計を立てているのか皆目見当もつかない、まったくもって謎の人物と云うほかはない。

この変人先輩と僕、そして八木沢は、大学の年子の先輩後輩の間柄である。今日は僕と同期の男の結婚披露パーティーの帰り――なんでも婿養子に入る先がちょっとした資産家だとかで、花嫁側の出席者が百人を超し、花婿側があんまり少ないのもみっともない、と何でもいいから大量動員がかけられて、さほど付き合いがあったわけでもない僕達まで駆り出され、行ったはいいがべらぼうな会費の割には料理が貧弱で、なるほどこれが資産家になるコツかと一同納得し合い、二次会に学生時代の仲間だけでどっと居酒屋に繰り出して、妙におどおどしていた花婿の様子などをサカナに散々鯨飲馬食したあげく、帰り道が一緒の三人で軽く飲み直しと、このショット・バーに入ったのだ。

「まったく、お前さん達の単純垂直思考回路は少しは何とかならんのかね。もう三十路なんだからさ、ちょっとはしっかりしないと嫁の来手もないぞ」

猫丸先輩は自分のことはすっかりタナ上げして云う。僕はいささかむっとして、

「でも先輩、そう単純単純って云いますけどね、僕は先輩の云うほど単純でも単細胞でもないつもりですけど」

「へえ、それじゃお前さん、自分の頭が少しは複雑にできてるって云うのか」

「ええ、そりゃ先輩の妙なところで回転する頭脳ほどじゃないにしても、世間一般の人くらいには働いてますよ、僕の頭だって」

「何だよ、その妙なところで回転する頭脳ってのは——それじゃ僕が変わってるみたいじゃないか」

猫丸先輩は猫の目みたいにまん丸の瞳をぱちくりさせて云った。そのあまりの「いけしゃあしゃあ」ぶりに僕は言葉を失った。変人は自分が変人であると自覚していないからこそ変人である——。隣で八木沢が頭を抱えてため息をついている。

「何びっくりしてるんだよ。変わってるな、お前さん達は——」

猫丸先輩は、さっきから一向に減らないビールのグラスを舐めながら、

「まあいいや。それじゃ一つ問題を出そう、テストだ。お前さん達の頭が世間様並みかどうか、ちょっくら調べてみよう」

「テスト——ですか」

僕はギクリとした。このパターンで何度煙に巻かれ、からかわれたことか——。

「まあそうビクビクしなさんな、今日のは割と簡単だから」

猫丸先輩はにやりとして、

「まず洗面台に水をいっぱい溜めてな、水面が静かになるのを待って底の栓を抜く——水は排水口に流れていき、その時渦ができるわな。さて、ここで問題。この渦は右巻きか左巻きか、どっちだ」

今度は僕がにやりとする番だった。このクイズならば知っている。

「それ、日本でやった実験と考えていいんですか」

僕があごを撫でながら云うと、猫丸先輩はなぜだかもっとにやついて、

「ああ、そう考えて構わない」

「だったら簡単です。答えは左巻き、自然科学の常識の範疇ですね。確かコリオリとか何とかっていうヤツですよ。地球の北半球なら左巻き、南半球なら右巻き——小学生向けの科学の入門書にだって載ってますよ。これは地球の自転の影響で——」

「ほうら、やっぱり引っかかったよ」

猫丸先輩は半ば嬉しそうに、そして半ば呆れたように云った。

「思った通りだ。どうしてお前さんはこう何でもかんでも鵜呑みにしちまうんだろうね、物事少しは疑ってみるってことをしやしないんだからイヤになっちゃう」

「それじゃ——違うんですか」

八木沢も意外そうな顔で聞く。猫丸先輩は煙草をくわえてゆっくり火をつけると、

「違う。云ってみりゃこれは科学的迷信ってヤツでね、お前さん達みたいな質素な頭の連中が陥りやすい常識の罠なんだよ。これはな、『どちらとも云えない』が正解だ。そりゃ台風みたいな自然界の大きな渦はお前さんが云う法則に則って回るかもしれない。でもな、家庭用の洗面台とか風呂とかの小規模な排水は、そう通り一遍にはいかないんだよ。嘘だと思ったら自分でやってみるといい。これは種々の条件次第で右巻きだったり左巻きだったりと変わってくるんだ——洗面台の形状、その傾き具合、排水口の位置——物事は杓子定規にいかんってこった。世の中なべて何にでも例外ってのがあってな、事によると例外の方が多いってとんでもない場合だってある。表層だけ見てすぐに納得しちまうから、お前さん達はいつまで経っても進歩がないんだよ。群盲象を撫でるって譬えもあるだろう、一側面だけ見てちゃいかんってことだ。もっと大局に立って、広い視野で考えなくっちゃな。柔軟な思考で、とりあえず疑ってかかんなくちゃダメだってのは、今のクイズでも判るだろ。その辺のとこをお前さん達に判らせたくてこの問題を出してみたんだ。そもそも、お前さん達ときたら——」

「問題っていえば、例の『空中散歩者』の事件もちょっとした問題ですよね」

賢明にも八木沢が無理やり話題をねじ曲げた。放っておくと猫丸先輩、いつまで一人で喋っているか判ったものではないのだ。僕もすかさずそれに乗って、

「そうそう、ホント不思議な問題だよな」

「でしょう。高い所なんてないのに墜落死したんですから」

「本当に空飛んできて落ちたとしか見えない状況だしな」

「先輩の夢も、あながち笑い話じゃ済まないかもしれませんよ」

「まあ僕の夢はどうだっていいけどさ——でも不可解だよなあ、警察だってまだ解決できないでいるんだろ」

「ええ、まだです。どうです猫丸先輩、先輩のその常識にとらわれない発想で、何かヒントだけでも思いつきませんか」

八木沢が水を向けると、猫丸先輩は露骨に顔をしかめて、

「お前さん達はまだそんなこと云ってるのかよ。今云ったばっかりだろ、何でもかんでも鵜呑みにするなって」

「でもこの事件はどっからどう見たって不思議じゃないですか」

と僕は主張した。

「周りに高い場所がなくって墜落したんだから、これは不思議ですよ」

「そうやって不思議だの提灯だのって云ってるだけじゃどうにもならんだろうに」

「別に僕は提灯だなんて云ってませんけど」

「イヤな男だね、お前さんは、人の揚げ足取って。ただの言葉の遊びじゃないか」

「でも――」

「でも行灯もありませんっ」

「それじゃ猫丸先輩、先輩は何か考えがあるんですか」

珍しく八木沢が不満げな声で云う。

「何だよ、お前さんまで烏天狗みたいに口尖らせて――。そうさな、あの事件か――」

猫丸先輩は少し困ったように首をかしげ、

「――気に入らないね。僕はな、天文学的な確率の偶然なんて信じないし、お前さん達が云うような神の意志なんてのがこの世にあるとは思えない。だいいち僕は数学に弱い」

例によってとんちんかんなことを云い出す。数学に弱い、とは何の話だ。僕と八木沢は思わず顔を見合わせる。

当人の云う通り、異常なまでの好奇心の持ち主のくせに、興味のない分野に関してはきれいさっぱり無知蒙昧な猫丸先輩であり、特に機械や数字関連にめっぽう弱いのは、仲間内では有名である。切れた蛍光灯を取り替えられずに、一週間も蠟燭の灯りで暮らしたというエピソードもある。雑多な知識と器用奇天烈を誇る先輩のウイークポイントで、機械と電気には強い僕が唯一太刀打ちできる分野なのだ。

しかしどうして今そんなことを云うのか。「鳥人」の話をしていたはずなんだが――。

「あの――猫丸先輩、何の話をしてるんですか」

八木沢もおずおずと尋ねる。

「何って、空中散歩者の話だろ」

当り前だという風に猫丸先輩は、

「それにさ、その何とかってビルのセキュリティシステムが実際にはどうなってるのか判らなきゃ仕方ないじゃないか。それから、これは多分、脱税とか、ひょっとしたらもっと大ごとで、政治がらみの闇献金とか何とかが引っかかってくるかもしれないだろ――どっちにしろそういう不透明な部分が出てきそうだからな、僕はますます気に入らないんだ」

僕は、また八木沢と顔を見合わせた。

「あの、何の話をしてるんですか」

「だから空中散歩者の話だろ――ああ、もうじれったいな、お前さん達は。本当にぜんっぜん判ってないのかよ」

「はあ、判ってませんけど」

「あの男がどこから落ちたかすらも判んないってのか」

僕は仰天して飛び上がった。まるで猫丸先輩には判っているような口ぶりではないか。

「そ、それじゃ先輩は知ってるって云うんですか」

「どうして知ってるんですか、そんなこと」

八木沢も興奮している。しかし、猫丸先輩はうるさそうに手を振って、

「そうやって二人揃って大きな口開けて喚き立ててるんじゃありませんよ、スズメの子じゃない

んだから」

「そんなことどうでもいいですっ」

「そうですよ、そんなことより教えてくださいよ、事件のこと」

僕達は、再度二人揃って喚き立てた。

猫丸先輩は迷惑そうに、

「どうして判んないのかなあ、高い低いはお前さんの専門だろうに――ほら、昔っからいうだろ、煙と何とかは高い所が好きだって」

と、僕のあごの辺りを丸い目で見て、

「そりゃまあ、教えてもいいけど――さっきも云ったようにだな、この一件は色々不確定要素があるからすっきりした解答は出ないんだよ。それに僕は数学弱いからちょいと説明に困るんだよなあ――」

またわけの判らないことを云って渋っている。すると八木沢がおもむろにテーブルの上の伝票を引っ摑んで、

「教えてくれたら、ここの払い、僕が持ちます」

「さて、この事件のポイントは死者がどこから落ちたのか、にあるわけだ」

いきなり本題に入る。現金な人である。

「その前に、ここで一つ考えてみよう――もし人を殺すとしたら、相手が普通の状態にある時と危険な状態にある時とどちらを選ぶか――例えば、狙う相手が草原で寝転んでいる時と、電

車が入ってくる直前のプラットホームのへりで逆立ちしている時と、お前さんだったらどっちを選ぶ」

と猫丸先輩は、細い指に挟んだ煙草の先を僕に向けた。

「ホームで逆立ちする人は普通あんまりいないと思いますけど」

「例えばの話だよ、これは。お前さんもいちいちうるさい男だね」

「そりゃ——まあ、逆立ちしてる時、でしょうね、ほんのちょっと押しちゃえばいいんですから。そんな危ないことする人は普通いませんけど」

「要らんことは云わんでいいってば。八木沢はどうだ」

「はあ、僕も同じです」

「よし、それでいい、こいつを心に留めておいてくれ。さて、次にだ、解剖学的にみて、人間に自力で飛ぶ機能がない以上、例の死者が何らかの道具を使ったのは明白だよな」

猫丸先輩は「空中散歩者」のロマンをあっさり否定してしまう。

「そしてその道具が現場に残っていなかったんだから、何者かがこれを持ち去ったと考えるのが妥当だ」

「誰なんです、それ。そいつが犯人で——やっぱりこれは殺人だったんですか」

八木沢が聞いた。猫丸先輩は眉の下まで垂れた前髪を揺らして首を振り、

「順番に話すから黙って聞きなさいよ。この一件はな、ある人物がそういう行動——楽な状態で殺人を犯し、道具を持ち去ったからこんな不可解で変テコな状況になった、と、ただそれだ

けの事件なんだ。そう考えないことには辻褄が合わないからな、そいつを今から証明してやるよ。さて、事をややこしくしてるのは例の『落下』だよな――周りに高い所がないのに二十メートル以上の場所から落ちた――。こいつが真実の光から我々の目を曇らせる煙幕になってるんだが、こういう装飾に惑わされちゃいけない。これはつまり距離の問題なんだ。落下地点がその場所に間違いなく、その近くに二十メートル以上の高さの物がないなら、どこかからこの二十メートルという距離を稼ぎ出せばいいわけだ。それしか方法がないだろう。八木沢、何か書く物持ってるか」

さすが雑誌の編集者だけあって筆記用具は持ち歩いているらしい。八木沢はすぐに胸ポケットからボールペンを取り出した。猫丸先輩は礼も云わずにそれを受け取り、テーブルに備え付けの紙ナプキンを広げて、

「どうも気が進まないんだよな、数学弱いんだから――」

ぶつぶつ云いながら、恐ろしくヘタな絵を描いて僕達に示した。

「この小さい方の四角がダイワマンション、大きい方が、ええと何だっけ――釜谷第三ビルか。周囲に高い建物はこの二つしかない。な、こうして見ると明解だろ。釜谷第三ビルの高さAが十五・五メートル。そのビルが建ってる地上地点から、大通りを挟んでダイワマンションの向こうの落下地点までをB、そして釜谷第三ビルの屋上から落下地点までをCとする――。この辺Bが何メートルあるか判らないし、三角形の辺の長さがどういう式でどうなるかなんて僕は知らんけど、とにかくこうなれば辺Cは二十五メートル以上にはなるだろう。従って、お前さ

ん達が惑わされている見せかけの高さ、二十数メートルDというのは、実際は辺Cの長さだったわけだ。これで二十数メートル分の衝撃が人体に加わる――もっとも斜めだったから衝撃はいくらか緩和されて、二十メートル程度だと推測されたんだろうな」

「それじゃ――鳥人は斜めに落ちたって云うんですか」

八木沢が素っ頓狂な声をあげる。猫丸先輩はまん丸の目をくるりとそちらに向けて、

「そういうことだ。他に足場がないんだからこう想像するほかないだろう」

「でも、そんな――人間が斜めに落ちるなんてことあるはずないでしょう」

僕が抗議すると、猫丸先輩は憐れみのこもった表情で、

「まだそんな寝とぼけたこと云ってるのか、お前さんは。何のために僕がこんなものを描いたと思ってるんだよ。よく見なさいよ、そのためにここにこうやってダイワマンションっていう中継地点があるんじゃないか」

僕はもう一度さっきの図を見直した。なるほど辺Cはダイワマンションの角をかすめている――。

「な、お前さん達の粗雑な頭でももう判っただろ。鳥人間は、釜谷第三ビルの屋上からダイワマンションの屋上までロープを伝って降りようとしたんだ。斜めにスーっと――ロープウェイかレインジャー部隊よろしく――しかし現実には彼の計画通りにいかなくて、今回の妙チキリンな墜落という結果になったわけなんだ」

「でも――一体、何のためにそんな――」

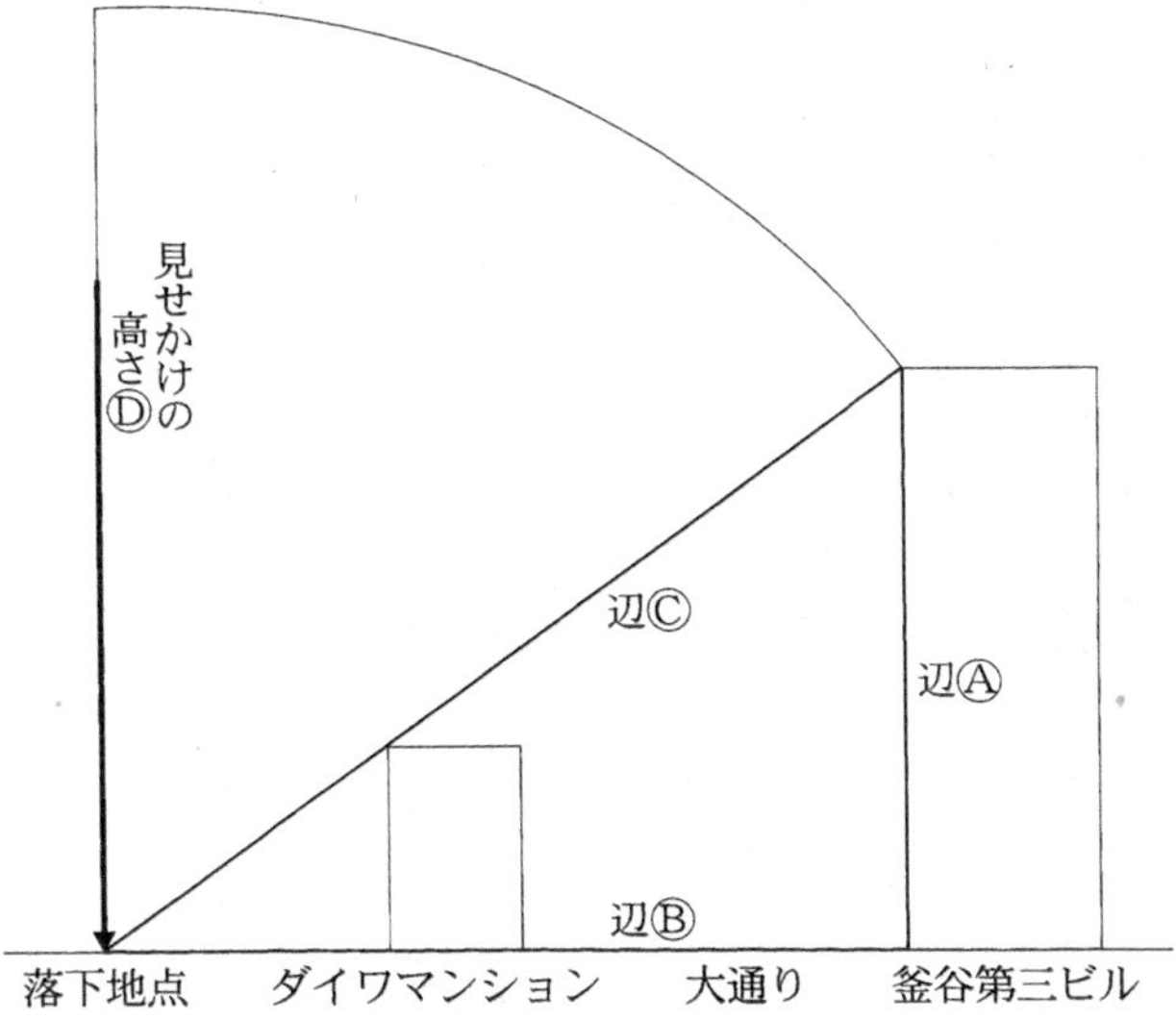
見せかけの高さⒹ
辺Ⓒ
辺Ⓐ
辺Ⓑ
落下地点
ダイワマンション
大通り
釜谷第三ビル

八木沢がぼんやりした声で云った。

「そう、そいつが問題だ。鳥人間はどうして夜中にそんなサーカスまがいの真似をしなくちゃならなかったのか——ここで彼の日常がポイントになってくる。鳥人間は仕事をしているようでもなく、それでいてどこかから生活費は得ていた。夜になるとよく出かけてもいた——」

「泥棒——ですか」

僕は思わず呟いていた。猫丸先輩は丸い目で、面白そうに僕のあごの辺りを見て、

「泥棒なんていうと何となくイメージが古くさいな、それじゃ頬っかむりして唐草模様の風呂敷担いでるみたいだぞ——せめてプロの窃盗犯くらいは云ってくれよ」

「はあ、すみません」

「鳥人間——窃盗のプロの彼は、生活費を盗みで得ていたんだろうと思う。お前さんの夢もまるっきり荒唐無稽だったわけじゃないようだな。きっとお前さんも無意識に、彼が金を得ていた方法を考えていたんだろう。それが表層心理を突き破って、ひょいっと夢に出てきたんじゃないか」

「ははあ、なるほど」

どうやら先輩、最近は夢分析に凝っているらしい。まったく色々な趣味のある人だ。

「彼の専門はビル荒らしだったんじゃないだろうか、と僕は想像する。そして事件当夜の目標は釜谷第三ビルだった。彼はプロだから事前の下調べも怠らなかっただろう。だから多分、釜谷第三ビルのセキュリティシステムを調べた結果、夜になると出入口が完全にロックされてど

こからも出入りできないことを知ったんだろうと思う。そこで鳥人間は昼のうちにビルに入り――雑居ビルだから誰が入ってきても問題にはならないから――内部が無人になるまでどこかに隠れていた。辛抱強く夜を待ち、人気がなくなってからごそごそ這い出して首尾よく仕事を終えると、屋上へ上がってそこから脱出を図ったわけだ」

「ダイワマンションの屋上までロープで滑り降りようとした――」

と八木沢が云った。

「そういうこと。釜谷第三ビルから直接地上にロープを垂らして、垂直に降りる方法も考えられるけど、表通りに面しているビルだから、いつ人や車が通りかかって見咎められないとも限らない。だから、裏通りに出口があるダイワマンションの屋上へ一旦逃げることにしたんだろう。もちろんマンションの屋上には鍵がかかってないのも、事前にチェックしてあった。さて、こうなるとダイワマンション側にいて、鳥人間をアシストする仲間がいなければおかしくなってくる」

「仲間――が、いたんですか」

と、僕。

「当り前だろう。昼間のうちから脱出用のロープなんて張っておけるわけないじゃないか。彼らは仕事が完了してから、闇に紛れてロープを張ったんだよ。昼間、大通り越しに、ビルの屋上から屋上へロープが渡してあったら誰だって不審に思うぜ」

「そりゃそうですす」

「となると、釜谷第三ビルの屋上にいる鳥人間一人じゃこの作業ができないのは道理だろう。どうしたって、ダイワマンションの屋上にいて、そっち側にロープを括り付ける役の人間がいなくちゃ筋が通らない」

僕と八木沢は、揃って無言でうなずくしかなかった。

「さあ、そうやって準備を調えた鳥人間は、まず盗んだ獲物をロープに通して、釜谷第三ビルからダイワマンションへと滑らせる。荷物が無事着いて身軽になったら、今度は鳥人間が逃げる番だ。腰に頑丈なベルトと滑車をつけて――まあ、どういう装備だったかは判らないけど、きっとそんな道具を使ったことだろうな。しかし、いつもはこうして楽々逃げ延びる鳥人間だったが、この日ばかりはそうはいかなかった――仲間が裏切ったんだ」

「仲間割れ――」

「そう、仲間割れだ。原因なんて僕にゃ判らんが、前々から取り分で揉めていたのか、他に何か理由があったのか――とにかく共犯者は鳥人間を殺そうとしていた。鳥人間が危険な脱出を試みている時こそ、共犯者にとってはチャンスだったんだ」

「楽な殺人――ですか」

八木沢がため息まじりに云う。前髪をふっさりと上下させて猫丸先輩はうなずき、

「共犯者のしたことは簡単なことだった。まずあらかじめ、鳥人間の使う滑車のストッパーを壊しておいた。そして、鳥人間が勢いよく滑り落ちてきたら、タイミングを計って、ダイワマンションの屋上の端に結んでいたロープを一瞬でほどき、ロープのはじを外の空間へ向かって

放り出す――その瞬間、鳥人間の身体が上から滑り落ちてくる。ロープが緩んで屋上に追突しそうになったその身体を、えいやっと力任せにこれも外の空間に投げ飛ばす――勢いがついてるからそうバカ力が必要だったわけでもないだろう。加えて鳥人間は体重五二キロ、比較的痩せ型だった――哀れ、鳥人間はそのまま地上へ激突。とまあこんな次第さ。斜めとはいえ辺Cの距離を一気に滑り落ちたんだ、二十五メートル分の加速度がついていたから衝撃も激しい。充分二十メートルの高さから落ちた衝撃と同じくらいになってしまったというわけだ。それから、共犯者は死んだ鳥人間の体から道具をはずして持ち去った。なるべく事件の真相に気づかれないようにするために。本当は死体も何とかしたかっただろうけど、さすがにぐしゃぐしゃでどうにもできなかったんだろうな」

「あれえ、そうすると変ですよ――」

　と、八木沢が不思議そうに、

「だとすると、これは泥棒、いえ窃盗事件の末の殺人ってことになりますよね。それじゃどうして盗まれた方――盗難に遭った釜谷第三ビルの会社が届け出ないんですか」

　そう云えばそうだ。あの近くで同じ日にそういう被害があったのなら、警察もマスコミも「空中散歩者」の事件と結び付けて考えるはずである。そんなニュースは聞いた覚えがない。

　猫丸先輩は、あからさまに不機嫌な顔になって煙草の煙を吐き出し、

「そう、その辺が気に入らないとこなんだよ。盗難にあった被害者が届け出ない――これは被害者側にも後ろ暗いところがあるからに違いない。届けたくても届けられないんだ。脱税とか、

総会屋かヤッちゃんがらみの裏金とか——どっちにしろそういうキナくさい話になってきそうじゃないか。釜谷第三ビルに入ってるテナント、サラ金に宅配便会社の事務所——別に偏見で云うんじゃないけど、いかにもそんなことがありそうな業種だろ。無論、ビル荒らしの鳥人間達もそういう所だからこそ目を付けたんだろうが——いずれにせよ僕は気に入らんね、こんな事件は」

つまらなさそうに云って、とっくに気の抜けてしまったビールをちょっと舐めた。

「ねえ猫丸先輩、この話、警察にした方がいいんじゃありませんか」

僕がそう云うと、先輩はきょとんとして、

「どうして」

「どうしてって——今の推測、先輩が一人で考えたんでしょう。だったら警察に解決のヒントを教えてやればいいじゃないですか」

「何をお目出たいこと云ってるんだよ、お前さんは」

猫丸先輩は苦笑して、

「警察がこんな簡単な謎々くらいで頭抱えてると本気で思ってるのか。こんなことくらいとっくに判ってるよ、警察は——ただ、ややこしい金がからんでるから大っぴらに動けないし、発表もできない。そこが頭痛のタネだろうよ。いくらマスコミに無能呼ばわりされたって忍のひと文字、じっと耐えるしかないんだ。きっと今頃水面下じゃ凄まじいスピードで捜査が進んでいることだろう。僕の今の想像のスタート地点は、実はそこにあったんだ。どうして警察はこんな簡単な謎の解決を発表しないんだろう、これはもしかしたら何かそうできない事情があるんじゃなかろうか——そう考えてるうちに真相に気がついたってわけだ」

面白くもなさそうに云って、猫丸先輩はまたビールのグラスを舐める。それに倣って僕も八木沢も黙ってグラスに口をつけた。ハイボールは、もう最後のひと口だった。

「それで、あの鳥の死骸、あれは何だったんでしょうね」

しばらくの沈黙の後、八木沢がぽつりと云った。

「そう、あれがまた気に入らない。偶然——それも天文学的な確率の偶然——お前さん達に云わせると神の悪戯ってことになるんだろうけど——どうにも気に入らないね。あんな事件のあった場所に、たまたま何か別の原因で死んだ鳥が落ちてるなんて——とんでもない偶然だよな。こんな時——僕は思うんだよ、ひょっとすると本当に神様なんてのがいて、僕達人間の浅はかな知恵を嘲笑ってるんじゃないかって——。僕達の営みなんて何から何まで、彼にしてみればほんのささやかな、鱓《ごまめ》の歯軋り程度の行いでしかないんじゃないか——そんな気がしてね。どうにもやりきれないんだよ、僕は」

そう云って、いつになく陰鬱な猫丸先輩はまた新しい煙草に火をつけるのだった。

約束

麻由《まゆ》がその「おじちゃん」と初めて会ったのは二月の初め頃、木枯らしが吹きすさぶ寒い夕暮れ時のことだった。

その時の麻由は、まるで迷子の仔猫みたいに、とぼとぼと当てどもなく町をさまよっていた。もちろん麻由に家がないのでも、帰り道を忘れてしまったわけでもない。しかし、誰もいない家でひとりぽつんと両親の帰りを待つ心細さは、迷い猫の淋しさとも、とりとめのない不安ともよく似たものではあった。家に帰ってひとりでテレビを見てもつまらないし、それより無人の家の、あのしんとした闇のような静けさがたまらなく恐ろしくもあったのだ。

ひとりで当てもなく歩くのが好きな子供では、決して麻由はなかったけれど、うすら寒いひとりぼっちの家よりは、こうして身を切られるような寒風の中を、よその家の灯りを眺めて歩いている方がまだ幾らか好ましかっただけなのだ。

六角《ろっかく》公園——本当は「区立清《せい》の宮《みや》第三児童公園」という正式な名前があるのだが、この辺りの人は誰もそんな風には呼んだりしない。敷地が少しいびつな六角形をしているので、誰云い出したともなく通称「六角公園」。住宅街の中の、ほんのついでに造られたようなささやかな公園ではあったけれど、それでも陽だまりと土の匂いが失われた昨今の東京のこと、日中は子供を遊ばせる若い母親達や日向ぼっこを楽しむ老人達、そして公園の主役である近所の子供達によって、そこそこの賑わいをみせる——そんな公園だった。

麻由が、唯一頼りとする児童図書館から五時半の閉館と共に追い立てをくらい、もうすっかり暮れなずんだ町を、この公園に向かって歩いていったのは別段わけがあったのではない。昼間は確かにそこにあったであろう楽しさの残滓——その名残を求めて、人の温もりが恋しくて、麻由はひとりぼっちでそこに入っていったのである。

巻き貝の形をした滑り台、ブランコがふたつ、四畳半ひと間みたいな砂場、そしていくつかのベンチがそこここに据えられた——小さな小さな公園。その、入口に一番遠い奥の、六角形の角に置かれたベンチに「おじちゃん」はひとり静かに、そっと座っていた。

とうふ屋のらっぱの音も遙か遠く、灰色に近い茜色の空がゆっくりと夜へすり替わっていく、ブランコが風に煽られてキシキシと哀しげに泣いている——そんな二月の、寒い夕まぐれのことであった。

「おじちゃん」は何をしているという風でもなく、ただただ身じろぎもせずにベンチに腰かけて、彫像のように夕闇の中に身を置いているのだった。麻由も少し離れた場所に立ち尽くして、じっとその「おじちゃん」の様子を見ていた。

変なおじちゃん——最初はそんな印象だった。

年は麻由のパパと同じくらいだろうか——でも、パパよりずっと元気がなくて、疲れているように見えた。パパは「疲れた疲れた」と口癖みたいに連発するけど、酔っぱらって帰ってきて麻由を抱き上げてくれる時には、そんな口癖が嘘のようにご機嫌になる。でもこの「おじちゃん」は本当に元気がない——そう麻由は思った。そして何より「おじちゃん」が変だったのは、こんな所で何もせずに、ずっとぽつりと座っていることだった。

ネクタイをしている大人の人はみんな忙しいはずなのに——。パパも忙しい忙しいと云って、朝早く出かけて夜は遅くならないと帰ってこない。学校へ行く途中にすれ違うネクタイの大人達だって、誰もが急ぎ足で駅へと向かっている。「おじちゃん」もネクタイをしていて、ちゃんとした普通の大人なのに、麻由が知っている大人達のようにきびきびした行動的な感じがまるでしない。

しかしそんなことよりも、麻由が一番強く思ったのは、「おじちゃん」がとても淋しそうだったこと——。丸まったコートの背中も、軽く組んだ指の節くれだった細さも、疲れたように肉の落ちた頰も——もちろん麻由が、そのひとつひとつをつぶさに観察したのではないのだけれど、「おじちゃん」にまつわる空気の匂いが、淋しそうだと感じずにはいられなかった。

いつしか麻由は「おじちゃん」の背後にそっと忍び寄っていた。

いつもは引っ込み思案で、親類の叔父さんに話しかけられても満足な受け答えすらできないほどの麻由だったが、この時「おじちゃん」に麻由の方から言葉をかけたのは、その淋しそうな匂いに惹かれたからだったのかもしれない。

麻由は、「仲間」を見つけた思いだったのだ。麻由と同じ匂いを持つ「同族」を——。

「何、してるの?」

麻由の声に、「おじちゃん」は緩慢な動作で振り返った。その仕草にも、普通の大人のような力強さは感じられなかった。

「そこで何してるの?」

再び問いかけた麻由に「おじちゃん」はゆっくりと微笑みを返してきた。その微笑みもこの

「おじちゃん」に似つかわしい、淋しそうな、今にも泣き出しそうな、暗い湖の水面みたいな静かな微笑みだった。

「おじちゃんかい？　おじちゃんは——なんにもしてないんだよ」

「変なの」

「そう、変かもしれないね」

「どうしてなんにもしてないの？」

「どうしてって——。そうだね、ここでなんにもしないで、おじちゃんは待ってるのかもしれない」

「何を待ってるの？」

「時間が、過ぎるのを。ここでなんにもしないでいると、もしかして時間が早く過ぎていくんじゃないかって——おじちゃんはそう思ってね」

「変なの」

「そうだね、変だね。さあ、ここは寒いよ、カゼひくから早くお帰り」

「いやだ、帰りたくない」

「もう遅いから、おウチの人が心配してるよ」

「心配なんかしてないもん、パパもママもまだ帰ってこないもん、麻由、おウチに帰りたくないんだもん」

麻由が駄々をこねるように云うと、

「そうか、帰りたくないんだ――それじゃおじちゃんと一緒だね」

そう云って「おじちゃん」はまた淋しそうに笑った。

「だったら、少しここでおじちゃんとお話しようか」

「うん」

「おじちゃん」が座ったまま腰をずらしたので、麻由は何のためらいもなくベンチの隣に腰かけた。とたんにプラスチックの冷たさがお尻に沁み込んできたけれど、そんなことは苦にならなかった。

「麻由ちゃん――って云ったね、何年生？」

「二年生」

「どうしてひとりで公園に来たの？」

「だって――友達もみんなおウチ帰っちゃったし、塾行ってるコもいるし――」

「ひとりぼっちでつまんなかったんだ」

「うん」

「パパとママは？　お仕事？」

「うん、ママは七時になんないと帰ってこないし、パパはもっと遅いの」

「だからおウチに帰りたくなかったんだね」

「うん――おじちゃんも、おウチに誰もいないの？」

「おじちゃんの家は、おじちゃんとおじちゃんの奥さんとふたりだけだからね。でも麻由ちゃんはやっぱりおウチに帰った方がいいよ、だって、こんなに寒いんだから」

「いいもん、平気だもん」

麻由はお気に入りの、ふかふかうさぎの毛のついたコートの襟をかき合わせた。

「これ着てるとね、ちっとも寒くないの、カゼなんかひかないよ」

「そうか、それ、暖かそうだもんね」

「おじちゃん」は、麻由の赤いコートを目を細めて見て、

「でも、お手々が寒そうでかわいそうだね、これ、貸してあげるからね、はめるといい」

そう云って、グレーのコートのポケットから茶色の手袋を出して貸してくれた。パパがお休みの日に着る、牛のジャンパーと同じ匂いがした。

それからしばらく、麻由と「おじちゃん」はベンチに並んでお話をした。

担任の紅林《くればやし》先生はきれいで、すごく優しいの、だから麻由は大好きでね、それで紅林先生がこないだの図画の時間にね——。

美奈子《みなこ》ちゃんチはね、大っきな犬を三匹も飼ってるんだよ、それでチャンプって犬がね、犬のコンテストで賞状もらったんだって、そしたら美奈子ちゃんのママはね——。

清久《きよひさ》くんはすっごく意地悪なの、直美《なおみ》ちゃんの上履き隠したり、妙子《たえこ》ちゃんの髪の毛引っぱったりしてさ——。

お正月はね、お祖父ちゃんの田舎に行ったんだ、麻由はお餅みっつも食べちゃってね——。

麻由は、自分でも思いがけないほどよく喋った。いや——喋ることができた。

パパもママも忙しがってあまり相手をしてくれないし、学校でも麻由はどちらかといえばおとなしい、内気な子だったから、こんなに喋るのは久しぶりだった。「おじちゃん」は優しい――でも淋しそうな目をして麻由の話を聞いてくれた。夢中になった麻由が身振り手振りを交えるたびに、両手にはめた大きすぎる手袋がぱたぱたと音を立てた。

空はもうとっぷりと暮れ、夜の闇の気配が六角公園にも、冷たい空気を伴って忍び寄ってくる。六角形の中央にひとつだけ立った街灯が、ベンチに座る麻由と「おじちゃん」のシルエットを、植え込みのつつじの繁みに長々と伸ばしていた。

「あ、もうすぐ七時だ、早く帰らないとママが心配するよ」

「おじちゃん」が腕時計を街灯の灯りにすかして見て云った時も、麻由はまだ帰りたくなかった。まだまだ喋り足りない。「おじちゃん」に聞いてもらいたいことがいっぱいある。でもママが帰ってきて、家に麻由がいなかったら叱られるのは目に見えている。

仕方なしに麻由は立ち上がった。

「――うん、帰る」

ぶかぶかの手袋をゆっくり外して、「おじちゃん」に返す。「おじちゃん」は何も云わずに受け取った。それでも立ち去りがたく、麻由は少しの間もじもじしていた。そして、

「――ねえ、おじちゃん、明日もここに来る?」

思い切って尋ねてみると、「おじちゃん」はちょっと驚いたような顔になったが、すぐに麻由の云いたいことが判ったらしくにっこり笑って、

「うん、いるよ。麻由ちゃんも、明日も来るかい」

「うん、来る」

「だったらおじちゃん、ここにいるよ」

「本当？」

「本当さ」

「約束――する？」

「うん。約束する」

思いもよらず楽しかったこのひとときが、今日だけで終わってしまうのが麻由にはどうしても耐えがたかったのだ。

「約束、破っちゃいけないんだからね」

「おじちゃん」に釘をさし、それでやっと気がすんだ。「バイバイ」と手を振ってベンチの側を離れると、「おじちゃん」もそっと片手をあげて応えてくれた。

公園の入口まで来て、後ろ髪引かれる思いで麻由が振り向くと、「おじちゃん」はやっぱり最初と同じように、淋しそうにぽつりとベンチに座っていた。

「バイバイ」

麻由がもう一度手を振ると、「おじちゃん」はこっちを向いて笑顔を見せた。

そうして、麻由と「おじちゃん」は友達になった。

○

それから麻由は、ほぼ毎日のように公園に通い、おじちゃんと会ってお話をした。六角公園の、一番奥のベンチにふたりでひっそりと座って。

おじちゃんは会社があるから、公園にやって来るのはいつも六時頃だった。麻由は学校から帰るとランドセルだけを家に放り込んで、その時分になるまで時間を潰すのだ。大抵は近くの児童図書館に行く。たまには学校の友達と遊んだりもする。図書館が五時半で閉まってしまうのも、友達が暗くなる前に帰ってしまうのも、以前の麻由には何か理不尽な、信じがたい裏切りに思えたのだけれど、今ではそれがかえって好都合に感じられるから不思議だった。友達と別れた後の何ともいえない、味気ない寂寞感と喪失感を、麻由はおじちゃんと会うようになってから忘れることができた。

麻由が六角公園に駆けて行くと、おじちゃんはいつもの、あの奥のベンチでひとりぼつりと待っていてくれた。

そして、ママが帰ってくる七時になるまで、公園の街灯の、頼りないぼんやりとした灯りに、大きな影と小さな影を長く伸ばして、麻由とおじちゃんは語り合うのだった。二月の夕暮れの風は、耳を引っぱられるように冷たいけれど、ふかふかうさぎのコートがあるから大丈夫。おじちゃんが貸してくれる大きな手袋も、かじかむ麻由の手を暖かく包んでくれる。ぶかぶかの手袋をぱたぱたいわせて、麻由はおじちゃんとのお喋りに興じるのであった。

麻由もよく喋ったが、おじちゃんも色々なお話をたくさんしてくれた。

とりわけ麻由が好きなのは、おじちゃんの子供の頃の話だった。おじちゃんが生まれ育った、麻由が見たこともない遠い町のお話——。

「田舎だからねえ、広おい原っぱや田んぼや畑がいっぱいあってね、どこでも、遊ぶところには困らなかったな。おじちゃんはこれでも木登りが得意でね、木の、こんな小さな出っぱりがあれば簡単なんだ、そこに手をかけて、よいしょって、こうして登るんだ、後は枝につかまって、お猿さんみたいにね——どんな高い木でもへっちゃらだったよ。枝を上の方へ上の方へと登っていってね、そうすると、今まで見えなかった遠くの景色がよおく見えてくるんだ。向こうの畦道《あぜみち》を行く人の姿や、あっちの牛小屋で牛が草を食べているのや、山の緑が紅く色づき始めているのや——。夏になるとそうやってセミを取ったもんだよ、木にとまってるセミをね、こう、するするって登っていって、ひょいって——いいや、逃げたりしないよ、おじちゃんは上手だったからね、木をちっとも揺らさないで登れたんだ、だからセミも気がつかなかったんだね。それからカブトムシもクワガタも、そんな風に木に登って取るんだ。カブトムシを捕まえる時はね、朝早く起きて行って——」

おじちゃんはそんな話を、遠く、遙かなところを眺めるみたいに語ってくれるのだった。おじちゃんの話を聞いていると麻由は、麻由の知らない、清々《すがすが》しく張りつめた、薫るような空気の満ちた田舎の小さな町を、少しだけ近くに感じたような気になるのだった。

それからおじちゃんは、麻由に「魔法」を見せてもくれた。

おじちゃんはグレーのコートのポケットから、白と黒の丸くて平べったい石をひとつずつ出して麻由に聞く。

「これ、何だか知ってるかい?」

悪戯っ子みたいな含み笑いをしている。

「知ってるよ、ゴイシっていうんだよ」

お祖父ちゃんの家で見たことがある。四角い板の上に、模様を作ってこの石をたくさん並べて遊ぶ大人のゲームだ。

「よく知ってるね、偉いな——それでね、おじちゃんはこれで、麻由ちゃんに魔法を見せてあげる」

おじちゃんは両手の指先に石をひとつずつつまんで、麻由によく見えるように示した。そして——右手の白石を握り直し、その手の甲に左手の黒石を押しつけてぐいぐいと押し込む——。おじちゃんがぱっと右手を開くと、白い石は消えていてそこには黒石があった。

麻由は目を丸くした。

それからおじちゃんは複雑に両手を動かして、白石と黒石を交互に消してみせたり出してみせたり——。おじちゃんの右手で消えたはずの白石が左の肘から出てきて、呑み込んだ黒石が麻由の耳から現れ、最後に石がふたつともおじちゃんの両目に入ってなくなると、麻由は夢中で拍手をしていた。

「凄い凄い、おじちゃん、魔法使いだったんだね」

「はは、これしか知らない魔法使いだけどね。おじちゃんの知ってる魔法はこれだけなんだ」

照れくさそうに、それでもとても嬉しそうにおじちゃんは笑って云った。

もちろん麻由だって、おじちゃんが本物の魔法を使ったとは思っていない。テレビに出てくるチョーノーリョクの人達にも、ちゃんとタネがあるんだとパパも云っていた。だけど、こんな間近でこうした不思議の術を見せてもらうのは、麻由には初めてのことだったから、その驚きは大きかった。

「凄いなあ、本当にそれだけなの、もっとないの、もっと見たい」

「本当にこれしか知らないんだ。学校へ行ってる頃にね、魔法を研究する会にちょっとだけいたことがあってね、その時はもっと色々習ったんだけど——トランプを使うのとか——でも、もう他のはみんな忘れちゃった。今の魔法だって久しぶりに、十何年ぶりにやったんだよ、これだけは何故か覚えててね」

おじちゃんの魔法はそれひとつだけだったけれど、麻由にはいたくお気に召した。それからも麻由がせがむと、おじちゃんは何度でもやって見せてくれた。そんな時おじちゃんはとても嬉しそうだった。おじちゃんの「魔法」の手順はいつも一定していて変化がなく、それはおじちゃんの実直な人柄を物語るようだった。

おじちゃんは麻由に、秘密の写真を見せてくれたりもした。

「秘密だよ、会社の人にも誰にも見せたことないんだ」

そう云っておじちゃんは、定期入れに忍ばせた一枚の写真をそっと引き出した。幾分古びて、薄茶に変色している擦り切れた写真。そこには小さな、二歳くらいの女の子が写っている。

「これ、だあれ?」

「おじちゃんの子供——娘だよ」

「おじちゃんチ、オクさんとふたりじゃなかったの」

「今はね——。もう六年も前に、この子病気で、ね——」

おじちゃんは言葉を濁した。

「死んじゃったの?」

麻由が聞くと、おじちゃんはうっそりとうなずいた。おじちゃんが淋しそうなのは、このコを亡くしてしまったからなのかもしれない——。

「このコ、なんて名前?」

「久美《くみ》」

「久美ちゃん——かあ」

麻由はあらためて写真を見た。少しびっくりしたような目をした、唇のつんと尖った可愛いコだった。

「生きてたら——そうだね、麻由ちゃんと同じくらいになってるはずだったんだけど」

「麻由と——同じくらい」

「うん、そうだよ」

「かわいそうだね」

「そうだね――きっと、麻由ちゃんともお友達になって、仲よくしてもらってただろうにね」

おじちゃんは目を伏せて、ため息まじりにそう云うのだった。

この写真も麻由のお気に入りになった。妹がいたら、もし麻由にも妹がいたのなら、多分こんなコなんだろうな――そう思った。

別の日には、どうしておじちゃんにはパパみたいな元気がないのか聞いてみたこともあった。

「おじちゃん、元気ないように見えるかい？」

「うん」

「そうか――麻由ちゃんにもそう見えるか。それはね、おじちゃんがあんまり体の具合がよくないからだよ」

「おじちゃん、病気なの？」

「はは、そんなに心配してくれなくてもいいよ、ちゃんとお医者さんにも行ってるからね」

「お医者さんで、お薬もらうの？」

「そうだよ、お薬がないとね、おじちゃん夜寝られないんだ。でもね、こうやって麻由ちゃんとお話するようになってから、少し調子がいいんだ」

「本当？」

「本当だよ。おじちゃんの病気はね、心配なことや気になることがあって、それで眠れなくなる病気なんだ。だけど麻由ちゃんとお話して、楽しい気持ちになれば治っちゃうんだよ」

「麻由も、おじちゃんとお話してると楽しい」

「そうか——それならおじちゃんも嬉しいよ」

おじちゃんはそう云って、けれどまた淋しそうに笑うのだった。

こうしておじちゃんと会っていることは、パパにもママにも内緒だった。

ママは、「知らない人について行ったりするんじゃないですよ」とお題目のように麻由に云って聞かせる。そんなママに知れたら大目玉を喰うに決まっている。いくら麻由が、おじちゃんは悪い人じゃないから心配いらないと主張しても、きっとパパもママも取り合ってくれないだろう。ふたりとも麻由の云うことなんか、ちっとも真面目に聞いてくれないのだから。「うるさいからあっちへ行ってなさい、疲れてるんだから」——決まり文句で追いやられて、麻由はいつでもパパとママの世界に入れないでいる。

パパにもママにも内緒。もちろん学校の友達にも云ったりしない。公園の一番奥にあるベンチは道行く人達からは見通せない。

それだから、麻由とおじちゃんとの平和なひとときは、誰も知らない、ふたりだけの密やかな楽しみだった。おじちゃんとお喋りして、時々いつもの魔法を見せてもらい、そして久美ちゃんの写真をふたりして眺める——暮れ行く六角公園の片隅で、麻由はおじちゃんと、お互いの傷を舐め合う小動物のように、淋しさを埋め合っていたのである。それは、闇に灯る小さな炎みたいにほのかに温かく、柔らかな、そして流れるような時間だった。

○

麻由がおじちゃんと会うようになって二週間ほどが過ぎた。

その日、麻由が六角公園に行くと、おじちゃんはいつものベンチでいつものように座って、いつもの優しい笑顔で麻由を迎えてくれた。おじちゃんはいつになく元気そうで、けれどいつにもまして淋しげだった。

少し様子がおかしいな――麻由はそう思った。

「ねえ、麻由ちゃん、もし麻由ちゃんがね、悪いことをしたとしたら、麻由ちゃんはどうする？」

おじちゃんはいきなりそんなことを聞いてきた。

「悪い――こと？」

麻由はおじちゃんが何を云い出すつもりなのか見当がつかなくて、不安な気持ちでおじちゃんを見上げた。

「そう、いけないこと、見つかったらうんと怒られるようなことをして――でもそれが誰にも判らないとしたら、麻由ちゃんだったらどうする？　そのまま黙ってる？」

「ううん――」

何のことかはよく判らなかったけど、麻由は即座にかぶりを振った。以前、紅林先生が話してくれた、アメリカのダイトーリョーのなんとかさんのお話を思い出したからだった。確か休み時間に啓介《けいすけ》くんが先生の大事にしていた花瓶を割っちゃって、啓介くんがすぐに職員室に謝りに行った「じけん」のあった時のことだ。

「あのね、悪いことして黙ってるのは、悪いことするのより、もっといけないことなんだよ」

麻由が云うと、おじちゃんは珍しく力強くうなずいて、

「そうだね、やっぱり麻由ちゃんもそう思うよね――」

と、しばらく間をおいてから、急におじちゃんは熱っぽく話し出した。

「ねえ、麻由ちゃん――前にも云ったかもしれないけど、おじちゃんはこうやって麻由ちゃんとお話するようになってから、ほんの少し元気になれたんだよ、それまではね、苦しくて苦しくて仕方がなかったんだ。毎日、どうしたらいいのか判らなくって、辛くてどうしようもなかったんだよ――。でもね麻由ちゃん、おじちゃんはちょっぴり元気になった。麻由ちゃんのおかげで元気になった。元気になったから、おじちゃんはもう少し前向きに生きようと思うようになったんだ。もっと自分の気持ちに正直に、ね――。おじちゃんのお話、難しいかな」

麻由はふるふると首を振った。

「実は、ね――おじちゃんはずっと悪いことしてたんだよ、オショク――って云っても判らないだろうけど、つまりおじちゃんはね、いけないお金を貰ってたんだ、会社で、ルールを破ってね。よその会社の人から貰っちゃいけないお金を貰ってたんだ。――おじちゃんはね、本当は悪い人だったんだよ」

予想外の話だった。おじちゃんが悪い人だったなんて――麻由には信じられない。この優しい、麻由の話を何でも聞いてくれるおじちゃんが悪い人だとは、麻由にはとうてい思えない。

「ううん、違うよ、おじちゃんは悪い人なんかじゃない」

「でもね、おじちゃんは不正に――世の中のルールを破ってお金を儲けてたんだよ、やっぱり悪い人だ」

「違うよ、悪い人じゃないもん、いい人だもん、おじちゃんいい人だもん」

麻由がむきになって云いつのると、おじちゃんは静かに笑って、

「麻由ちゃんがそう思ってくれるんなら、おじちゃんも嬉しいな――そうだね、おじちゃんは悪い人じゃないかもしれない。けど、心の弱い人なのは確かだよ。よその会社の人に悪いことをしようって誘われた時に断れなかったのは、おじちゃんが弱い人だったからなんだ。貰っちゃいけないお金を渡された時に、本当はすぐお巡りさんに知らせなくちゃダメだったんだけど、おじちゃんはできなかった――それは、おじちゃんが意気地なしだったからなんだよ。――でもね、それから何回もいけないお金貰って、おじちゃんは良心が――判るかな、悪いことした後に、ああ、しなきゃよかったなって後悔して、気持ちが苦しくなるだろう、おじちゃんはずっと、そんな気持ちに苦しめられてたんだ」

麻由は黙っておじちゃんの顔を見上げていた。おじちゃんだから、この優しいおじちゃんだから、きっと、きっととても苦しんだに違いない。

「おじちゃん達は上手に、会社の他の人にバレないようにうまく悪いことをした――でも、それは威張れることじゃないよね。絶対に誰にも判らないだろうけど、だけどね、おじちゃんは凄く辛くなっちゃったんだ。おじちゃんはそんな大それたことをできる人間じゃなかったんだよ――今気がついても、もう遅いんだけど――」

それからおじちゃんは、麻由の瞳の奥を覗き込むようにして、

「でもね、おじちゃんは決心したんだ。麻由ちゃんとお話して、おじちゃん元気になったからね。いけないことして黙ってるのは、もっとずっと悪いことなんだよね。だから、おじちゃんは自首することに決めたんだ。お巡りさんにね、悪いことをしたから捕まえてくださいって云いに行くんだ、そう決めたんだよ」

「でも——でも、そうやって自分で云ったら誉めてもらえるんでしょ」

啓介くんも、叱られるのかと思っていたら先生は反対に誉めていた。ダイトーリョーのなんとかさんも、木を切っちゃったのをちゃんと正直に云ったからお父さんに誉めてもらったはずだ。だけど、おじちゃんはゆっくり首を振って、

「そうだね、少しは誉めてもらえるかもしれない——けどね、やっぱり悪いことは悪いことなんだよ、おじちゃんは罰を受けなくっちゃいけない。だからね、おじちゃん、今日は麻由ちゃんにお別れを云いに来たんだ」

麻由にとっては、まさに青天の霹靂だった。まさか、おじちゃんとお別れする日が来ようとは、思いもよらなかった。ずっと、このままずっと毎日、おじちゃんに会えるものと信じていた。それなのにおじちゃんはお別れだと云う。おじちゃんと会えなくなっちゃったら、麻由はまた、あの迷子の仔猫みたいに心細く、淋しい気持ちの毎日に戻るしかなくなってしまう。それだけはイヤだ、絶対イヤだ——。

「イヤ、お別れなんてイヤだ、そんなのイヤだよ」

手を振り回して食ってかかる麻由を、おじちゃんはそっと、包むように受け止めて、

「ごめんね、おじちゃんだって麻由ちゃんとお別れなんてしたくないんだよ。でも、おじちゃんは悪いことをしたんだからね、罪を償わなくっちゃいけないんだ。麻由ちゃんだって、おじちゃんが悪い人のままじゃ困るだろう」

「けど——けど、もう会えないなんてイヤだもん」

「だけどずっと会えないんじゃないんだよ、裁判を受けて、お仕置きを受けて——自分で捕まえてもらいに行ったら、お仕置きも少し短くしてもらえるだろうからね、そうだな、今の冬が終わって、次の寒い季節になったら、きっとおじちゃん戻ってくるから、そしたらまた麻由ちゃんとも会えるんだから」

「ホント？　ホントに帰ってきてくれる？」

「ああ本当だよ、次の雪の降る頃には、おじちゃん必ず帰ってくるから——本物のいい人になって、もっとずっと元気になって、絶対戻ってくるから、それでまた麻由ちゃんとお話できるんだから」

「きっと、だよ」

「うん、きっとだ」

「だったら——麻由、待ってる、おじちゃんが戻ってくるまで、いい子にして待ってる」

「ありがとう、麻由ちゃん——」

そう云っておじちゃんは、痩せた大きな手を麻由の頭にそっと置いた。

そしてしばし麻由は、唇を噛んで黙っていたが、やがて小さく云ってみた。

「ねえ、おじちゃん――久美ちゃんの写真、見せて」

しばらくおじちゃんと会えないのなら、麻由の「妹」の顔も見られなくなってしまう。

おじちゃんはにっこり笑って定期入れを出し、その中にこっそりしまったおじちゃんの宝物を引き出した。久美ちゃんは――いつものようにちょっとびっくりしたような目で、麻由とおじちゃんを見ている。

「きっと久美もね、天国で喜んでくれると思う。おじちゃんが正直に罪の償いをすれば、おじちゃんを誉めてくれると思うんだ」

おじちゃんのかすかに震えるような言葉に、麻由もこっくりうなずいた。

おじちゃんが久美ちゃんの写真を元通り収めると、麻由は、

「それからね、もう一遍、魔法も見せて」

「魔法か――困ったな、今日はあの碁石、持ってないんだよ」

と、おじちゃんはコートのポケットをごそごそ探って財布を出し、

「小銭もこれしかない――これ一個じゃできないしね。麻由ちゃん、十円玉持ってる？」

五十円玉をひとつだけつまんで、おじちゃんは聞いた。麻由は首を横に振る。お小遣いのおサイフは、お買い物の時にしか持ち歩かないことにしている。おじちゃんとお話に来る時は、お金なんかいらないのだし。

おじちゃんは眉をへの字にして、

「困ったな――服のボタン取っちゃうわけにもいかないし」

「だったらおじちゃん、麻由、ひとつだけお願いがあるの」

「お願い？」

「うん――明日、明日もう一度だけここに来て。それで最後にもう一遍、魔法見せて。お巡りさんとこ行くの一日だけ延ばして、麻由にあと一回だけ魔法見せてよ」

「もう一日――か」

「うん、お願い――麻由、おじちゃんの魔法見たい」

麻由の懇願に、おじちゃんは白い歯を見せて笑って、

「そうだね、もう一日だけ――、判ったよ、そうする」

「きっとだよ、明日、きっと来てよ」

「うん、きっとだ」

「約束だよ」

「ああ、約束するよ」

「じゃあ、指切り」

ゆびきりげんまん、嘘ついたら針千本のます――。

「約束、破っちゃいけないんだからね」

麻由は小さな細い小指を、おじちゃんの痩せてひょろ長い小指とからめた。

夜の――凍てつく冬の夜の気配が這い寄る六角公園の片隅のベンチで、麻由はそうしておじ

ちゃんと約束を交わした。

○

次の日――。

いつもの時刻に六角公園に向かった麻由は、入口のところで立ち竦んでしまった。

人垣が膨れ上がっている。

あっけに取られて麻由は、人の波を見上げた。

近所の人達のようだった。みんな寒そうに肩をすくめ、両手をこすり合わせながら公園の入口に集まっている。誰もがふいごみたいに白い息を吐き、中には足踏みまでして寒さを紛らわせている人もいたけれど、それでもぎらぎらした瞳を輝かせて、誰ひとりとして立ち去ろうとはしない。

麻由も家の近くでたびたび見かけたことのある金歯のおばさんが、「今朝見つかったんですってよお、恐いわよねえ」などと、何やら大きな声で仲間のおばさん達と話し合っている。

大人達のむき出しの好奇心。

興味本意の口さがない喋り方。

麻由は、近くに立った丸顔で額の禿げ上がった男の人の傍らをすり抜け、人垣の中へともぐりこんだ。禿げたおじさんは象みたいな細い目をきょとんとさせて麻由を見送った。体の小さい麻由は、すぐに大人達の間を通り抜けることができた。そして人波の一番前にロープが一本張ってあるのを見つけた。

公園に入れないようになっている。

どうして——。これではおじちゃんに会えないではないか。

しかしロープの内側では、麻由をさらに驚かせる光景が展開していた。

公園の中は、恐い顔をした大人とお巡りさん達でいっぱいだった——。

何か、よくないことが起こったのだ。

ジケン——。

それは、ドラマで麻由も見たことのある、事件が起きた時にテレビに映る様子とそっくり同じだった。

お巡りさんがあちこちに立っていて、恐い顔のおじさん達がそこここに固まって内緒話をしている。時折ひらめくカメラのフラッシュ。そして、恐いおじさん達が最も多く集まっているのは、麻由がおじちゃんといつも座る、あの奥のベンチの所だった。

不安に駆られて振り返る麻由。

遠巻きにしてお巡りさん達を眺めている近所の人々の顔の中に、おじちゃんの姿を捜してみる。

おじちゃんはそこにはいなかった。

金歯のおばさんの声が、薄暮れの空に高く響く——。

「夜は冷えるからねえ、あんな所で寝てたんじゃあね——」

好奇に満ちた大人達の、薄笑いを浮かべた顔が並ぶ――。

寒風がごうと唸りをあげて通り過ぎる。

冷気が切りかかるように麻由の柔らかな頬を嬲《なぶ》る。

麻由は恐くなってきた。

異世界から黒い手が、じわじわと触手を伸ばしてこちらの世界に侵入しようとしているがごとく――。

麻由は駆け出していた。人垣を突っ切り、そのまま逃げるようにして家に帰った。

○

一人の男の死が報じられた。

発見場所は区立清の宮第三児童公園――通称、六角公園。

影村行弘《かげむらゆきひろ》、四十一歳。現場近くに住む会社員。

死因は凍死。解剖の結果、胃の中から睡眠薬とウイスキーが検出さる。酒と薬を飲み、公園のベンチで寝込んだらしく、自殺の可能性もある。

死者の所持品は以下の通り。

一、財布――現金三万七千五十円入り
　内訳　一万円紙幣、三枚

五千円紙幣、一枚
千円紙幣、二枚
五十円硬貨、一個
一、定期入れ
銀座《ぎんざ》三丁目までの本人名義の定期券
社員証
テレホンカード、五十八度数残り
キャッシュカード
信販系クレジットカード
古い子供の写真一葉
一、名刺入れ
本人名の名刺二十八枚
滝沢《たきざわ》医院の診察券
運転免許証
一、キーホルダー——鍵三種付き
自宅玄関
自家用車
不明、現在調査中

一、腕時計――国産のピンレバー式
金属製ベルト
時刻表示は極めて正確
一、ウイスキーのポケット壜――開栓済み
約四分目入り
ウイスキーの成分は胃の内容物と一致
一、薬――滝沢医院の名入り薬袋入り
錠剤十八粒、粉末薬（薬包紙入り）四服
分析の結果、錠剤は精神安定剤、粉末は睡眠薬と判明
睡眠薬の方は体内残留成分と同種

＊同僚のコメント
近頃塞ぎ込みがちだった。覇気がなく、少しおかしいように感じた。自殺も納得できる。
＊妻のコメント
夫は何か悩んでいたようで、軽いノイローゼだったのでは？　このところ帰りが遅く、あの日も一日家で待っていたが、いつまでたっても帰らないので心配していた。
＊医師（薬袋にあった薬を処方した滝沢医院の精神科医師）**のコメント**
守秘義務があるため発言は差し控える。ただ、睡眠薬を自殺に用いるのは遺憾であり迷惑。

当院の薬に限らず、使用量と用法を守って服用する分には危険はない。

＊近所の人のコメント

夜遅く通りかかると、時たまあの人があの公園にいるのを見かけた。不審に思ってはいたがまさか自殺志願者とは。

——尚、警察の見解によると、死者の日頃の振舞いに鑑《かんが》みて自殺の可能性が濃厚とのこと。凍死覚悟で、公園のベンチで睡眠薬をあおったと思われる。動機など背景については今後も捜査を続行するとのこと。

○

おじちゃんが死んでしまった。

麻由は、新聞の片隅に載った顔写真を見て茫然としていた。

おじちゃんが死んでしまった。麻由と最後に会った、あの日の夜に——。

人の死——の意味を、麻由はもう知っている。

テレビやマンガでの死ではなく、現実の、人の死の重さを麻由はよく知っている。

去年の秋、お祖母ちゃんが死んだからだ。

お祖母ちゃんのお葬式のあの日のことを、麻由は今でも忘れていない。

金ぴかの、見たこともない不思議な車に乗せられて、お祖母ちゃんは行ってしまった。その後をついて、麻由達はハイヤーで、大きな煙突のある変な建物に着いたのをよく覚えている。

ママに聞くと、「カソーバ」だと教えてくれた。

お祖母ちゃんは箱の中に寝ていた。

「お祖母ちゃんに最後のお別れをしようね」

そう云われて、お祖母ちゃんの箱にお花を入れてあげた時、麻由は全部悟ってしまったのだ。お祖母ちゃんがもう動くことのない、麻由の知らない別のお祖母ちゃんになってしまっていることを。

「お祖母ちゃん、どこ行っちゃうの？」

そう質問した麻由にパパは、

「お空に行くんだよ、お祖母ちゃんは煙になって、天国へ旅行に行っちゃうんだ」

と答えたけれど、でも麻由は知ってしまった。お祖母ちゃんはカソーバで焼かれて、ホネになっちゃうんだ。あの煙は、お祖母ちゃんを焼いている煙で、お祖母ちゃんはホネになっておハカに入れられちゃうんだ。――お葬式がしずしずと進行するのを、麻由は息をつめて眺めていた。だから麻由は、人の死が何を意味するのか知っている。

おじちゃんも焼かれて、おハカに入れられちゃうんだ――。

そしてもう二度とおじちゃんに会えないことも、麻由はよく知っているのだ。

それから三日間――六角公園でお巡りさん達を見てから三日の間、麻由は塞ぎ込んで暮らした。新聞やテレビのニュースが、おじちゃんのことを伝えるのを熱心に見ながら――。もちろん新聞には難しい漢字が多かったし、ニュースの人の使う言葉も難解で麻由には半分も理解できなかったけれど、それでも麻由は一所懸命おじちゃんの記事を追いかけた。

パパにもママにもおじちゃんのことは云わなかった。云っても判ってもらえないに決まっている。パパもママも麻由の云うことなんかちっとも真剣に聞いてくれないのだから。

その晩も、麻由は夕食を済ませると、おじちゃんのことを考えていた。おじちゃんのニュースが一番大きく出ている二日前の夕刊を床に広げて、居間のホットカーペットにぺたりと座り込んでいた。

「ねえ、パパ、トーシってなあに？」

珍しく早く帰ってきたパパは、こたつに両脚を突っ込んでお行儀悪く寝そべったまま、テレビのクイズを眺めていた。バンシャクをしたので顔が真っ赤だ。

「え──？　何だって」

パパは上の空で聞き返してきた。

「トーシ。トーシって何？」

麻由が繰り返し聞くと、パパはテレビから目も離さずに、

「投資？　随分難しいこと聞くんだな、投資ってのはね、後でお金が儲かるように、先にお金をつぎ込むことをいうんだ」

「そういうのじゃなくて──死んじゃうって字を使う方」

「凍死、か？　そりゃあれだ、寒くて寒くて凍えて死んじゃうことだ」

「寒くて死んじゃうの？」

「そうだよ、こんな日にね、お外で寝たりなんかしたら一晩で死んじゃうんだよ」

やっぱり――おじちゃんはあの公園で、寒くて死んじゃったんだ。麻由は暗澹たる思いになった。

「それじゃジサツって？」

「自殺ってのは――おいおい、どうしたんだ麻由は、急に」

パパはそこで初めて身を起こし、

「おい、由美子《ゆみこ》、あんまり麻由に変なテレビ見せるんじゃないぞ」

キッチンに向かって不満そうな声で云った。夕食の後片づけをしていたママが、

「何も見せてないわよ、そんなもの」

背中だけでそう答えた。酔っぱらった赤い顔で、パパはこたつから這い出してきて、

「さっきからいやに静かだと思ったら、新聞なんか見てたんだな――何を読んでるんだ」

麻由の隣にどっこいしょと腰を落ち着けたパパは、特徴のある鷲鼻を紙面に近づけて、

「ははあ、これか、すぐ近くだからね、それで麻由は興味を持ったんだな」

「うん」

一応、うなずいておく。

「まあ、こんな近くのことだからな、気にするのも無理ないか――」

そこで突然パパは、何を思ったのか居ずまいを正し、

「いいかい、麻由、自殺ってのはね、悪いことをした犯人や嫌なことがあった人が、そういうことから逃げるために自分で死んじゃうことを云うんだ」

「自分で——死んじゃうの」

「そうだ、ほら、この新聞の男の人みたいにね、眠り薬とお酒飲んで、こんな寒い時にお外でなんか寝たら絶対死んじゃうだろ。思い切って自分で死んじゃったんだね、そういうのを自殺っていう。でも、それはよくないことなんだよ。自分で死んじゃうのはね、弱虫のすることなんだ。ちゃんとした人は嫌なことがあっても自分の力で乗り越えて行くんだ、逃げちゃったりしたらズルいだろう」

パパはお酒を飲むと口の歯車が回転しやすくなるのだ。珍しくいっぱい喋るパパに、苦笑いしながらママがキッチンから顔を覗かせて、

「ねえ、そんな話、麻由にはまだちょっと早いんじゃない」

「いや、いい機会だと思ってさ。それにここんとこ忙しくて、ろくすっぽ遊んでやってないしな、麻由だってもう二年生なんだからこういう大事なことはちゃんと話さんといかんし」

「大事なことならもっと他にもあるでしょ、裏の垣根、いつ直してくれるのよ」

「だから、それは今度って云ったろう」

「今度っていつなのよ」

こうなると、パパとママの話に麻由が入り込む余地はない。ふたりのやり取りを聞き流して、麻由は別のことを考えていた。

──おじちゃんは、ジサツしたのかもしれないってニュースの人も云っていた。眠るお薬をお医者さんで貰っていると、おじちゃんが云っていた覚えもある。おじちゃんは、そのお薬を飲んで自分で死んじゃったのか──麻由と別れたあの後で、自分で死んじゃったんだ。会社で悪いことしてるって云ってた、確かオショクとかって──。悪いことして、それが辛くなって、それで自分で死んじゃったんだろうか。お巡りさんに捕まえてもらいに行くって云ってたけど、勇気が出なかったんだろうか。オショクってそんなに悪いことなのかな──。

「ねえ、パパ、オショクって悪いことなの？」

いきなり聞いた麻由に、パパは鷲鼻の目立つ顔をびっくりさせてママとの話を中断し、

「何だ、今度は汚職か、そんなのどこに載ってるんだ？──どうしちゃったんだ麻由は、急に世間に目覚めたのか」

パパは脂っけのないぱさぱさの髪を振り立てて、

「汚職か、そうだね、悪いことだよ」

「とっても悪いことなの？」

「ああ、そうだよ、特にセージカの連中がやってる汚職なんてパパも絶対許せないな、この間もニュースでやってただろ、議員が繊維業者から多額の賄賂を受け取って──」

「ねえ、いくらなんでもそれは難しすぎない？」

ママがキッチンで笑う。

「難しいことがあるもんか、せっかく麻由が社会の動きに興味を持ちだしたんだ、これからは

女の子だってそういう教育をだな——ほら、経理課の西原《にしはら》女史のこと話しただろ、男女雇用機会均等法の権化みたいな人。昨日も彼女は——」

真面目な顔をしてパパとママは喋りだす。

麻由は、新聞に載ったおじちゃんの小さな写真をじっと見つめていた。

やっぱり、おじちゃんは悪いことを反省して自分で死んじゃったのかな——。あの公園のいつものベンチで、お薬飲んで、寒くて寒くて凍えて死んじゃったのかな——。おじちゃん、寒かったろうな、辛かったろうな。

麻由は想っていた——風の冷たさ、プラスチックのベンチの硬さ、夜の冷えきった空気の重さ——。

　こうして、暖房の効いた部屋でぬくぬくとしているのが、何だかいけないことのように思えてくる。おじちゃんは凄く寒かったろうに——。

でも——でも、おかしい。

麻由は座り直して呟いていた。

「おかしい——よ」

麻由はおじちゃんと約束したのだ。

次の日にもう一度だけ会って、お得意の魔法を見せてくれる、と。そう約束したのだ。

どうして、どうしておじちゃんは約束を守ってくれなかったんだろう。

なぜ、もう一日だけ待ってくれなかったんだろう。

麻由との約束を破って、どうして自分で死んじゃったんだろう――。

麻由にはおじちゃんの気持ちが判らなかった。

○

次の日の夕方、麻由は六角公園に向かっていた。

いつもの、おじちゃんと会う時間だった。

ふかふかうさぎのコートの襟をぎゅっとかき合わせて――麻由は公園に入っていった。

事件から四日も経っているから、もうお巡りさん達の姿はどこにもない。入口のロープも外されていて、六角公園は普段通りの、淋しげなたたずまいを見せる小さいありきたりな公園に戻っている。

もちろん、おじちゃんに会えると思ったわけではない。

麻由は知りたかったのだ。どうしておじちゃんが約束を破ったのか――。

納得できないままおじちゃんのことを忘れてしまうのは、麻由には到底できないことだった。ここに来れば何か判るかもしれない。ここに来れば、おじちゃんが何を感じたのか麻由にも少しは判るかもしれない。ここに来れば――。

一番奥のベンチ。

おじちゃんとふたりして座ったベンチ。

麻由は、その表面をそっと撫でてみた。けれどもしかし、それはざらついた冷たいプラスチックの感触しか伝えてはくれなかった。人の温もりからはほど遠い、冷めた感触だった。

「おじちゃん――」

麻由はぽつりと囁いていた。涙声になっていた。

麻由はいつしか、ベンチの横にうずくまっていた。そうして、おじちゃんと過ごした時間を懐かしく嚙みしめ直していた。

不意に、影がさした。見ていなくても麻由は感じた――人の気配を。

麻由が顔を上げると、公園中央の街灯を背にして誰かが立っていた。

浮かび上がるシルエット。

おじちゃん――？

麻由はしゃがんだまま、闇を透かして目を凝らす。

こちらへ近づいてくる影は、しかしおじちゃんとは似ても似つかない、小さな人物のものだった。黒い厚手の上着をもこもこに着ている。足音も立てずに歩くそのしなやかな身のこなしは、まるで黒い猫のように麻由には見えた。

その人はベンチの側まで来て、やっと麻由がそこにいるのに気がついたようで、

「ひゃっ」

と、声をあげて立ち止まった。

びっくりして見開いたまん丸の目が、これも猫の目にそっくり。前髪を女の子みたいにふっさりとおろした、おじちゃんよりもずっと若い――子供みたいな顔をしたお兄ちゃんだった。

猫の目のお兄ちゃんは、何だか悪いところを見つかった人のようにどぎまぎして麻由から目を逸らし、あたふたとポケットから煙草を取り出す。そして慌てて火をつけると、せわしなく煙を吹かしている。その一連の落ち着きのない仕草は、どうにも麻由には滑稽に思えた。テレビの「お笑い」の人より面白い。お巡りさんの仲間には見えなかった。

「お兄ちゃん、誰?」

麻由は猫の目のお兄ちゃんに声をかけた。人見知りが激しくて、知らない人に何か聞くなんてできるはずもない麻由だったけれど、この公園の、この場所でだったら、どんな人ともお話できるような気になっていた。なぜならここは、おじちゃんと何でも話せる特別な場所だったから――。

「お兄ちゃん、誰なの? どうしてここにいるの?」

重ねて尋ねる麻由に、猫の目のお兄ちゃんはおろおろしたみたいに、

「いや、その、僕はね――、それよりお嬢ちゃんこそどうしてこんな所にいるの? ここはね、恐いことがあった場所なんだよ」

「知ってるよ」

「知ってる、の?」

「うん、ここでおじちゃんが死んじゃったんだよ、トーシして」

「おやおや、お嬢ちゃん、知ってるんだ」

猫の目のお兄ちゃんは丸い目をぱちくりさせて、

「だったらお嬢ちゃん、恐くないの？」

「恐くないもん」

「へえ、度胸のある子だね、参ったな——お嬢ちゃん、お名前なんていうの？」

「人にお名前聞く時は、自分の方から云わないとダメなんだよ」

麻由はいつになく気が立っていた。この猫の目のお兄ちゃんが、おじちゃんと麻由との大切な場所を荒らしに来た、不法な侵入者のように思えたからだった。だが猫の目のお兄ちゃんは、麻由の不機嫌を包み込んでしまうように柔らかに、ふうわりと笑って、

「おや、こいつは一本取られちまったな、そうだね、お嬢ちゃんのお名前聞くんだったら最初に自己紹介しなくっちゃいけないんだった——どうもお兄ちゃんは、女の子の扱いってのが下手でねえ——、お兄ちゃんはね、猫丸っていうんだ」

「ねこまる——変なの」

「ありゃ、変かな、名乗っただけで変だってのも、随分だね、こりゃ——まあいいか、お嬢ちゃんのお名前は？」

「麻由——」

「麻由ちゃん、か。それで麻由ちゃんはどうしてこんな所にいるの？」

「麻由は——麻由はここにいてもいいんだよ。お兄ちゃんは何しに来たの」

「僕かい、僕はね——」

猫丸のお兄ちゃんは、眉の下まで垂れた前髪をひょいとかき上げて、

「僕はちょいと好奇心が旺盛な――判るかな、変だなおかしいなって思ったことは、自分で見てみなくっちゃ気が済まないお兄ちゃんでね。新聞で、男の人がこの公園で死んじゃったのを読んでね、どうしてもここを見てみたくなったんだ。その人は自殺しちゃったんだってね。でも、自殺するのに凍死なんてさ――この寒いのに、自殺するにしたって、選りによってそんな方法を選ぶなんて――その男の人がどんな気持ちで、何を思ってたのか、お兄ちゃんはそれを知りたくなっちゃってね。この公園が、その人にとって凍死するのに相応しい、本当にそんな気分になる場所なのか――それを確かめたくなってさ、それで来たんだよ」

「変なの――」

変なお兄ちゃんだった。でもその話し方はパパやママとは違って、麻由を子供扱いしない、麻由と対等に話そうとする――どちらかと云えばおじちゃんに似た喋り口だった。悪い人のようには思えなかった。だけどやっぱり――、

「変なの」

「そうかなあ――お兄ちゃん、自分ではまともなつもりなんだけどなあ」

本気で困ったように、猫の目のお兄ちゃんは首をかしげる。その動作も、猫が戸惑っている時のようでおかしくて、麻由はくすっと笑った。お兄ちゃんも釣り込まれるようににこにこして、

「だからね、お兄ちゃんはここを見に来たんだよ」

「でもね――おじちゃん、ジサツしたんじゃないんだよ」

「へ——どうして」

「だって麻由、おじちゃんと約束したんだもん」

「約束？」

「うん、おじちゃん次の日も麻由と会って、魔法見せてくれるって、約束したんだよ。だからおじちゃんは自分で死んじゃうはずないんだもん」

「麻由ちゃん——そのおじさん、知ってるの？」

猫丸のお兄ちゃんが素っ頓狂な声をあげた。麻由はこっくりうなずく。

「麻由ちゃんの親戚の叔父さんか何かなの」

「ううん、違うの——でもね、麻由、おじちゃんと毎日お話したんだよ、ここで、毎日」

「ここで——そのおじちゃんと？」

猫丸のお兄ちゃんは、唐突にしゃがんで麻由に顔を近づけた。お兄ちゃんの髪から優しい、よく干したお布団みたいな匂いがする。

「ねえ、麻由ちゃん、お兄ちゃんに聞かせてくれるかな、そのおじちゃんと何のお話をしたのか。そのおじちゃんがどんなおじちゃんだったのか——。お兄ちゃんは知りたいんだ、おじちゃんが何をどう考え感じていたのか——おじちゃんがどうしてこんな場所で自殺なんかしたのか、を」

猫丸のお兄ちゃんの吸い込まれるような瞳の色に誘われて、麻由はうなずいていた。

麻由は、猫丸のお兄ちゃんにすべてを語った。

おじちゃんとそうした時のように、六角公園の奥のベンチでふたり並んで座って。街灯の光がふたつの小さな影をつつじの植え込みに伸ばす、夕闇の公園の片隅で。

もちろん、テレビの人達のように上手にお話できなかったし、紅林先生みたいにちゃんと順番通り喋れもしなかったけれど、麻由は全部を――おじちゃんと初めて会った日のことから、ふたりで何を語り合ったのかまで、すべてを猫丸のお兄ちゃんに伝えた。うまく話せないのがもどかしかったけれど、一所懸命麻由は話した。

このお兄ちゃんだったら、きっと判ってくれるような気がしたから。

お兄ちゃんは少し、ほんの少しだけど、おじちゃんと同じ匂いがするような、そんな気がしたから。

ましてなによりこの場所は、おじちゃんと何でも話し合った場所だったから――ここは麻由にとって、淋しさから解放される唯一の神域だったのだから。

○

麻由が話し終わっても、猫丸のお兄ちゃんは何も云わなかった。火のついていない煙草を指に挟んだまま、丸い目で植え込みの暗がりを見つめて、何か考えている様子だった。どうしてか、ちょっぴり恐い顔をしている。

「ねえ、お兄ちゃん、どうかしたの？」

麻由が話しかけても、宙を睨んでぴくりとも動かない。

「ねえ、お兄ちゃん、お兄ちゃんってば」

腕を摑んで揺り動かすと、そこでやっと猫丸のお兄ちゃんは眠りから醒めたように、

「あ、ああ――」

まだ少しぼんやりしている。

「どうしたの、何考えてたの」

「いや、ちょっとね、お兄ちゃんちょぃと変なこと思いついちゃって――でもまあ、大したことじゃないしね、麻由ちゃんに云っても難しくて判んないよ」

「ズルい、ズルいよっ」

突然、我知らず、麻由は叫んでいた。

「ズルいよっ、大人の人ってみんなそうなんだ、そうやって、こそこそ隠しごとしてっ。子供には判んないって、みんな隠して、イヤだよ、ズルいよ」

麻由の内で、どこかの堰が壊れ始めていた。おじちゃんの死を知ってから溜め込んでいた何かが、濁流のように押し上げられてくる。いつもはそうして、心の中にあらゆる感情を溜めて、圧し殺していた麻由だったけれど、この時ばかりは違っていた。淋しさが、悲しさが、苦しさが――綯《な》い交ぜになって口からほとばしるのを、もう止めることができなくなっていた。

「イヤだよ、子供には聞かせられないって、こそこそ隠すのはもうイヤっ。麻由だって知ってるんだよ、パパとママが夜中に、麻由が寝ちゃってから、色々辛いお話してるの、麻由だって知ってるんだもん。おウチのローンが苦しいのだって、パパのお給料が上がんなくてママがこぼしてるのだって、パパがケンコーシンダンでカローだって云われたのだって——麻由はみんな知ってるんだもん。でも、でもパパもママも、こんな話、麻由には聞かせられないなあって——そう云ってるのだって、麻由はちゃんと知ってるんだよ。去年、お祖母ちゃんが死にそうになってた時だってそうだよ、パパもママもずっと麻由には内緒にしてたんだよ、それで、お祖母ちゃん死んじゃってから、やっと麻由に教えてくれたんだもん。麻由だって、麻由だってお祖母ちゃん生きてるうちにもう一遍だけ会いたかったのに——それで、お祖母ちゃんに最後のプレゼントあげたかったんだもん、お祖母ちゃんが好きだったユリの花、あげたかったんだもん。お祖母ちゃんにさよならって云って、ユリの花、あげたかったのに——でも、でもパパもママも麻由には内緒にしてたから、だから麻由、お祖母ちゃんに会えなかったんだもん」

涙は、堪《こら》えた。歯を食いしばって麻由は必死に云いつのった。押しとどめることのできない情感に衝き動かされて、麻由は泣き出しそうになるのを堪えて、がむしゃらに喋っていた。猫丸のお兄ちゃんは、おだやかな表情をその猫のような瞳に浮かべて、そんな麻由をじっと見守っていた。

やがて——麻由の激情がおさまるのを待って、猫丸のお兄ちゃんはそっと麻由の頭に手を置いた。そしてゆっくりした口調で、

「ねえ、麻由ちゃん、麻由ちゃんは優しい子だね、それから賢い子だ。麻由ちゃんには、大人の考えてることなんて全部見えちゃうんだね。——ごめんね、お兄ちゃん、麻由ちゃんがそんな風に思ってるとは知らなかったんだ。でも、ね、パパやママが麻由ちゃんに隠しごとするのは、麻由ちゃんが心配しないようにって、そう思ってのことなんだよ、そのことは判ってあげてほしいな。——その代わりね、お兄ちゃんは話してあげる。今、お兄ちゃんが何を考えたか、みんな麻由ちゃんに聞かせてあげよう。少し難しくて、判りにくいかもしれないけどね——」

そう云って猫丸のお兄ちゃんは、静かに煙草に火をつけた。麻由は座り直して、お兄ちゃんの次の言葉を待った。

「お兄ちゃんが考えついたことってのは、こういうことなんだ。麻由ちゃんのおじちゃんはあの日、麻由ちゃんと最後に会った日に、麻由ちゃんが『魔法を見せてほしい』って頼んだら、今日は碁石を持ってないって困ってたんだよね」

麻由は、お兄ちゃんの猫そっくりの目を見上げながらうなずく。

「碁石を持ってないから魔法は見せられない——おじちゃんはそう云ってたんだったね。おじちゃんは五十円玉を一個だけ持ってて、麻由ちゃんに十円玉を持ってないか聞いたんだったね——、おじちゃんは碁石の代わりに五十円玉と十円玉で『魔法』をやろうとした——つまり、おじちゃんの『魔法』は、碁石じゃなくても、何か他の物を代わりにしてもできる魔法だったんだ。ここまでは判るね——それでね、新聞で見たら、おじちゃんは見つかった時にお薬を病院の袋ごと持っていたって書いてあった。精神安定剤の錠剤と睡眠薬の粉薬——その粉のお薬を飲んで、おじちゃん死んじゃったんだけど――僕があれって思ったのはね、おじちゃんは五十円玉を一つだけ持っていて、もう一つ、小さくて丸い物を探していた。もしおじちゃんがお薬を袋ごと持ってたなら、魔法は錠剤を使ってもできるんじゃないかって、そういうことなんだ。錠剤――判るね、玉になった丸いお薬のことだよ。おじちゃんは麻由ちゃんに魔法を見せてってせがまれて、咄嗟に硬貨や服のボタンにまで気が回った臨機応変な――素早く色々思いつく人だった。そんなおじちゃんが、どうして錠剤を使うことに思い至らなかったんだろう――僕はそれが変だと感じたんだ。もちろん、そのお薬で死ぬつもりだったから、麻由ちゃんにはお薬を見せたくなかったんだ――って解釈もできる。だけど、おじちゃんの魔法は麻由ちゃんのお気に入りで、おじちゃんも麻由ちゃんに見てもらうのが好きだった。もしおじちゃんが本当に自殺するつもりだったんなら、きっと錠剤を使ってでも魔法をやってくれたはずじゃないか。だからお兄ちゃんが思ったのはね――おじちゃんはその時、お薬なんて持ってなかったんじゃないかって、そういうことなんだよ」

少し難しい言葉が時々交じるけど、猫丸のお兄ちゃんの云いたいことは麻由にもよく判る。あの日おじちゃんはお巡りさんのところへ行くつもりになっていた。もし丸い玉のお薬を持っていたなら、きっとそれで魔法を見せてくれただろう。

「でもね、麻由ちゃん、次の朝見つかったおじちゃんはお薬の袋を持っていた。これはおかしいよね。だからおじちゃんは、お薬を取りに一旦おウチに帰ったはずなんだよ。おウチじゃない場所にお薬を隠してたって場合も考えられるけど、これから自殺する人がそんな面倒なことをする必要もない――それに、おじちゃんは毎晩お薬を飲んでたんだから、お薬の袋はおじちゃんのおウチにあったに違いないんだ。だからきっと、おじちゃんは一遍家に帰ったんだ、と僕は思う。でもね、こう考えていくと、また変なことにぶつかっちゃうんだよ。新聞に書いてあったけど、おじちゃんの奥さんの云ったこと――あの日は一日家にいたけど、夫は帰ってこなかった――ね、おかしいだろう、矛盾――食い違ってるよね。おじちゃんは家に帰ったに決まってるんだけど、奥さんは帰らなかったって云ってる。つまり奥さんは嘘をついたってことなんだよ」

猫丸のお兄ちゃんはそこまで云うと、短くなった煙草を地面で揉み消して、向こうに立っている吸殻入れにぽいと、器用に投げ入れた。

「お兄ちゃんが妙に感じるのは、どうして奥さんは嘘をついたんだろうってことだ。新聞で云ってる通り、心配して待ってたんなら、おじちゃんがこっそりお薬を取りに戻っても気がついたはずだろう。奥さんには何か秘密があって――例えばそっと外出してて、奥さんの方が夜おウチにいなかったから、おじちゃんの帰宅を知らなかった――って場合もあるけど、そんなことは警察の人が調べればすぐ判っちゃうんだよ。だからそんな、すぐにバレちゃうような嘘をつくはずもない――奥さんが家にいたのは本当なんだろうね。でも奥さんは、おじちゃんが帰らなかったって嘘をついた。これはどうしてだろう――。ねえ、麻由ちゃん、考えてみればね、最初っからおかしかったんだよ、麻由ちゃんがおじちゃんとここで初めて会った時から」

「初めて、おじちゃんと会った時――から？」

麻由が首をかしげると、猫丸のお兄ちゃんは軽くうなずいて、

「そう、最初に麻由ちゃんがおじちゃんとここで会った時——。麻由ちゃんが、パパもママもいないおウチに帰りたくないって云ったら、おじちゃんはこう云ったんだよね——それじゃおじちゃんと同じだね——って。それで麻由ちゃんはおじちゃんとお話するようになったんだったね」

「うん」

「でもね、麻由ちゃん、おじちゃんはどうしておウチに帰りたくなかったんだろう。おじちゃんがおウチに帰りたくない理由なんて、なんにもないじゃないか」

「え——?」

そう云われればおかしいのかもしれない。おじちゃんは淋しそうに、ひとりぽつんとこのベンチに座っていた。麻由はその姿に引き寄せられるようにして、おじちゃんに声をかけたのだった。でも、もし淋しいのだったらおウチに帰ればいいではないか。オクさんの待っているおウチに——。

「ねえ、麻由ちゃん、例えば麻由ちゃんがお外で悪いことをして、それが誰にも知られないと判ってたら、麻由ちゃんだったらきっとおウチに閉じこもるだろう」

「うん——きっと、そうだね」

麻由ならばそうする。おウチに閉じこもって、ママの膝にしがみついて離れないだろう。

「ね、お兄ちゃんだってそうだよ、お部屋に閉じこもって——お兄ちゃんは一人だから、お布

団被って、ね――。でもおじちゃんはそうはしなかった。おじちゃんは会社で悪いことして、それで悩んでいた。でもおじちゃんは決しておウチに閉じこもったりしなかった――どうしてだろう。――多分ね、家に帰ってもおじちゃんは、おじちゃんを苦しめることから逃げられなかったんじゃないかな――お兄ちゃんはそう思うんだ。家に帰って奥さんと二人でいても、どうしても会社でやった悪いことを思い出してしまう。つまり、奥さんも、おじちゃんが悪いことをしてるのを知っていた――むしろ、おじちゃんは弱いいい人だから、奥さんの方がおじちゃんに悪いことをするように唆《そそのか》していたんじゃないか――と、そう考えれば、おじちゃんがおウチに帰りたくなかったわけが、凄くしっくりくるように思えてならないんだよ」

猫丸のお兄ちゃんは、新しい煙草に火をつけてゆっくり煙をはき、

「それでね、麻由ちゃん、そこまで考えて、僕は嫌な想像をしちゃったんだ。――おじちゃんは最後に麻由ちゃんに会った日、お巡りさんに捕まえてもらおうと決心した。それから、それをもう一日延ばして、次の日も麻由ちゃんと会う約束をした。おじちゃんはね、その夜家に帰って、奥さんにそのことを全部話したんじゃないかな――僕はそんな風に思うんだよ。それを聞いて怒った奥さんは、おじちゃんにお薬の入ったお酒を飲ませて、眠らせてからここに運んできたんじゃないかな――そんな気がしてならないんだ。毎日おじちゃんの帰りが遅いのは、ここで時間を潰しているからだって聞いて、奥さんはおじちゃんをここへ運んだんじゃないか――お兄ちゃんには、そう思えて仕方がないんだよ。そうやって、おじちゃんは奥さんに殺されちゃったんじゃないかって――お兄ちゃんは、そんな想像をしちゃったんだよ」

「おじちゃん——殺されちゃったの」

頭を後ろから殴りつけられたようなショックだった。

「もちろん全部お兄ちゃんの想像だよ。麻由ちゃんのお話を聞いて、そう思っただけだ」

「オクさん、どうしてそんなことしたの？」

「きっとね、おじちゃんがお巡りさんのとこに行こうとしたからだろうね。奥さんはそれをよその人達に知られたくなかったんじゃないかな。奥さんにとっては『汚職して自首した夫』より『ノイローゼで自殺した夫』の方がよかったんだよ」

「そんなの——ひどい」

「無論、これもお兄ちゃんの想像だ。でもね、警察の人がよく調べてくれればね、ひょっとしたらお兄ちゃんの想像が当ってると確かめられるかもしれない。だから僕はこれからお巡りさんに——いや、待てよ、そうだ、麻由ちゃんがいい。麻由ちゃんがパパとママにみんな話すんだ。そしたらパパがきっとお巡りさんに云いに行ってくれる。麻由ちゃんがおじちゃんと公園で一緒に遊んだことや、おじちゃんが話してくれたこと、それと僕が——猫丸のお兄ちゃんがどんな想像をしたのかも含めて、全部パパとママに話してごらん」

「でも——パパもママも麻由の云うことなんかちっとも聞いてくれないもん」

「一所懸命話すんだ、さっきみたいに、一所懸命話すんだよ。麻由ちゃんの思ってることを、麻由ちゃんがどう感じているかを、麻由ちゃんの信じていることを、麻由ちゃんの想いのありったけを——本気になって、諦めないで話してごらん。そうすればきっとパパもママも判ってくれる、もう麻由ちゃんが小っちゃい子供じゃないって、ちゃんとした考えを持ったお姉ちゃんになったんだって、必ず判ってくれるから」

「判って、くれるかな？」

「もちろんだよ、パパもママも絶対判ってくれる。一所懸命話せば、きっと判ってくれる。お兄ちゃんが保証するよ」

「――うん、判った、やってみるね」

麻由がそう云うと、猫丸のお兄ちゃんは嬉しそうに笑ってうなずいた。

「でもねえ、お兄ちゃん――」

「何だい？」

「おじちゃん――殺されちゃったんだね」

麻由はもう、猫丸のお兄ちゃんの云ったことが本当のことだと信じていた。

なぜならば、おじちゃんは約束したから。

おじちゃんが約束を破るはずがないから――。

おじちゃんは、麻由に話してくれたようにちゃんとお巡りさんのところに行くつもりだったのだ。本物のいい人になって、麻由の前に戻ってきてくれるつもりだったのだ。淋しそうなおじちゃんじゃなくなって、元気に、立派に生きていこうとしていたのだ。

だけど、だけどおじちゃんは死んでしまった。この公園のベンチで凍えて――。寒かっただろう。

辛かっただろう。

悲しかっただろう――。

「おじちゃん――かわいそう」

涙が溢れて止まらなかった。おじちゃんがかわいそうで仕方がなかった。胸が裂けるみたいに痛んだ。生まれて初めて覚えた強烈な痛みに、心を引きちぎられるかのように感じていた。

「ねえ、麻由ちゃん――」

猫丸のお兄ちゃんが小さく云う。

「おじちゃんはね、麻由ちゃんとの約束、守りたかったろうね。約束を破る気なんて、これっぽっちもなかったんだ。だってね、大人は、大切な約束だけは、きっと守ってくれるんだから――。おじちゃんは次の雪の季節には帰ってくるって云ったんだったよね――おじちゃんは本当にそうするつもりだったんだ。ほら、ごらんよ麻由ちゃん、そんなに泣くからおじちゃんがお空で笑ってるぞ」

しゃくり上げながら、麻由は顔を上げた。

目の前を、ひとひらの白い物が緩やかに落ちて行く。

雪だった。

天を仰ぐと、白く冷たい粒がふわりふわりといくつも降りてくるところだった。闇の空から湧き出すように、果てしなく雪の幕が落ちてくるようだった。

あたかも、おじちゃんの死んでしまったこの公園を、白い清浄なベールで覆い尽くそうとするかのごとく――。
それが、この冬最後の雪だった。

海に棲む河童

わしの祖父っちゃがまだ生まりょっとらん時分ちゅうげらに、徳川《とくがわ》様の御世になるげらまし。山の在からわしらの村へ——まんだ町たづら呼び方はせんじゃったから——村へ、太吉《たきち》と茂《も》平《へい》ちゅう二人の若え衆が来ったまぎったたごな。

そん時分にゃ、銭たづらしんめりくさへい物たづら使う奴あこんな田舎にゃいないげらにな、海の在ん者と山の在ん者は、欲しい物はそれぞれ物と物同士で取り替えっこしちょりったたごな。もっちゅうトラックたづら物のあるへいないげら、山の者は山から海へ、海の者は海から山へ、えっちらおっちら背っぴらしょって行ったまぎった。弁当持ちで、丸々いちんちかけて、相手の村まで行ったまぎるのべ。そげだして、山の者は鹿や猪の肉や毛皮の代わりに干魚や昆布、海の者は海苔に塩の代わりに山菜や木の実——己の欲しい物を手に入りょうてたんだざ。

太吉と茂平が山の村から海の村へ来ったまぎったのも、そんな用事だったのべ。前までは親父どんどもの来ったまぎったただけんど、親父どんどももはあ年だげらに、太吉と茂平の初めて行ったまぎることとんなったたごな。太吉も茂平もはあ一丁前の若え衆だげらに。

太吉は村一番の力自慢だざ、六尺豊かな偉丈夫じゃ。村角力《ずもう》の横綱で、誰にも負きゅうことんなかったたげらに「綱の太吉」ど呼ばりょうてたのべ。茂平の方は身体つきべら貧相じゃったけんど、なかなか侮れ難しゅう若え衆じゃ。若えに似ず、村一番の知恵者じゃ。村の古老も舌ぁ巻くぐりょだげらに「山椒の茂平」ど呼ばりょうてたのべ。何？　あんで山椒かってか——。ほり、云うでねが「山椒は小粒でぴりひゃあ辛え」——茂平も小さがったけんど切れ者じゃったげらざあ。

太吉と茂平は幼馴染みで、刎頸《ふんけい》の友じゃったのべ。

さんて、太吉と茂平、海の村の者と取り替えっこを終らって、こっから山の村へ帰ったまぎろと思っただけんども、そん前にいっぺん海たづら物りゅう見ようちゅうことんなっただごな。二人ども山で育ったげらに海の見たことびらなかったげらにな。どっちともなし相談のまとまった。そんで二人して浜へ出ったまぎっただざ。

生まれて初めて海の見た太吉も茂平もおっぺら驚きゅうただごな。なんしろ今まで知ったことのないいかいいかい水の溜りげらに。

なんぞ太吉と茂平が堅しき若え衆ども、そこんとこはやっぱ若え衆だざ。いかい水の溜り見とるうちに、どっとらしてん沖へ出とうなってきただごな。見りゅう浜辺に、小ささ舟のおっぺら数多しに並んどるげらに、太吉も茂平もはあ矢も盾もたまらんくなった。ぐるりを見りゅうに、村人の姿もないげら、荷を近くな岩場に隠しゅう、太吉と茂平二人してこっそり舟の一艘に近づきゅうたのべ。舟は浜に上がったりって止めりょっぺっただけんど、なっとも太吉は村角力の横綱だ、軽々押しもん、舟を海に出しやらことのできた。

なんど太吉と茂平が山育ちども、山にべ沼も池もあるげらに、櫓の扱いくりょう知っとるのべ。太吉と茂平いか喜びで、沖へ沖へと進み行ったまぎっただごな。

そんして久しり遊んだったけんど、急に天気の悪しざまなって太吉と茂平はおっぺら驚きゅうた。山の者だげらに海の天気の変り具合の判らんかっただざ。慌てい舟の浜に戻し欲しけんど、どうどう荒れてくっちゅう海にゃあどっとら仕様のない。舟はぐるぐる回りょよるばっかじゃ。そんうちに雲の出ったまぎって、雨んなり、波もどうどら高うなる。嵐じゃ。浜の村の者はこの嵐の来ったまぎるを知っとったげらに漁に出とらんかっただざ——山椒の茂平はそんに思っただけんど、はあ後の祭りじゃ。舟はあっちらこっちら波に揉まれりょうてたけんど、とうとう二人とも海に投げ出さりょうてしまいよったのべ。

そんでも太吉と茂平は運強しになるげらまし。二人が放り出さりょうたんは小ささ島の近くじゃった。貢豆島《こうずしま》——ほり、あの浜のずっと向っちのあの島じゃよ。夏んなんど高校の水泳の衆がよく行ったまぎり来ったまぎりしちょろうが、あれが貢豆島じゃ。短さ草がちびっくら生えとろあの島だざ。

さんて、小ささ島に流さりゅうた太吉と茂平は困っただごな。嵐はひっとん収まっただけんど、なっちろこっちろしても帰りやらことのならん。

舟はとっきゅうどっちらかに流れ行ったまぎってん。二人とも山育ちの悲しさよ、長しょうは泳ぎやらんのべ。見りゅうに周りは海ばっかで浜がどっちかも知れんのべ。本当ちい云や、そんな遠けこともないけんどな、なっとも太吉も茂平もそんなこた知っとらんげらに。

筏たづら物の作り欲しも、貢豆島にゃちびっくら草ばっかしで木の一本びら生えとらんげらに。こっそり舟を借りたっしょう、浜の村の衆の助けん来ったただぎょやらんもん。

二人はおっぺら困っただごな。

そんうちに夜の更けだ。暗くなって、ひもじからし寒からし、太吉と茂平は途方に暮れたただごな。

そん時、どんぶらざんと海から化け物の出ったまぎった。太吉も茂平もおっぺら驚きゅうた腰抜けた。身の丈十尺もあるいかい恐ろしゅう化け物でな、体中ぬんめりぬんめり昆布の色に光っとる。目が真っ赤しかに燃えとっただごな。

太吉と茂平は小ささなって、がたしかがたしか震えりゅうばかりじゃ。

すんと化け物がいかい口開けて云っただごな。

「角力とれ、角力とれ。勝った方だけ助けてやるげら、浜へ帰してやるげらに」

「負けたらどっとらする」

勇鼓した太吉が聞くと、

「負けた方殺す、負けた方殺す。足ちぎって腹裂いて、尻に枯れ草突っ込んで殺す」

そんでどっとら仕様ことなし、太吉と茂平は角力のとることとなった。なっとも綱の太吉は村角力の横綱だげら。山椒の茂平は――わしが死んで太吉が助かるならそんもよからもし――そっとら思っただごな。

「はっきよいよい、はっきよい」

化け物の合図で太吉と茂平は四つに組んだだごな。すんと急に太吉が茂平の耳に小ささ声で、

「たづのこたぁ頼むぞい」

そん囁いただごな。茂平があっと思った時にゃあはあ遅いしぎ。太吉は上手にひっくり転げて地面にどうと倒れただごな。

茂平はおっぺら驚きゅうた。

たづちゅうんは山の長老の娘で、はあすぐ茂平の嫁に来ったまぎる娘のべ。きっちゅう太吉もたづに惚れとぎっちょったんだざ。茂平が死んだらたづが悲しみやる——太吉はそんに思って、わざと茂平に負けたんじゃろがぃ。

化け物は両ん手叩いて、

「いかい方負けた、小ささ方勝った、いかい方負けた、小ささ方勝った」

おっぺら喜んだごな。そいから恐ろしゅう目でぎろちょん太吉を睨みやって、

「約束したのべ、負けた方殺す、約束したのべ、負けた方殺す。足ちぎって腹裂いて、尻に枯れ草突っ込んで殺す」

化け物はいきなし太吉の足を掴みやら、ごっちい馬鹿力で引っぱりちぎっただごな。

茂平はそれ見て目っくら回して気ぃ失《う》せふった。

そいから茂平が見つかったは、十日ぼっこし後のことじゃ。

朝早しに、海の村の者が浜へ出ったまぎったら、凪の浜辺に若え衆が一人倒りゅうを見っけたのべ。おっぺら驚きゅうて介抱すりゃあ、それが茂平じゃ。茂平が泣く泣く語る恐ろしゅう話聞いて村の衆は、

「あの島は忌み島だげらに、わしらもめったりこって近づかん。やっぱそうた恐ろしゅう化け物の棲む島ぎっちょっただざ」

口々に噂しただごな。

「わし一人じゃ山に帰りやらん。頼みど太吉を捜してくりょう。亡骸《なきがら》だけでも捜してくりょ

う」

茂平が泣きやら頼むげら、村の衆も不憫しり思って海を捜したたごな。だけんど、太吉の死骸は浜に打ち上げらりょった。そのざまは化け物の云うたづら、足はちぎれ腹は裂け、尻に枯れ草突っ込まりょうて、はあぐずぐずに腐らよったたごな。

茂平は太吉の亡骸茶毘《だび》にして、お骨背ったごりょって山に帰り行ったまぎったと。

そんから茂平は、はあ一番も海の在に来ったまぎっことないで、死ぬるまで山の在で暮らしただごな――。

○

挑むように降り注ぐまぶしい日差し。

空の青、海の藍。

どこまでも続く水平線。浮かんだ雲のすがすがしい白さ。色とりどりに開いたビーチパラソルの花々。

肌を焼く熱射。素足に心地よい焼けた砂の感触。躍動する解放感。静かにゆったりときらめく波。

うねるがごとく耳を圧する人々のざわめき。子供達のはしゃぎ声。遠いヨットの鮮やかな原色の帆。飛び散る水しぶきの、虹を伴った輝き。

そして――そう、そして、カラフルな水着を申し訳程度に身にまとい、焼けた素肌を太陽の下に、誇らしげにさらすおねえちゃん達っ。

そう、夏だっ、海だっ、土左衛門だ——って、ヤケクソになって叫んでみたところで、結局のところシゲの言葉にうかうかと乗せられた和柾《かずまさ》も悪いのである。

眼前に広がる五月の海は、どってりとした鈍重なねずみ色に沈み、陰々滅々とたゆたっていた。

厚く、低く、今にも雨をもたらしそうな灰色の雲が物凄い速度で渦巻いている。海からの風は冷たく、湿気をたっぷり含んでいるので、肌にべとべととまつわりついて気持ちが悪い。だだっ広い砂浜には不格好な流木がいくつか転がっているだけで、人っ子ひとりいない。ただ、ずらりと並んだ防砂林の松の根元に、海の家の建築材料である丸太やよしずの丸めたのが、積み重ねて放置してあり、その風景が唯一、ここが近い未来に海水浴場として賑わうだろうことを示唆している。もっとも和柾にはそれが、五十六億七千万年も先のことに感じられたが——。

眠りを誘うようなけだるいリズムで、にごった波が砂浜を叩いている。見ているだけで気が滅入る、陰気な眺めだった。

「それでよお、シゲ——」

鉛色にゆらめく海を不機嫌に睨みながら、和柾は声をかけた。

「水着のギャルがわんさか大集合してるってのはどこなんだよ」

相棒のシゲは、ぼってりとした腹とぼってりとした瞼の目をこちらに向け、

「いやあ、こんなはずじゃなかったんだけどな——」

ぽってりとした唇で力なく笑って答えた。

「何がこんなはずじゃなかった、だよ。どうしてくれるんだよ、東京から延々四時間半かけて、レンタカー代一万四千円かけて、ガス代八千三百円かけて——その挙句がこれだぞ、なあ、どうするんだよ。こんな誰もいない寒い海まで来て、何するつもりなんだよ」

「そうポンポン云うなよお——天気悪いのはオレのせいじゃないんだからさ」

せり出した太鼓腹を不満げに揺らして、牛のよだれみたいなおっとりとした口調でシゲが云う。その茫漠とした緊張感のない顔を見ているとますますいらいらしてくる。

「お前のせいだよ、みいんなお前のせいなんだよ。雲があんなに暗いのも、海があんなに黒いのも、郵便ポストが赤いのも、全部お前が悪いんだよ。おい、どこにいるんだよ、お前が云ったその先取り好きの水着ギャルってのは。それとも何か、お前はこういうのをギャルって呼ぶのかよ」

和柾は腹立ちまぎれに、砂の上に転がっているヒトデを蹴飛ばした。

「バカだなあ、それはヒトデっていうんだよ」

「んなこたあ知ってるよっ、わざわざ教えてくれなくてもっ。何が恋ケ浜《こいがはま》だよ、何が夏の出会いだよ、何が西伊豆《いず》だよ。こんなとこで何すりゃいいんだよ」

「まあ、せっかくだから泳ごうか」

「バカヤロ、何が悲しくてこんなとこまで来て寒中水泳しなきゃいけないんだよ、ヘタすりゃ心臓マヒ起こして死ぬぞ。あ、そうだ、お前一人で泳げ。オレ見ててやるからお前一人で泳げ。

一人で泳いでそのまんまアメリカ西海岸夢のウエストコーストゴールデンビーチでもどこでも勝手に行っちまえ」

「だからそうポンポン云うなよお——なんだよ、オレのせいばっかみたいに云って。カズだって乗り気だったくせによお」

「元はと云やお前が先に云い出したんじゃないかよ」

「お前だってその気になってたじゃないかよお、鼻息荒くして興奮してさ」

「オレがいつ鼻息荒くしたよ」

「したよお、あの時——カズだって嬉しそうだったじゃないか」

それは重々判っている。後先考えずにシゲの誘いに乗ってしまった和柾だってバカだった。判っているからこそ余計に癪に障る。自分でもよく判っているのだ——。

○

ゴールデンウィーク前の、めっきり暖かくなった階段講堂で、退屈な「国際経済史概論」の講義を右の耳から左の耳へと聞き流してぼんやりしていた和柾を、隣の席で雑誌のページをめくっていたシゲがニタニタしながらつついたのがことの始まりだった。

「なあなあカズ、ちょっとこれ見てみろよ」

「何だよ」

和柾達の大学はお世辞にも一流とは云いかねる程度のシロモノだから、連休を目前に控えて、学生達は何となく浮き足立っている。教授の声に耳を傾けている者などほんのひと握り。つい少し前まで長い春休み期間であったことなど、ほとんどの者が忘れてしまっている。しかし、巨大な階段講堂はほぼ六分が埋まっており、単なる出席日数稼ぎにしても上出来の部類に入るだろう。ただ、そもそもその程度の学校であるから、出席していても心ここにあらず——あちこちで私語が絶え間ない。マイクに向かってぼそぼそと喋る教授もとっくに諦めているらしく、我関せずの境地で淡々と講義を進めていた。

「今年の夏は西伊豆が最先端！　水着ギャルも大集合！　狙い目はゴールデンウィーク明けだ！」

シゲの示したページには、海辺に寝転ぶ水着姿の女の子達のグラビアと共にそんな文字が躍っていた。

「何だよ、これ」

和柾は、それでも遠慮がちに小さな声で云った。シゲは、糸ミミズが顔面に貼りついたみたいな細い目を気味悪く笑わせて、

「何って、見た通りだよ。今年は西伊豆が流行《はや》るんだってさ」

「ふーん、それで」

「それでってことはないだろ。見ろよ、西伊豆に水着ギャルが大集結するんだって。女の子って新し物好きだろ、湘南《しようなん》・茅ケ崎《ちがさき》なんてもう古い」

「ふむ」

「それに女の子は先取り買いも好きだろ、真夏に行くんじゃなくて、シーズン前に海ってのがいいみたいなんだ」

「ほう」

「ゴールデンウィーク明けの、梅雨に入る前が狙い目なんだって」

「ほうほう」

「夏を待ち切れないギャルは、ひと足早目のアバンチュールを求めている——ってそう書いてある」

「ほうほうほう」

「場所の名前がまたいいんだ——恋ケ浜」

「恋ケ浜——悪くないな」

「だろ。ちょっと早目の夏の出会い——いいなあ、なっ」

「ゴールデンウィーク明けか、もうすぐだなあ」

「うん」

「ちょっとシゲ、それ貸せよ」

和柾がシゲの手許から雑誌を奪い取って目を通すと、なるほどシゲが云った通りの内容である。記事の最後に入った「本誌特命記者K・D記す」の文字にも、雑誌社の自信が読み取れる。

水着の女の子のグラビアをさりげなく目の端に捉えつつ、和柾は込み上げてくるにやけた笑いを押し隠して、

「行ってみるか」

「そうこなくっちゃ」

「ひと夏の出会いを求めて」

「いざ、恋の花咲く渚へっ」

概して、この年頃の男の行動原則などこの程度のものなのである。

学校はもちろんサボタージュを決め込むことにした。車は少し無理して4WDのワゴンタイプを借りた。行きは二人だけどさ、帰りは四人になってるかもしれないじゃないか——シゲがそう提案したからだった。

東京を出る時は快晴。

寒暖計の目盛りがぐいと上がるのは、どこまでも抜ける青空と金色に輝く朝日が約束してくれている。和柾とシゲはニンマリとしてガッツポーズをとったものである。

カーステレオで軽いロックなど響かせながら、大はしゃぎで車を走らせる。

それが、東名高速沼津《ぬまづ》インターを出る頃に怪しくなってきた。重苦しい雲が低く、どんよりと西の方角から流れ始めたのだ。

思わず知らず、会話が途切れがちになる。

国道四一四号線に入る時には、もはや悪天候としか呼べないありさまになった。灰色に淀んだ雲が頭上低く垂れ込め、風は湿気を孕んで今にもひと雨きそうに冷たくなる。

この辺りから二人とも、完全に黙りこくってしまった。

それでもひたすら「恋ケ浜」へと向かう。奇跡という言葉はこんな時のためにあるのだ。

未舗装の道路に砂が多くなってきた頃、道が判らなくなった。

地図を見る限りでは近くのはずだが、「恋ケ浜海水浴場まで左へ一キロ」などという看板はおろか、「恋ケ浜」のコの字の案内すら見つからない。散々迷ってどうどう巡りをした果て、畑で農作業をしていた人に尋ねることにした。すると、人のよさそうな初老のおばさんは驚嘆して、

「恋ケ浜ぁ？——今から行きなさるのかね、まあ近くだけどねえ——へえ、そりゃお気の毒なことだねえ」

和柾達の顔をしげしげと見る。季節外れなのだから驚かれるのは無理もないとしても、お気の毒とは何のことだろう——。

「あれ、知らんのかい、それじゃあんたらアレじゃないのかね——いや、てっきり遺族の人かと思ってな。まあ、あんまり名誉なことじゃないから大きな声じゃ云えんけどね、あそこの浜にはな、この時期になると——潮の加減なんだろうな、よく土左衛門が流されてくるから——それであの辺で飛び込みやらかした自殺者の身内が、時々様子を見にくるんだよ——そろそろ打ち上げられてるんじゃないかって——。そりゃ夏場は海水浴の客もいっぱい来るさ、でもこの季節はちょっとねえ——土地の者も気味悪がってめったに近づかないんだ。でも、あんたら、何しに行くんだ？」

○

「まったくよお、最悪じゃないかよ――」

墨をぶちまけたみたいな暗い空を見上げ、和柾はまたぼやいた。

「アバンチュールどころか土左衛門の名所なんだぜ、ここ」

「うん、そうらしいな」

「オレ、水死体の第一発見者なんて願い下げだぜ」

「うん、ちょっとイヤだね」

「ちょっとどころの騒ぎじゃないよっ。どうするんだよお、ホントによ」

「おい、カズ、あれ見ろよ」

「何だよ」

「ほら、あの看板」

「遊泳禁止――って、当り前じゃないかっ。どこの物好きがこんな陰気な海で泳ぐかよ」

「それじゃないよ、その隣」

シゲがぽってりと太った指で示す方向を見ると、そこにはなるほど真新しい看板があった。ごく最近立てられた物らしく、毒々しい原色のペンキがテカテカに光っている。恐ろしくヘタクソな絵で、大きなまんじゅうをケーキナイフで切ろうとしているところが描いてあった。

ビーチサンダルで砂を蹴立ててシゲがそちらへ歩いていったので、和柾もやむなく従う。

「何だよ、シゲ、その変な看板」

「ほら、な」

そう云ってシゲは満足そうに目を細めて看板を見上げる。「恋ケ浜名物・孤島巡り遊覧船乗り場はあちら」文字の横に真っ赤な矢印が入っていた。まんじゅうに見えたのは島で、ケーキナイフが舟のつもりらしいのがようやく判った。

「面白そうじゃないかよ、カズ」

むくんだ顔を綻ばせてシゲは云う。

「土左衛門だけじゃなくてさ、こんな名物もあるみたいだぜ」

「ああ、そうだな」

和枉はぶっきらぼうに答えた。今さらここの名物なんぞ知りたくもない。

「なあ、カズ、これ乗ってみようぜ」

シゲがにこにこしたまま云った。

「何だと？」

「乗ってみようよ、この孤島遊覧船ってのにさ」

「何云ってるんだよ、こんな物、今やってるわけないじゃないか、海水浴シーズンだけだよ」

「判んないよ。この看板新しいしさ、それにさっきのおばさん云ってたじゃん、土左衛門探しに来る人がいるって。そういう人達のために営業してるかもしれないだろ」

「バカヤロ、水死人探す舟乗って何が楽しいんだよ」

「だって他にやることもないだろ。やってるかどうか見てみるだけでもさ——」

云ってシゲはペタペタとサンダルを鳴らしながら、「乗り場はあちら」の矢印の方へと向かいだし、

「それに、今度来る時の参考になるかもしれないしなあ」

こいつまだ来る気でいやがる——和柾はあっけにとられて相棒の丸々とした背中を眺めた。不屈というか、懲りないというか、転んでもただでは起きないというか——ひょっとしたらこいつは案外将来成功するタイプ、大人物なのかもしれない。さもなければ単なるバガヤロ様だ。

○

遊覧船の発着所は岩場の陰にあった。発着所と呼べば聞こえはいいが、これは大いに名前負けしている。丸太を組んだ桟橋が岩場から海に三メートル程突き出しているだけである。

桟橋の先には舟が一艘舫《もや》ってある。

和柾とて、観光地にあるような豪華に飾り立てた遊覧船を想像していたわけではなかったが、しかしまさかこれほどの物とは思いもよらなかった。「船」というより「ボートのひょろ長いの」と表現してしまった方がいっそすっきりするくらいだ。当然、エンジンなど搭載している道理もなく、艫《とも》に櫓《ろ》が一本転がっているだけ。要するに——無論和柾は名称を知らないが——猪牙舟《ちょきぶね》なのである。

何を思ったかそれがペンキで真っ白に塗りたくられていて、舳先に赤い文字で「さんふらわ

あ丸」――冗談なのか本気なのかよく判らない。

「へえ、この舟で沖へ出るのか、なあカズ、結構面白そうじゃないかよ」

シゲの言葉も冗談とも本気ともつかない。

「どうでもいいけどよ、やっぱやってないみたいだぜ」

和柾は投げやりに云った。岩場にも、浜辺同様、人の姿は見えない。シゲは残念そうに、

「そうみたいだな、乗ってみたかったけどなあ」

「オレはいいよ、付き合いきれん」

「そう云うなよ、これだけ空いてりゃ順番待ちしなくていいんだしさあ」

「お前、どうしてそこまで楽天的になれるんだよ」

冷たく云い残し、未練たっぷりのシゲを放って和柾は浜へ戻ろうとした。

「あれ、カズ、誰かいるぞ」

シゲの声で振り返ると、舟底に敷いたござの下から男が一人這い出すところだった。理由は判らぬが、ござを平らに見せていたのはカモフラージュ。平べったく横になって、さっきからそうやって寝ていたらしい。

随分小柄な男だった。

貧弱な身体に黒いだぶだぶの上着を羽織り、長い前髪が眉の下まで垂れている。年は三十過ぎくらいだろうか――しかし、ちまちまっと纏まった小作りな童顔のせいでいまひとつ判然としない。茫洋とした雰囲気の、何となく摑みどころのない男である。

小男はござから這い出すと、ゆっくりしたしなやかな動作で猫のように伸びをした。昼寝をしていて、和柾とシゲの声で目を醒ましたようだ。

出し抜けに変な所から現れた不審な人物に意表を衝かれて、和柾が声をかけそびれていると、童顔の小男はきょとんとした顔つきで和柾とシゲを交互に見た。その半分寝ぼけたまん丸な目も仔猫を連想させる。

「あの――お客さんで？」

男が云ったので、

「はあ、まあ、そうです」

つられて和柾はうなずいてしまった。思えばそれが失敗だった。とたんに童顔の男は愛嬌いっぱいに破顔して、

「さあさあどうぞどうぞ、恋ケ浜名物孤島巡りの遊覧船でございます。風光明媚、絶景確実、気分爽快、一目瞭然。これに乗らなきゃ恋ケ浜へ来た甲斐がない、これに乗らねば恋ケ浜を語る資格がないってくらいのものでしてね、お客さん。さあさあ、そんなとこにぼーっと突っ立ってないで乗ったり乗ったり。さてさて、この恋ケ浜の沖合いには小さな島が三つございます。いずれも十メートル四方足らずのちっちゃいちっちゃい島ではございますが、まあその美しいのなんのって――西伊豆に浮かぶ小さなパラダイス、中部地方随一のエメラルドアイランドなあんて呼ばれております。その見事な島々を、これまたこの小さな舟でのんびりゆったり見て回る――何ともこたえられない趣向じゃありませんか、お客さん。都会暮らしの垢が、目から

鱗になってすっぱり落ちるってなもんでさあ。見るは法楽《ほうらく》見られるは因果、お代はお一人様たったの三百円ぽっきり。シーズンオフの大サービスでござあい」

小男の鮮やかな弁舌に煽られて、小さな舟に乗ってしまったのも和枉には失敗だった。そして和枉とシゲが乗り込んで、舟が岩場を離れる時の、小男の呟きを聞き逃したのも失敗だった。

「さあて、と、最初のお客だ――」

○

「さんふらわあ丸」は、濁流に流される木の葉さながらに心細く揺られている。

発着所を後にして三十分、浜を遠く離れて小舟は頼りなげに海上を漂っていた。

浜辺で見ているよりこうして実際に海に出てみると、波のうねりははるかに激しい。小舟は揺れ、きしみ、波に洗われ、今にも沈まないのが不思議なくらいだった。

舟の舳先にはシゲが這いつくばっている。早くも船酔いしたらしく一言も発しない。シゲが酔おうが醒めようが、和枉にとっては勝手にしてほしいところなのだが、ただ、そのぼってりした身体の重みで舟が幾分前傾しているような気がするのが、このただでさえ危なっかしい船上ではいまいましい。こんもりとした背中が、打ち上げられたあざらしみたいである。

和枉は船体中程でへりにつかまり、振り落とされまいと必死だった。

艫ではまん丸目玉の小男が櫓にしがみついていたが、どうにもその扱いが心許ない。大揺れに揺れる小舟の中で立っていられるのは感嘆すべきバランス感覚と称賛を送るにやぶさかではないけれど、肝心の櫓を操る両手がどう見ても頼りないのである。直進しようとしているのか、それとも曲がろうとしているのか——先ほどから和柾が観察しているところによると、どうも舟は小男の櫓の動きとはまったく無関係に進んでいるとしか思えない。

舟が同じ場所できっちり三周したのを機に、和柾は思い切って声をかけてみた。

「あの——船頭さん」

時代劇みたいでおかしい気はしたが、他の呼び方も考えつかない。むしろこの舟ではその呼称が一番しっくりくる。

「ねえ、船頭さん、もう戻った方がいいと思うんですけど——」

「いやあ、僕もさっきからそうしようと——」

小男は相変わらずぼかんとした摑みどころのない表情で、

「必死で努力はしてるんですけど」

必死という言葉とはおよそかけ離れたのどかな調子で云った。

「げっ、そ、それじゃこの舟、流されてるんですか」

和柾がびっくりすると、

「ええ、まあ、どちらかといえば」

小男が答える。

「こういう場合、どちらかもこちらかもないでしょう。流されてるんですね、漂流してるんですね」

「はあ、まあ、はっきり云っちまえばそういうことになります。へへ、どうもお気の毒様で」

「そんなあ、何とかしてくださいよ」

「ええ、ですからね、僕も何とかしようとさっきからこうやって——でも、この荒れ具合でしてね、どうにもこうにも困ったものでして」

「——あの、船頭さん」

「はあ、何でしょう」

「素人のオレがこんなこと云うのもナンだけどさ、そうやって櫓で海をかき回してもダメだと思うんだけど」

「え、これですか、かき回してなんかいませんよ」

「でも、それってかき回してるようにしか——」

「かき回してませんってば。かき回すってのはこれをこうやってこうすることを——」

「わっ、わっ、やめてくれよお」

「こりゃ失礼しました。ねっ、どうしてもうまくいかないんですよ。ねえ、お客さん」

「何スか」

「あなた、これの漕ぎ方知ってますか」

「知るわけないでしょっ」

「でしょうね。困ったな——午前中練習した時はちゃんと戻れたんだけどな、やっぱ人乗せるとまだダメなのか」

とんでもないことを云い出す。

「ちょっと待ってくださいよ、あんた本物の船頭さんじゃないんですか」

和柾が詰問すると、小男はちょっと照れくさそうに笑って、

「ええ、実はアルバイトでして——。いえね、この夏はどうしても舟の操縦をマスターしようと思い立ちまして。そうしたら折よくこの遊覧船のバイトの募集を見つけたんですよ。今からやっとけばシーズンまでにはなんとかなるだろうって舟宿の親父さんが——」

「勘弁してくれよお」

シゲが舳先にうずくまったまま情けない声をあげた。

「どうしてこんな舟に乗んなきゃいけないんだよお」

「うるせえ、面白そうだ、乗ろう乗ろうって云ったのはお前じゃないか」

和柾はシゲの肉づきのよい尻を思いきり蹴飛ばした。やっぱりこいつは大人物どころか、ただのバガヤロ様だ。

「ほらっほら、お客さん、あれあれっ」

突然艫の小男が大きな声で云う。

「あれがここの名所の島の一つですよ、いやあ、偶然とはいえよく着いたもんです」

和柾が目を上げると、いつの間にかこんもりとした土まんじゅうみたいな小島が眼前に迫っていた。差し渡し十メートル程——島というより、立ち泳ぎしている鯨の頭のようだ。さっき小男が美しいの何のと云っていたのはやはり誇大広告で、海から顔を出した地味な墓標みたい

なその光景は、救いようがないほど不景気な眺めだった。

しかし小男はそれを見上げてにこにこすると、突拍子もない図抜けた声で、

「ええと、こちらが恋ケ浜三小島の一つ、歯転《はころ》び島《じま》でございます。飛鳥時代、富士山の噴火と共に忽然と海中から隆起したという云い伝えのあるこの島は、海鳥達の憩いの場として、近隣漁船の帰港の目印として、地域住民に親しまれております。また、島の周辺は非常に良好な釣りのスポットとしても知られておりまして、季節になりますと遠方からも多くの釣り人が――」

「今さらいいよっ、そんなことは」

和柾は思わず怒鳴った。

「名所案内なんてしてる場合じゃないでしょうに」

異常に律義な性格なのか、それともこの小男もただのバガヤロ様なのか――。

小男はバツが悪そうに頭に手を当てて、

「いや、まあ、せっかくだからと思いまして――。何でしたら最後まで聞きます?」

「いりませんっ」

「早くなんとかしてくれよお」

シゲがまた泣き声をあげる。

「オレ泳げないんだよお」

そんなことを云えば和柾だって泳げない。

それを聞いて小男は呑気な顔で、

「まあ、そう嘆きなさんなって。この島の近くなら泳げなくたってどうにか——」

そう云った矢先、牙のような鋭い横波が舟の横っ腹をえぐった。「さんふらわあ丸」はあっさりと、これ以上は望むべくもないほどきれいな弧を描いてひっくり返った。

○

波の音と風の囁きがシンフォニーを奏でている。それに混じって時折魚の跳ねる水音がびっくりするくらい大きく響く。

遠く、浜の町の灯りが鬼火のように揺らめき震えている。少し前までは「さんふらわあ丸」が白い腹を波間に漂わせているのが彼方に見えたが、今は夜の闇に溶け込んでその所在も定かではない。

暗く、そして静かな夜の海だった。

まばらに生えた草の上に、和柾は膝を抱えてうずくまっている。濡れた衣服はようやっと乾いたが、五月の夜の海風は冷たく、鞭で身体を叩かれるようだ。奥歯を不機嫌に鳴らしながら和柾は遠い町の灯を見つめていた。

「ああ、腹減ったよお」

和柾の隣で、寝転がったままシゲがうめいた。

「うるせえなあ、喚くなよ。オレだって減ってるんだよ」

和柾が云うと、シゲの向こうで寝そべっていた小男がむっくりと身を起こし、

「まあ、そうかりかりするんじゃありませんよ、こういう非常時こそ、もっとこうリラックスして、さ」

何がリラックスだよ、一体誰のせいでこんなことになったと思ってるんだ。和柾は胸の内で舌打ちした。

舟が転覆した後――。和柾達は無我夢中で小島に這い上がった。なんとか波のかからない場所まで辿り着き、したたか飲んだ海水に和柾がむせていると、小男が感心したような声で、

「おやおや、もうあんな遠くへ行っちゃったよ」

見れば舟の白い腹が、波に煽られてもう五十メートルも向こうで浮き沈みしている。

「ちょっとお、どうにかしてくれよお、船頭さん、オレ泳げないんだからよ」

シゲが泣いて訴えると、相手は猫みたいにまん丸な目を向け、

「どうにかって云っても、僕だってこんな荒れた海で泳ぐ趣味はありませんよ。こいつはもうどうにもなりませんな。それに舟を下りた今、僕はもう船頭さんじゃなくなりました。猫丸といいます」

やはり律義な性格のようで、そう云ってひょっこり頭を下げた。

「なんでもいいからよお、どうにもならないなんて云わないでくれよお」

なおもシゲが泣き喚くと、猫丸と名乗った小男は、

「だってしょうがないでしょう、こうなっちゃったんだから。――でも、平気ですよ。今夜僕

が戻らなかったら舟宿の親父さんが心配するはずです。こりゃ何かあったってんで、明日の朝にはきっと捜しに来てくれるから。それまでの辛抱だよ」

こともなげに云い切った。

雑草がぼやぼやっと生えているだけの何もない小島——こうしてここで和柾は、今までの人生のうち最もわびしい一夜を迎えることになったのである——。

和柾の胸中の舌打ちには気づきもせず、

「いやあ、それにしても難儀なことになっちゃいましたねえ」

猫丸が再び草の上に寝そべりながら、まるで他人事みたいな口ぶりで云った。責任を感じている気配は微塵もない。

「あらら、煙草まで流されちゃったよ、参ったな——ねえ、カズくん、シゲくん、煙草持ってないかい」

十年来の友人のような馴れ馴れしさで聞く。和柾とシゲが揃って首を振ると、

「あ、そう。困ったなあ」

猫丸は夜空に向かって嘆息した。命の心配より煙草の算段の方がこの男には重要事だとみえる。こいつもただのバガヤロ様だ。

「それより猫丸さん、本当に明日の朝んなったら助けが来るんでしょうね」

和柾が尋ねると、

「うん、何とかなるでしょ。陸もああやって見えてるし、絶海の孤島ってわけじゃないんだか

ら——それより退屈だねえ。何か話でもしようや、空腹紛らわすためにもさ」

猫丸が太平楽な調子で云う。するとシゲがおずおずと、

「あのさ、オレ、さっきから海の真ん中の小島でこうやっててさ、子供の頃じいちゃんに聞いた話、思い出しちゃった」

「ほほう、昔話ですか」

猫丸が興味を示す。

「昔話っつうか、じいちゃんが住んでる地方に、昔っから伝わってる伝説みたいなんだけど——」

○

それからシゲが語ったのは、二人の山の若者が海で遭遇した奇怪な怪物の物語だった——。

○

背後で不意に、ばしゃりと水音がして、和柾はぎょっとして飛び上がった。振り向くと、何事もなかったように静かな夜の水面が広がっているだけ——魚が跳ねた音らしい。暗闇は人の恐怖を倍増する触媒だ。心臓が氷のハンマーで叩かれたみたいに早鐘を打っている。こんな状況の下でこんな薄気味悪い話を持ち出すシゲの神経が理解できない。

「よせよ、気色悪い、なんでそんな話するんだよ、お前は」

和柾が云うと、シゲはぼってりとした唇を尖らせて、

「だってさ、よく似てるだろ、今のオレ達と――。小さい島に流されて、帰りたくっても帰れなくて、こうやって暗くなって――」

「いくら似てたって云わなくたっていいだろうが」

「でもよお、こんな際だからさ、そういう化け物でもいいから出てこないかなって思ってさ」

「バカヤロ、そんな物がホントにいるわけないだろ」

云いながら、和柾はシゲの丸々とした体軀を改めて眺めた。この体格のシゲと角力をとったらどうしたって勝ち目はないだろう。勝ちを譲るような殊勝な心根の持ち主とも到底思えない。

和柾はぶるりと身震いして、

「でもよ、シゲ、殺されるのは綱の太吉――体格のいい方なんだぜ」

「やだよお、オレ。そうなったらオレ、絶対負けないように頑張るもんね」

「バカヤロ、太吉は茂平にわざと負けることになってんだよ」

「カズが茂平ってガラかよ、茂平ってのは頭いいんだぞ」

「お前よかオレの方がマシだよ」

「でもさあ、比較経済論、オレ可だったけどお前不可だったじゃないかよ」

「そんなレベルの問題じゃねえだろ」

和柾が怒鳴ったとたん、また背後でばしゃりと水音がした。

和柾は再度飛び上がる。

今にも、その化け物がぬっと水面から姿を現すんじゃないだろうか――恐怖で胸がどきどきする。そんなのが本当にいるはずはない。いるはずはないけど、もし出てきたらどうしよう――。腹を裂かれて脚をちぎられて――痛いだろうな、イヤだなそんなの。ツルハシみたいな鋭いツメを腹に突き立てられて、鎌みたいな尖ったキバで脚に齧りつかれて――イヤだよ、冗談じゃないよ。

「河童ですね――それ」

猫丸がいきなり口を開いた。シゲが話している間、猫丸は黙って視線を宙に漂わせて耳を傾けており、話が終わった後も何かぼんやり考え込んでいた。それがいきなり妙なことを口走ったのだ。

「河童――って何ですか」

和柾が聞くと、猫丸は少し高揚した様子で、

「河童なんですよ、太吉と茂平が襲われた怪物ってのは。いいかい、河童ってのは角力が大好きでね、夕暮れ時に子供が河辺を歩いてると河童が現れて『すんもとろ、すんもとろ』と角力に誘って水の中に引きずり込む――そういう妖怪なんだ。件《くだん》の化け物も角力が好きなようだしね、それに尻に枯れ草を突っ込むっていうのも、河童の特性である尻子玉《しりこだま》を抜くという点に通じている。どうもこの化け物は河童の変形らしい。でも河童は大抵川や沼の妖怪なんですがね、海の河童とは珍しい――うん、やっぱり山育ちだけのことはある。いやあ、昔話ってのは面白いね、昔話には大抵何らかの意味があるものでね、警句や教訓を多分に含んでいるんですよ。

例えば河童にしたって、これは子供の水難事故防止のために創造された妖怪だとの説がある。足許のおぼつかない時刻に子供達が水のそばに近寄らないように仕向けるには、危ないからと理屈で説いてもあまり効果はありません。それより、夕方水べりなんぞ歩いたりしたら河童に引き込まれるぞ——そう脅した方が説得力があるってわけなんです。ね、面白いでしょう。現代に生きる我々は、新しい物を追うことばかりに奔走したりせず、時にはこうした古人の叡智に学ばねばなりませんねえ」

闇の中で、猫丸は嬉々として喋っている。何だよ、この人は——。和柾は胡散くさい思いで猫丸の方を見た。民俗学とかそういうのの人なのかよ。柳田《やなぎた》なんとか先生みたいな学者さんなのかよ——。

「猫丸さん、その——河童が抜くっていう尻子玉ってのは何なんですか」

シゲが聞いている。

「人間の尻にあるとされている架空の玉のことだよ。河童が好んで取っていくってされてるんだけど、それがどんな物でどんな形してるのかはよく判っていない——でも、その尻子玉にこの昔話を解析するキーがあることにゃ間違いないね」

何だか変なことを云い出した。

「それから、もう一つ僕が面白いと思ったのはね、人が自らの心の重圧から逃れようとする心理——贖罪の気持ちというのは色々な物を生み出すってことかな。人は免罪符を得るためにはとんでもない工夫を凝らすんだ。人の心理ってのは実に興味深いもんだねえ」

何だ何だ、今度は何か変な宗教なのか。この猫丸とかいう男、シゲの話を聞いてから何だかおかしなことばかり云っている。ひょっとしたらバガヤロ様を通り越して、あっちの世界に行ってしまっている人間なのかもしれない――。

訝《いぶか》りながらも和柾が、

「あの、何の話、してるんですか」

尋ねると相手は、さも当り前という風に、

「もちろん山椒の茂平の話に決まってるじゃないか。茂平はね、自分の罪の意識から逃れるために、友人を高潔な人格に仕立て上げたわけだから」

どうも猫丸は、和柾とは違った聞き方でシゲの昔話を聞いていたようだ。昔話には大抵何らかの意味がある――？

「猫丸さん、さっきのシゲの昔話にも何か意味があるってことですか」

「うん、僕はそう思うね。僕にはどうも、さっきのシゲくんの話が実際に起こった出来事のような気がしてならないんだよ」

「でも、あんな化け物なんてホントにいるはずないですよ。昔話――作り話だからこそあんな変テコリンな化け物が出てきたんだし」

「そりゃまあそうだよ、昔話や御伽噺の世界は、云ってみりゃ何でもありだからね――どんな荒唐無稽な展開になっても構わんのだけど――でも今の話には、一つ合理的な解釈をつけることもできるんだよ」

「合理的な、解釈――?」

和柾は俄然興味を惹かれた。

「うん――そうだな、退屈しのぎに僕の解釈を聞かせてあげようか――煙草、あるといいんだけどなあ」

猫丸はぽつんと独り言を云ってから、こちらに向き直って話し始める。

「さて、泳げないはずの茂平が海の孤島から帰ってきた。これはどうしたことか、茂平はどうやって帰ってきたのか――もちろんカズくんの云うように怪物の不可思議な神通力に助けられたと考えても構わないんだけど――僕はもう少し現実的な方法を考えてみた。舟もなければ筏を作る材料もない、そして茂平は泳ぎを知らない――さあ、こうした条件で茂平はどうやって帰ってきたのか」

どうやってと云われても、和柾には見当もつかない。太吉と茂平はどうすることもできなかったからこそ、怪物の命令に従って角力で雌雄を決したのではないか――。

「太吉と茂平の流された島は――貢豆島って云ったっけ――ねえシゲくん、そういう島が実際にお祖父さんのとこにあるんでしょう? そう、やっぱりあるんだね。これが実在することで、あるいは僕の解釈が正鵠を射てるような感触があるんだけど、まあそれはこの際どうでもいいとして――。さて、その貢豆島は、シゲくんの話によると現代では高校の水泳部が練習に使ってるくらいだから、陸からの距離はそう大したことはないと想像される。泳げない者でもビート板や浮き輪につかまってなら、なんとか渡れるんじゃないかな。僕は、茂平もそうやって帰ってきたんじゃないかと思うんだよ」

「でも島には筏の材料だってなかったんでしょう。ビート板やら浮き輪になる物なんてなかったはずですよ」

和柾が反論すると、猫丸は笑いを含んだ声で、

「それがあったんだよ、茂平には。あるじゃないか、太吉の死骸が」

「太吉の——死骸？」

「そう。いいかい、土左衛門ってのはね、浮くんだよ。水死体は腐敗による腸内のガスのために水中でパンパンに膨らむんだ。ちょうど空気をいっぱい入れた浮き輪と同じように——」

この恋ケ浜にも、今の季節は水死体が流れ着く——。

「茂平はね、太吉の死体を浮き輪にして帰ってきたんだよ」

「そんな——バカなこと——」

「でも他に浮き輪になる物なんてないんだから、そうとしか考えられないじゃないか。——太吉と茂平が島に漂着した時、おそらく太吉の方は既に溺死していたと思われる。ひとり残された茂平は心細かっただろうね——陸が見えてて、助けが来ると判ってる僕達でさえこんなに心細いんだ、ましてや海を知らない茂平が海中の孤島にぽつんと流されたんだから心中推して知るべし、これはもうパニックになって当然だ。そうした極限の精神状態に追い込まれた茂平は——近く結婚を控えてることもあって——何としても生きて帰りたかった。ああ、こんな所で死ぬのはイヤだ、死にたくない、死にたくない。その一念で傍らを見ると、親友の死体がある。

その時茂平の人一倍切れる頭脳に奇策が宿った。太吉には済まないが、これを使って帰れないものだろうか――」

和柾は、茂平の狂気に当てられたように感じ、ぞくりと身を震わせた。

「いくら茂平が山育ちといっても、山にだって池や川くらいあるからね、土左衛門の知識はあったことだろう。さて、ここでちょいと横道に逸れるけど、さっきシゲくんから質問のあった尻子玉――河童が好むといわれてる架空の玉、ね――なぜこんな正体不明のわけの判らない物を河童が取っていくと伝えられているかというと、面白い説があるんだよ。溺死体ってのはね、上がった時には全身の筋肉がだらだらに弛緩して、肛門までだらしなくでろんと開きっぱなしになってるものなんだ。昔の人はそんな科学的な知識を持ってないから、水死体の開いた肛門を見て想像したんだね――こりゃ河童が玉か何か取ってった痕に違いない、と。さて、閑話休題、茂平の話に戻るけど、太吉の死骸をなるべく浮き輪に適するように――」

「ちょっと待ってよ、猫丸さん――」

シゲが上ずった声で遮って、

「それじゃ、あの、化け物が云ってた尻に枯れ草突っ込むってのは、もしかして――」

「ほほう、シゲくんはなかなか察しがいい。それでいいんだよ、あれは栓だったわけだ。土左衛門をできるだけ効率よく膨らませるために、開いた肛門を塞ぐ必要があった。そのための栓として枯れ草を突っ込んだっていうことなんだよ」

なんだか聞いているだけで、尻の辺りがむずむずしてくる。

「さあ、ここまで判れば茂平の行動は手に取るようだろう。茂平はまず、太吉の死骸を流されないように着物か何かで繋いで島のそばに沈める、その際、口は手拭いあたりを巻いて塞ぐとしても、肛門だけはどうしようもなくて島にあった枯れ草を詰めた。こうして、死体が小柄な茂平の体重を支える浮力を得る段階になるまで根気よく待った、というわけだ。茂平は生き延びるためにそこまでやった——何という暗く、異常なエネルギーなんだろうね」

その時の茂平の心を想うと、和枉は薄ら寒くなってくる。

「だいたい、十日も経ってから帰ってきたっていうのが変だろう、化け物の神通力で帰れたんならその夜のうちでいいんだから。だからこの十日ってのは、土左衛門が頃合いになるのに必要な日数だったと思う。この辺のリアリティも、これが現実にあったことじゃないかと僕が想像する理由なんだけど——。さて、茂平が浜に帰り着いたのは凪の夜だった——彼はそのチャンスを逃さずに計画を実行に移したってことだ。茂平がどうやって陸の方角を知ったのかは今となっては判らない。村一番の知恵者だったんだから、波や風の具合で方向を測ったのかもしれないし、星の位置で方位を知ることができたのかもしれない——。そうして命からがら生還した茂平は、村人達に恐ろしい化け物の話を創作して聞かせた。どうしてそんな作り話をしたかというとだ——土左衛門を理想的な浮き輪に仕立てたわけだからね、漂着した日から計画的に作らないとそううまくいくもんじゃない。これはそういう冷静な計算の下になされた作戦だった。だけどまさか正直に、親友の死体を前にしてそんな冷徹な計略を巡らせたとは云えないし、そうまでして生に執着した自分を恥じ、嫌悪する気持ちもあったんだろう。その贖罪の意識が、茂平をして恐ろしい化け物を創造せしめ、太吉を崇高な友情の持ち主として語らせたんじゃないかと、僕は思う。ついでに付け加えるなら、茂平は化け物を創作するに当って、無意識に河童をモデルとして使った。だから化け物は角力好きという特性を与えられていたんだ。山育ちの彼には、水の妖怪イコール河童という図式が、頭のどこかにあっただろうからね」

そこまで云って猫丸が言葉を切ると、恐いほどの沈黙が三人の上に落ちてきた。

その静けさの中に身を置いていると、新たな気味悪さが襲ってくる。和柾はぶるりと身震いした。海の中から現れる怪物のイメージは消えたものの、今度は、ぐずぐずに腐った死体を浮き袋にして泳いでいる男の幻想がちらつき始めたのだ。その男は両腕を前に伸ばして水死体につかまり、バシャバシャと単調なバタ足で泳いでくる。蒼紫に膨らんだ死体の腹の向こうで、男は白い歯を剝き出して笑っているのだ。死体をこっちに向け、ニタニタと笑った顔を見え隠れさせて男はだんだん近づいてくる——。和柾が顔をしかめて首を振った時、シゲが口を開いた。

「それでさあ、猫丸さん、それじゃどうして茂平はあんなことしたのかなあ——」

このバガヤロ様、まだこの話を蒸し返そうとしてやがる、無神経というか鈍感というか——。

「ほら、太吉の腹を破ったりとか、脚をちぎったりとか——」

「ああ、あれね」

と、猫丸は答えて、

「腹を裂いたのは茂平が帰り着いてからやったことだ。土左衛門を浮き輪にしたのを村人に悟らせないために――謂わば迷彩だね。それを怪物の仕業として村人達に語ったってわけだ」

「じゃ、脚は？」

「それなんだけどね――まあつまり、浮き輪に脚は必要ないし――それに何より、土左衛門が頃合いになるのを待つ間の、まあ茂平だって腹は減るんだし――」

「げっ」

「要するに食糧になったわけで――」

「食糧っ」

「うん、茂平はそれを喰って飢えをしのいだんだな。だって貢豆島なんて、そんな小さな島じゃ喰う物なんてなかっただろうしねえ」

「人を――喰った」

うげえっ、冗談じゃない、聞かなきゃよかった。こんな話になるんなら、最初から聞かなきゃよかった――今度こそ和柾は心の底から後悔した。

うんざりした顔を見合わせる和柾とシゲにお構いなく、猫丸は涼しげに続ける。

「食人の習慣は世界的にみてもそう珍しいことじゃなくてね、日本でだってつい百何十年前まで――江戸の頃には飢饉の時なんて、やむなく人の肉を食べたって記録もあるくらいだし――『アンデスの聖餐』『ひかりごけ』なんて小説の題材にもなってる――どの道、人は生きるために喰わなきゃならんわけでね。それより何より、僕にゃその時の茂平の気持ちが忍びないな。親友を喰らってまで生きようとした気持ち――人間の業だね、生にしがみつくエネルギー。しょせん人間は、他者を喰らわねば生きて行けない存在なんだから、どうにも空しくて、悲しい存在なんだから、ね」

そう云って猫丸は、なぜだかシゲのぼってりとした太腿を見つめるのだった。

○

「ほら、カズくん、シゲくん、舟だ、舟が来たぞ。云った通りだろ、来てくれたんだ」

猫丸のけたたましい声で浅い眠りを断たれて、和柾は身を起こすと、立て続けに三度大きなくしゃみをした。なかなか眠れなかったものの、明け方になって少しうとうとしたようだ。

目を上げると紺碧の空。

雲ひとつない、あっけらかんと晴れた青空が頭上に広がっている。

朝日の輝きを受けて、海もおだやかなライトブルーにきらめいている。

その鮮やかな青の中を小さな舟が、それでもエンジンの音を頼もしく響かせながら、波を一文字に切り裂いて近づいてくる。その白い泡の航路が、神秘の秘法で造られた道のように見えた。

「あ、やっぱり舟宿の親父さんだ、おーいおーい、こっちだよおっ」

猫丸が子供みたいに手を振ると、眉まで垂れた前髪がそのリズムに合わせてひょこひょこと踊った。

立ち上がった和柾は、猫丸に倣って手を振った。

「おーいおーい、助けてくれえ」

我知らず、幼児みたいに飛び跳ねながら。

隣でシゲも跳ねている。

そして和柾は、この朝ほど強く実感したことはなかった——生きていることのありがたみ、を。


冒頭の、方言による「語り」部分が読みにくいかもしれませんので、標準語訳を付記いたします。

私（訳者註・この物語の語り手）の祖父がまだ誕生していない頃というのですから、徳川一族の治政時代（訳者註・徳川家康が征夷大将軍に任ぜられた一六〇三年（慶長八）から十五代将軍徳川慶喜が大政を奉還した一八六七年（慶応三）までの二六五年間をいう。一般的には江戸時代と同義）と推定され（る頃の物語だと思われ）ます。

山（間部に居住する人達）の生活圏から私達の村へ――まだ町というような呼称はなかったので（訳者註・廃藩置県も市町村制の施行も文明開化後のことである）――村へ、太吉と茂平という（名前の）二人の青年がやって来たそうであります。

その当時には、貨幣というような煩雑な（手続きを必要とする）物など使用する者はこのような都会から離れた地域には存在しなかったものですから（訳者註・当時の石高制という経済概念から鑑みるに、ここは具体的に貨幣を介在させた物品のやり取りの否定というよりも、貨幣経済の観念そのものの欠如とみるべきであろう）、海（岸部に居住する人達）の生活圏の住人と山（間部に居住する人達）の生活圏の住人は、（生活に必要とされる）欲しい物はそれぞれ（互いに）物と物同士で取り替え（て交換）をしていたそうであります。当然のことながらトラックというような（運送手段やそれに付随する交通網といった）ものが存在するはずもないですから、山（間部）の住人は山（間部）から海（岸部）へ、海（岸部）の住人は海（岸部）から山（間部）へ、えっちらおっちら（訳者註・荷を担ぎ運ぶ際の擬態語と思われる）背負って行ったようです。（昼食用の）弁当を携帯して、丸々一日（時間を）かけて、相手の村まで行ったそうであります。であるからして、山（間部）の住人は鹿や猪の肉（訳者註・食用と思われる）や毛皮（訳者註・被服用、もしくは住居内部で用いる保温材と思われる）の代わりに干魚や昆布（訳者註・食用と思われる）、海（岸部）の住人は海苔に塩（訳者註・食用と思われる。山間部の住人にとっては食塩の入手は重要事であったことだろう）の代わりに山菜や木の実（訳者註・食用と思われる）——（といった例のように）自分達の（必要とする）欲しい物を入手していたわけです。

太吉と茂平が山（間部）の村から海（岸部）の村へやって来たのも、そうした（物々交換の）用事があったからです。（少し）以前までは（二人の）お父様達（訳者註・原文の「どん」は尊敬語）がやって来たのであるけれど、お父様達ももはや年齢が高い（ので足腰が弱り長時間の歩行は困難になってきた）ものですから、太吉と茂平が（今回）初めて（海岸部の村へ）行くことになったわけです。太吉も茂平ももはや一人前の青年（訳者註・ここでいう「青年」は村落単位の地域社会機構内で既に成人男性として一人前の労働力を提供しうるまでに成長した者といった意味合いが強いものと思われる）なのですから（こうした仕事を任されたのである）。

太吉は村で一番の力（を持っていること）を誇る、身長約一八〇・一八センチメートル（訳者註・当時の一尺は現代の約三〇・三センチメートル。しかしこれは当時の成人男性の平均身長から考えれば極端に高すぎる身長であり現実味に欠ける。従ってここでは身長が高いことを表す慣用句的表現と解釈する方が自然であろう）の頑強な肉体を持っている人です。村角力（訳者註・角力は日本古来の格闘技であり国技。弥生時代から稲作文化を持つ農民の間で五穀豊穣の吉凶を占う農耕儀礼として神前に奉納された）の横綱（訳者註・角力の番付の最高位の階級。当然のことながら奉納儀式である村角力に厳密な階級が存在するはずはないので、ここでは村で最も強いと解釈すべきである）で、誰にも負けることがなかったものですから（訳者註・ほら、云った通りだ）、（村人達から）「綱の太吉」と呼称されていたのです。茂平の方は身体つきこそ貧弱でしたけれど、なかなか侮り難い青年です。（年齢が）若いにも拘らず、村で一番の知恵（の働く）者です。村の年老いた（人生経験と知識の豊富な）人々も舌を巻くくらい（知恵が働く者）でしたから「山椒（訳者註・ミカン科の落葉低木。葉および果実は独特の芳香と辛味を持ち日本の代表的な香辛料の一つ）の茂平」と（村人達から）呼称されていたのです。何でしょうか？　どういう理由で山椒（と呼称されていたの）か（とお尋ねになるのですね）――。ほら（訳者註・相手の注意を促す際の感投詞）、（よく俗説で）云うではありませんか「山椒は小粒でもぴりりと辛い（訳者註・山椒の実は小さいが非常に辛いことから、身体は小さくても気性や才能が非常に優れていることのたとえ）」――茂平も（身体と身長が）小さかったけれども（頭脳が鋭く）切れる人だったものですからね。

太吉と茂平は幼馴染みで、刎頸の友（訳者註・首を切られても悔いのないほどの生死を共にする親しい交際の友人。少し大げさな表現である）だったのです。

さて、太吉と茂平は、海（岸部）の村の住人達との物々交換を終了して、これから山（間部）の（自分達の居住する）村へ帰ろうと思ったのですが、その前に一度海という（名称で知られる）物を見ようということに（相談がまとまって）なったそうです。二人とも山（間部の村）で成長したものですから海（という名称で知られる物の実物）は見たことさえなかった（訳者註・当時の交通事情と土地に縛り付けられる生活様式のためこうした者は少なくなかった）のですから（一度見たかったのであろう）。どちらからということもなく相談がまとまり（互いに合意に至り）ました。そして二人で（揃って）浜辺へ出てみたのであります。

　生まれて初めて海（という物の実物）を見た太吉も茂平も大層驚いたそうです。なんといっても（生まれてから）これまで（見たことのない）知識の埒外であるところの大きな大きな水溜り（訳者註・海を水溜りと表現するのは適切と思えないが、原文の持ち味を活かすという観点から敢えて改変はしない）なのですから（驚くのは当然であろう）。

　たとえ太吉と茂平が（人間的にしっかりした）堅実な（訳者註・原文の「堅しき」の解釈には、堅実な、賢い、堅苦しい、杓子定規な、など諸説あって未だに統一見解がない。ここでは最も一般的とされる「堅実な」を採用した）青年であるといえども、その辺りのところ（訳者註・後の軽率な行動を指すと思われる）はやはり（年齢の）若い人の（する）ことである。大きな水溜りを見ているうちに、どうにか（方法を講じるなり何なり）して沖へ出たくなってきたそうです。見渡してみれば浜辺に、小さい舟（訳者註・後の展開から考えて海の村の住人が近海漁業に用いる数人乗りの手漕ぎ舟と思われる）が大層たくさん並んでいたのですから、太吉も茂平ももはや矢も盾もたまらなくな（るほど我慢ができなくな）った。周囲を見渡してみるところによると、（海岸部の）村の住人達の姿も見えなかったものですから、（見咎められて叱られる恐れはないと判断して）荷物を近くの岩場に隠し終えてから、太吉と茂平は二人でこっそり（並んでいる）舟の（中の）一艘に近づいたのでした。（その）舟は浜辺に（引き）上げられ（るやり方で置かれ）て停舟させられていたのではあるが、なんといっても太吉は村角力の横綱（であるほどの力持ち）です、軽々と押してやることによって、舟を海に出すことができました。

たとえ太吉と茂平が山（間部の村）で育ったといえども、山（間部）にだって沼も池もあるのですから、櫓の扱い方（と舟の操縦方法）くらいは知っています。太吉と茂平は大喜びで、沖へ沖へと進んで行ったそうです。

そのように（舟を漕いだりして）しばらくの間（訳者註・原文の「久しり」には「一時（現在の約二時間）」の意味もあるが一般的には厳密な時間区分はないものとされるので「しばらくの間」と解釈した）遊んでいたけれど、急に天候が悪化してきて太吉と茂平は大層驚きました。（二人は山の（村で成長した）者ですから海の（沖の）天気が（どのように）変わる傾向に（あるものか）判断がつかなかったわけです。慌てふためいて舟を浜に戻そうと望ん（で行動を起こしたの）だけれども、どんどん（訳者註・原文の「どう」は状態がはなはだしくなって行く時の様子を表す。海が「どうどう」と荒れている擬声語と解釈することもできる）荒れてくる海（が相手で）はどうにもこうにも手の施しようがありません。舟はぐるぐる（訳者註・こちらは現代と同じで物が回転する様子を表した擬態語）回っているばかりです。そうして（手をこまねいて）いるうちに雲が（空に）出現してきて、雨になり、波もだんだん（訳者註・前出の「どうどう」と同じく「どう」は物事（時に状態）が著しくなって行く様子を表す。「どら」には「これでもか」という悪意のニュアンスが含まれることが多い）高くなりやがります。嵐（が来たの）です。浜（辺）の村の人達はこの嵐の来ることを（経験の蓄積から導き出した知識によって）知っていたから漁に出ていなかった（ので舟がたくさん浜辺に引き上げてあった）のだろう——山椒の茂平はそう思ったのだけれども、もはや後の祭り（訳者註・時機を逸して効果がないこと。祭りの終わった後の山車は役に立たないことから）です。舟はあっちへ行きこっちへ行き（訳者註・彷徨する様子を表現している）波に揉まれまくっていたけれど、とうとう二人とも海に投げ出されてしまったのでした。

　そうはいっても太吉と茂平は運が強い（といえる）のでしょう。二人が（舟から海へ）放り出されたのは小さな島の近く（の地点）でした。貢豆島——ほら（訳者註・相手の注意を促す際の感投詞）、あの浜（訳者註・ここで語り手は浜辺の一点を指し示したと思われる）のずっと向こう（の沖合）にあるあの島ですよ。夏

（期休暇期間）になると（近くの）高校の水泳（部）の人達がよく行ったり来たり（して遠泳の練習を）しているでしょう、あれが貢豆島です。短い草がほんのちょっとだけ生育しているあの島なのだよ。

さて、小さい島に流され（てしまっ）た太吉と茂平は困ったそうです。嵐はひとまず収まったのだけれども、なんともかんとも（浜に）帰る方法がありません。

舟はとっくの昔にどこことも知れぬ方向へ流れて行ってしまっております。二人とも山（間部）で育ったので（それが災いして）残念なことに、（距離を）長くは泳ぐことができないのです。見渡してみれば周囲は海（の水）ばかりで（出発した）浜がどちら（の方向）かも判断がつかないのです。（語り手である私が）本当のことを云（ってしま）えば、（島と浜との距離は）それほど遠いこともないのだけれど、なんといってもそこはそれ（この辺りの地理に詳しくない）太吉も茂平もそんなことは判断がつかないのですから（困るのも無理はない）。

筏というような物を作ることを望んだのだけれど、貢豆島には短い草ばかりで（筏の材料になるような）木が一本さえ生育していませんから（筏は諦めるしかなかった）。こっそり（浜に置いてあった）舟を（無断で）借りたわけですから、浜（辺）の村の人達が助けに来てくれるはずもあるわけはありますまいよ。

二人は大層困っ（てしまっ）たそうです。

そうして（困って手をこまねいて）いるうちに夜になりました。暗くなって、空腹だし寒いし、太吉と茂平は途方に暮れ（てしまっ）たそうです。

その時、どんぶらざん（訳者註・水を撥ね上げる際の擬声語と思われる）と海から化け物（訳者註・お化け、妖怪の類）が出てきました。太吉も茂平も大層驚きました腰が抜け（るほどたまげ）ました。身長約三メートル三センチ（訳者註・当時の一尺は現代の約三〇・三センチメートル。お化け妖怪の類といえども三メートル三センチの身長は若干大きすぎる気がしないでもない。誇張と解釈すべきか正確な測定の結果とみるべきなのか判断がつきかねるが、敢えて原文に忠実に訳してみた）もある大きい恐ろしい化け物でしてね、体中ぬんめりぬんめり（訳者註・擬態語と思われる）昆布（訳者註・褐藻類の海草。寒い地方の海岸近くの海底岩に生え、形態は帯状。食用、ヨードの製造用として採集される）の（ような）色に光っています。目が真っ赤としか云えないように燃えてい（るように見え）たそうです。

太吉と茂平は小さくなって（訳者註・人間の身体が物理的に小型化することは有り得ないのでここは「身体を縮こまらせて」と訳すべきなのだろうが、原文に忠実であろうという観点から敢えて改変しない）、がたがた（訳者註・震えている状態を表す擬態語。原文の「しか」は強調の意）と震えるばかりです。

すると化け物が大きな口を開けて（次のように）云ったそうです。

「角力（訳者註・日本古来の格闘技であり国技。奈良時代以降は宮中の儀式や神前奉納の行事として行われたがその後武術として発展普及する）をとりなさい（訳者註・角力の競技を行うことを「とる」という）、角力をとりなさい。（競技に）勝った方だけを助けてあげますから（とりなさい）、（競技に勝った方を）浜へ帰してあげますから（とりなさい）」

「（競技に）負けたら（負けた方を）どうするつもりですか」

勇気を奮い起こして太吉が（化け物に）聞きますと、

「（競技に）負けた方は（私が）殺害します、（競技に）負けた方は（私が）殺害します。（私が、負けた方の）脚部を（引き）ちぎって腹部を（切り）裂いて、臀部（の特に肛門部）に枯れ草を突っ込んで（そうした方法を用いて私は競技に負けた方を）殺害します」

それで（訳者註・この「それ」は化け物に脅迫されたことを指す）どうにも（化け物から逃げる方策もないので）仕方がなく、太吉と茂平は（二人で）角力をとることになりました。なんといっても綱の太吉は村角力の横綱ですから（勝つのは決まっています）。山椒の茂平は——私が死ぬことによって太吉（の生命）が助かるのならばそれも良いかもしれません——そうしたふうに思ったそうです。

「はっきよいよい、はっきよい（訳者註・正しくは「はっけよい」。行司が土俵の上で力士に向かって動きを求めて発する掛け声。「八卦よい」が語源と考えられている）」

化け物の合図で太吉と茂平は四つに組んだ（訳者註・立位のまま互いに相手の腰に両腕を回して組み合う角力の競技時におけるスタイルの一種）そうです。すると急に太吉が茂平の耳（許）に（化け物に聞こえないように）小さな声で、

「たづのことは頼みましたよ」

そう囁いたそうです。茂平が（何の話か意味が把握できずに）あっと思った時にはもはや遅かったわけでした。太吉は上手に（自分で）回転運動をして地面にどう（訳者註・地面に倒れる際の擬声語と思われる）と倒れたそうです。

茂平は大層驚きました。

たづという（名前）の（者）は山（間部の村）の長老（訳者註・当時の村落単位の閉鎖的地域社会構造において年長者に敬意を表す意味で使われた尊称）の娘であり、もう（少しの期間をおいた後に）しばらくしてから茂平の（家に）嫁に来る（訳者註・当時の家父長制度下では婚姻は家と家との繋がりを意味し「嫁に来る」「婿に入る」という表現が用いられた。勝手に無暗とくっつき合ってしまう現代の風潮と比較してみるのも興味深いかもしれない）（予定の）娘なのです。きっと（茂平が想像するところによると恐らく）太吉もたづに好意を寄せていたのではないでしょうか（訳者註・原文の「ぎっちょ」は推定の意）。茂平が死んだらたづが悲しんでしまう——

太吉はそのように思って、（茂平が化け物に殺されなくてもすむように）わざと茂平に負けたのではありますまいか。

化け物は（自分の）両手を叩き合わせて、

「（身体の）大きい方が（競技に）負けました、（身体の）小さい方が（競技に）勝ちました、（身体の）大きい方が（競技に）負けました、（身体の）小さい方が（競技に）勝ちました」

（そう云って）大層喜んだそうです。それから恐ろしい目でぎろちょん（訳者註・人を睨む際の擬態語と思われる）と（音を立てるくらい鋭い目つきで）太吉を睨みつけて、

「（最前）約束したから（その通りに）、（競技に）負けた（あなたの）方を（私は）殺害します、（最前）約束したから（その通りに）、（競技に）負けた（あなたの）方を（私は）殺害します。（あなたの）脚部を（引き）ちぎって腹部を（切り）裂いて、臀部（の特に肛門部）に枯れ草を突っ込んで（そうした方法を用いて私はあなたを）殺害します」

（そう云って）化け物はいきなり太吉の脚部を摑んできて、とんでもない（訳者註・原文の「ごっちい」は強度や速度、温度などを強調する際の表現）馬鹿力（訳者註・通常では考えられないほどの大した力）で（太吉の）脚部を引っぱりちぎ（り取）ったそうです。

茂平はそれを見て目を回して（訳者註・精神的衝撃を受けた際の慣用句。実際に人間の眼球が回転することは有り得ない）失神してしまいました。

それから茂平が発見されたのは、十日ばかり後のことです。

朝（の）早く（の時間帯）に、海（岸部）の村の人が浜辺へ出たところ、凪いだ浜辺に青年が一人（気を失って）倒れているのを発見したのです。（海岸部の村の人が）大層驚いて介抱してみたところ、（気を失って倒れていた）それが茂平でした。（意識を取り戻した）茂平が泣きながら話す恐ろしい（怪物と遭遇して太吉が殺された）話を聞いて（海岸部の）村の人達は、

「あの（貢豆）島は忌み島（訳者註・意味不詳。土俗信仰的な理由による生活上のタブーの一種か？）ですから、私達もめったなことでは近づきません。やはり（近づいてはいけない理由は）そのような恐ろしい化け物が棲息する島だったからなのかもしれないことですねえ（訳者註・原文の「だざ」は詠嘆の終助詞）」

（と）口々に噂し合ったそうです。

「私一人では山（間部の村）へ帰れません。お頼み申しますけれど太吉を捜してくださいませ（訳者註・原文の「りょう」は願望もしくは懇願を表現する）。遺体だけでも（かまわないから）捜してくださいませ」

（そう云って）茂平が泣きながら頼むものですから、（海岸部の）

村の人達も（茂平を）気の毒に思って海（岸と海中）を捜したそうです。

（海岸部の村の人達の捜索した場所とは違って）しかしながら、（太吉の）遺体は浜辺に（流れ着いて）打ち上げられておりました。その様子は化け物が云ったよう（なありさま）で、脚部はちぎれ（取れて失くなり）腹部は（切り）裂かれていて、臀部（の特に肛門部）に枯れ草が突っ込まれていて、もはやぐずぐず（訳者註・物が崩れている状態を表す擬態語）に腐っておられた（訳者註・原文の「よった」は尊敬語。死者に敬意を表したものと思われる）そうです。

茂平は太吉の遺体を荼毘（訳者註・火葬すること。梵語）に付して、（太吉の）遺骨をお背負いして（訳者註・原文の「ごりょ」は尊敬語。遺骨に敬意を表したものと思われる）山（間部の村）に帰って行ったそうです。

それから茂平は、もはや一度も海（岸部に居住する人達）の生活圏に来ることはしないで、死ぬまで山（間部に居住する人達）の生活圏で暮らしたそうです——。

一六三人の目撃者

フットライトとボーダーライト、そしてスポットライトが交錯する辺りが白くきらめいている。目を凝らせば、そこには微小な埃が無数に舞い散り、透徹した、薄絹のような幕が張ってあるかのようである。舞台の上を躍る埃は気のせいか、朝の光の中に舞う埃とは大分違った輝きさえ伴っているように感じられた。

そして、匂い——。小さな劇場には、そこ特有の、独特の匂いがある。ライトを浴びて一旦輝いた埃をぎゅっと凝縮したみたいな——おそらく防音材の匂いか何かなのだろうが——静かな、無音の匂いだった。俺はそれを静謐の匂いと密かに呼んでいる。そして俺はそれが、何より好きだった。

舞台では、赤垣富士男《あかがきふじお》が篠宮布実子《しのみやふみこ》に説得を試みる場面が始まっていた。

セットは帝政ロシア末期、ウクライナ地方の貴族の別荘。赤垣は小役人の倅《せがれ》、布実子は貴族の娘にそれぞれ扮している。

「だからラネーフスカヤ、僕は君のためを思って云っているのだ。もちろん君のお父上のためでもある。云うまでもないことだ、僕の真心はいつでも君の許にあり、君を太陽のごとく仰いでいるのだから。判っておくれ、あの男を庇《かば》うのは君のためにはならない。こんな片田舎にもペトログラードからの噂話は入ってくる、君も知っているだろう、ヴィボルグ区では、婦人労働者までもがストライキを起こしているという——」

赤垣の演じる小役人の倅は、卑屈な態度でしきりに布実子をかき口説いている。

「労働者どもはプラカードを掲げてねり歩いているらしい——まるでイスラム教徒がコーラン

を捧げ持つようにして——。曰く、『パンを』『専制打倒』『戦争反対』、いやな世の中ではないか。さあ、僕に教えておくれ。あの男は君の幼馴染みにして婚約者――けれどもそれを云えば僕とて君の幼馴染みではないか。ねえ、教えておくれよラネーフスカヤ、あの男はここへ帰ってきているのだろう、君に別れを云うために。教えておくれ、あの男がどこに隠れているのかを」

小役人の息子らしい粘着性と俗物性がよく出ている。しかしそれは赤垣の演技力によるものではなく、赤垣自身が粘着質で俗物なためにほかならない。何も知らない観客は唸るかもしれないが、俺としては苦笑するしかない。彼にこの役を与えた演出家の意図が的中しただけである。

「いいえ、私は何も知りません――」

布実子の凜《りん》とした声が狭い劇場に響いた。

「あの人はここへ来なかったし、私はあれからあの人とは一度も、ええ、ただの一度も会っていませんわ」

白い大時代なドレスを纏った布実子は、神々しいほど美しく、一緒に舞台に立つ赤垣の存在が消し飛んでしまうほどに気高く、それでいて奇跡のようにはかなげだった。くっきりとした目鼻立ちに舞台用のメイクがよく映える。

俺は、二人のやりとりを息を詰めて見つめていた。下手《しもて》大臣柱裏――舞台に向かって左側の袖幕の陰、舞台を真横から見る場所が、今の俺の定位置だった。

芝居が支障なく展開しているのを確認した俺は、袖幕をほんの少しかき分け、観客の様子を盗み見る。客の入りは上々——開演直前に受付の制作係から、今日の入場者は一六三人だと連絡が入っている。ここ、新宿《しんじゅく》「シアター・チェーホフ」の収容観客許容人数《キャパシティー》は一三〇だが、これはあくまで消防署に対する建前であり、実際にはこうして一六〇人からの観客を収容可能なのだ。もっともそれは前六列を桟敷にしてぎゅう詰めに詰め込んだ結果であり、七列目から後ろの椅子席もすべてベンチ形式だから、とてもゆったりと観劇といった雰囲気ではない。ベンチ席は満員電車さながらの混雑だし、桟敷の客などは、ビニール袋に入れた自分の靴を抱えてうずくまり、隣の客と肩をくっつけて無理な体勢を強いられている。こうした小劇場では、舞台は、桟敷席よりほんの十数センチ高くなっているだけだから、最前列の客に至っては、舞台に半分足を乗せている状況である。したがって役者が前へ出てくれれば、彼らはほとんど空を仰ぐようにして見上げねばならない。

それでも反応は概《おお》ね良好であり、しわぶきひとつ聞こえない観客席で、客達は熱心に芝居の世界にのめりこんでいた。舞台の熱演をも圧する、観客の熱気と人いきれ——。稽古前に台本を見せられた時は、こんな古びたロシア劇になんぞ客が入るのだろうかと危ぶんだが、これは嬉しい誤算だった。三日前の初日の開場直前、制作担当者が「凄い、凄いですよ、お客さん、列作って並んでます」と紅潮した顔で知らせに来た時など、俺も思わず胸が熱くなった。

観客の反応に満足した俺は、再び舞台へ視線を戻すと、ヘッドセットから口許へ伸びたインターカムのマイクに囁きかけた。

「音響さん、間もなく鍵山《かぎやま》さんの出です、よろしく」

『了解、音キューそちらでよろしく』

客席の背後にあるオペ室——照明と音響のオペレータールームから応答が返る。

「OK、音キューあるまで待機してください」

俺が口許のマイクに告げると、『了解』とヘッドホンの中で声がして通話が切れた。

飾りっぱなしの一杯道具——すなわち、場面が変わらず大道具を転換する必要のない一幕物の芝居では、舞台監督である俺の仕事など無いに等しい。今のように、音響や照明のオペレーターときっかけの確認をするか、後はせいぜい役者に出入りの合図を送るくらいのもの。つまりは舞台の雑用係——しかし、俺は真摯な想いで舞台を見据えていた。本番中の舞台の、このぴんと張りつめた空気が好きだから——もう二度と、自分では立つまいと決意した舞台だが、俺はそれが好きなのだ。

白いドレスの布実子が、両手を祈るように組み、切々と訴えている——。

「お願いです、どうぞあの人のことを『あの男』などと呼ばないでくださいませ。ねえ、覚えていますでしょう、あの庭の楡《にれ》の木を。覚えていますでしょう、私達の子供の頃を。あの楡の木の下で、あなたと私と、そしてあの人とで、夕闇が帳となって私達の頭上に垂れ込めるまで遊んだ、あの子供の頃のことを——」

悪くない——いや、正直云って大したものだ。台詞を唄っていない。言葉がストレートに、胸の奥からの真情を吐露するように、滑らかに表現されている。身体の使い方も堂に入ったものだ。無駄な動きが一切ない。優美で、柔らかく、ダイナミックで、それでいて気品がある。大きな動作を作らなくても、的確な表情を身体全体にキープする技術は、かなり訓練を積んだ表現者の肉体にしか宿らない。俺が以前いた劇団のベテラン女優にも、これほどの表現力を持った者はいなかったように思う。そしてあの天性の美貌。悪くない——俺は舞台袖の暗がりで一人うなずいていた。

一般に知名度はなくても、演劇関係者の間では割に名の通っている俳優というものが存在することを、俺は恥ずかしながら数年前まで知らなかった。芝居の世界に身を投じた頃から、俺は新劇一辺倒であり、役者は例外なく劇団に属しているのだと信じ込んでいた。プロダクションにのみ所属し、あるいはフリーの立場で、「仕事」として舞台に立ち、テレビに映り、ビデオシネマに出演している連中がいるとは、俺には思いもよらなかったのだ。世界は狭いようで途方もなく広い。二十代の俺にとっては、あの新劇の劇団が世界のすべてだった。劇団で芝居を勉強し、上手くなれば役が貰え、在籍が長くなったらギャラが上がって、それで何とか喰っていけるようになる——それが目標であり夢だった。しかし三年前、三十三で役者への道を諦め、フリーの舞台監督になって、こうして外部の「仕事」をするようになってから俺は、俺とは全然違ったアプローチで舞台に立つ役者達を知ったのだ。

オーディションを受け、「仕事」として報酬を得るために演じ、次の「仕事」につながるように人間関係を作る——それが彼らのやり方だった。今回のようなプロデュース公演という形態。制作者がいて作品が決まっていて演出家がいる。そんなワクの中に、彼らはプロの演技者として寄せ集められるのだ。

俺のいた新劇の劇団とはまったく違う、甘えのない、無論「勉強」などとは無縁な、己の力量だけで勝負するプロフェッショナルの俳優達。俺から見れば、彼らは強靭で意志を堅固に持ち、そしてしたたかである。しかし、彼らにつきまとう打算的な、自己中心的な影が俺はどうしても好きになれないでいる。もちろん、演劇が芸術であり、役者は芸術の神に奉仕する無欲な信徒であるべきだなどと云うほど、俺は世間知らずでもないから、多分俺の悪感情は、十数年間新劇劇団員として培ってきた青臭い演劇青年のカラを、俺がまだどこかにぶら下げているために持つ偏見のせいだ。

「お願いです、あの頃、あなたとあの人との間に確かにあった友情を懐かしむ気持ちが、あなたの心に小さな漁火《いさりび》として残っているのなら、ああ、お願いです、あの人をこれ以上追いつめないでくださいまし――」

舞台では、布実子が透明感のあるよく通る声で、歯切れよく喋っている。まだ三十そこそこだというのにこの完成された台詞術。早くも「舞台女優」としての風格すら備えている。もちろん布実子とてフリーの女優であるから、舞台を降りればしたたかな一面を持つ気の強い女性であることも俺は知っているが、それでも今回のこの公演では、彼女のおかげで俺の偏見もかなり薄れそうだ。

俺が布実子の演技に見入っていると、不意に誰かが俺の肩に手を置いた。

振り返ると、鍵山秀一郎《しゅういちろう》がシニカルな笑みを片頬に浮かべて立っていた。

「梶原《かじわら》クン、もうすぐ俺の出だ、キュー頼むぜ」

客席に聞こえないように小さな声で、鍵山は囁きかけてくる。俺の偏見を増幅させそうな相手に声をかけられ、内心顔をしかめながらも俺は無言でうなずいた。

「それにしても、赤垣のシバイは日に日にマズくなるな――」

用件が終わったにもかかわらず、鍵山は俺の側でニヤついている。

「リアリティがないんだよ、どうだい、見ろよ、派手な動きしてやがる。それに肩に力が入って両腕がまるで棒っきれだ。なってないよな、リアルな演技がどんなものか判っちゃいないんだから」

鍵山はリアリズム演技の信奉者なのだ。

「それじゃ、出番だ――梶原クン、君も元役者ならいいシバイがどういうのか判るだろう。今から俺がそれを見せてやるから、よく見とくといい」

どことなく俺を見下した口調で云い、鍵山はやっと俺の傍らを離れて、セットの裏へとスタンバイしに行く。優越感に満ちた尊大な態度。偉そうに俺をクン付けで呼ぶが、鍵山とはそう年齢も違わないはずだ。稽古初めに会った時から、どうにもこの男は虫が好かない。

いつでもパリっとした服装で髪形もキメているのは「役者は常に人に見られているのを意識しないといけない」からだそうであり、街を歩く時も、すれ違う女性がすべて自分に見とれていると確信した、気取った歩きっぷりだ。過剰な自意識と自己愛の強さ。俺には到底ついていけない。人を人とも思わぬ態度を取るのも、自分が選ばれた、特別な人間なのだと信じているからである。凡人の俺には考えも及ばない発想だ。

それでも酒好きの男同士のこと、稽古が終わってから何度か付き合ったことがある。鍵山の酒はあまりいい酒ではない。

「俺は死ぬなら舞台で死にたいね、大勢の観客に見守られて華々しく死んでいくんだ」

酔うと口癖のように云うのだが、鍵山は自分には永遠の生が約束されていると信じているタイプだから、当然これは、彼のナルシシズムが吐かせた持ち前の「決め台詞」のつもりなのだろう。リアリズム信奉の自己満足演技論の押しつけに始まって、果ては大劇場で主役を演ずる夢の話にまで大言壮語が果てしないのに辟易し、俺はこのところ鍵山から酒を誘われても極力断ることにしている。

舞台では——貴族の娘を説得することを諦めた小役人の息子が、すごすごと退場するところだった。

赤垣が引っ込むと、布実子はがっくりと肩を落とす——。そしてため息をつき、広く明いたドレスの胸許から金のロケットを取り出し、悲しみに暮れた表情で、そっとロケットの蓋を開く——俺はインカムのマイクに、

「OK、音楽、スタート」

素早くキューを送った。客席後方の金魚鉢にいるオペレーターには布実子の細かい動作が見えないから、俺が合図を出したわけだ。

静かな旋律が流れ込んでくる。

同時に、照明がゆっくりと絞られる――夕暮れが近づいているのだ。

黙劇のまま、布実子はロケットを握りしめ、天を仰ぐ――この動きが鍵山の出のきっかけだ――俺はセット裏にスタンバイした鍵山に向かって、左手を大きく振った。

鍵山――帝国側に追われる若い貴族は、裏口から辺りを窺いながらそっと忍び入る。気配に気づいてはっと振り返る布実子。長い逃亡生活に変わり果てた恋人の姿を認め、驚きの声をあげそうになった彼女は、慌てて自分の口を押さえる。

滑るように布実子に近づいた鍵山は、ゆったりと彼女の手を取ると、優雅な仕草でその甲に唇を当てる――。ダメだ、何がリアリティだ。あれではダンスでも踊っているみたいではないか。俺は袖幕の陰で、一人そっと舌打ちした。

確かにああまで自信を持てるのだから、彫りの深い容貌といいスマートな長身といい、鍵山の見てくれは悪くはない。しかし自意識が強すぎる。あれでは「役」ではなく、鍵山本人がそのまま出ているのと同じだ。リアリズムを主張しているくせに、役の掘り下げもてんでなっていない。軍に追われているのだ。もっと切羽詰まった、焦りの感じがあってもいいはずだ。苦しい逃走からくる、とげとげしい気分を出してもいい。一度は別れを告げた恋人に、最後にもう一目だけでもと会いに来たのだ――悲しみ、絶望、死の覚悟、内面にそうして抱え込んだ感情を爆発させ、一気に彼女を抱き竦める方がいいはずではないか。俺ならきっとそう表現するだろう。それに俺だったらもっとストレートに性格を描写して――いや、やめよう、俺はもう役者ではないのだ。夢はとうに捨て去ったはずなのだ。今は、人の演技をとやかく云う資格すらない、一介の雇われ舞台監督に過ぎないのだから。

俺はぶるりと首を振り、気分を変えてもう一度舞台を見た。

「あなたのことを想うと、私の心は、深く切り立った氷山の中に埋もれて、そのまま行方さえ見失ってしまいそう。苦しくて、切なくて——私の胸の内を言葉にするならば、ああ、どう譬えても追いつきはしますまい——」

布実子が連綿と心情を訴えている。

悪くない——俺はまた、そう思う。

女優としても、そしてもちろん一人の女としても。

引き剝がそうとしても、俺の目はどうしても布実子の広く明いたドレスの胸許の眩しさに釘づけになってしまう。

舞台はヤマ場の、最後の別れのシーンが始まっていた——。

今回のこの芝居は、社会民主労働党による改革の気運が大ロシア帝国の屋台骨を揺るがし始めた頃——いわば十月革命前夜と呼ぶべき激動の時代を背景とした翻訳劇だった。作者であるアンドロポフ・フリョーキシン自身もボルシェヴィキに属して、血の日曜日事件以降革命に参加していたらしいが、たった三作の戯曲を残しただけで筆を折っているので、日本ではほとんど知られていない。戦前の翻訳を演出家の竹之《たけの》内《うち》が掘り起こして改稿し、こうして舞台に乗せる運びとなった。

鍵山演ずる貴族の若者が、故郷を捨て婚約者を捨て、自らの身分を顧みずに労働運動に身を投じ、運命に翻弄される——物語は、残された婚約者とその一族が、彼の帰りを待ちわびて暮らす別荘の一室だけを舞台として、淡々と、そして静かに展開する。大きなドラマが起こるわけでもなく、どちらかといえば地味な話なのだが、絶大なる時代の変革をただ傍観するしかない無力な貴族一族の苦悩が抽出された、なかなかの佳編だ。

出演者は鍵山、布実子、赤垣、そして布実子の両親役の中堅俳優二人と祖父役のベテラン俳優、それから最後にちょろっと出てくる帝国士官役一人——総勢七名の小ぢんまりとした舞台である。

祖父は話の中盤で病死し、両親役ももう出番がないので、今頃は三人とも化粧を落として、劇場前の喫茶店で終演を待っているのだろう。こうした、自分の出番さえきっちり演じれば後は何をしていようと自由という、プロデュース公演ならではのシステムも、慣れない時分の俺を随分戸惑わせた。俺のいた新劇の劇団では、出番のない役者はガチ袋を腰に下げて、大道具の手伝いに回るのが常識だったからだ。プロに徹していると云うべきなのだろうか——。

今日の公演も間もなく終わりだ。舞台上では——布実子が背後のサイドボードから酒壜を取り出すところだった。

布実子はソファに腰かけ、横に立っている鍵山にグラスを手渡す。こちらに背を向けているので鍵山の顔は見えなかったが、多分顔の表情だけで演技しているのだろう。ここは全身で悲しみを表現すべき場なのだが——。

布実子は酒壜を傾けると、鍵山の持ったグラスに、ほのかに琥珀色の液体を注ぐ。——悪くない。指先まで神経が行き届いた、別れの苦しみが滲み出るような繊細な演技だ。布実子は——いや、貴族の娘は、恋人と目を見交わしたまま、そっとテーブルに酒壜を置く。

「二人の——永遠のために」

鍵山がグラスをちょっと上げ、乾杯の仕草をすると、堰を切った嗚咽を堪《こら》えようと、貴族の娘は両手で顔を覆った。

はかなげに、肩を震わせる布実子。

その姿を眺めながら、俺は口許のマイクに向かって呟く。

「間もなく鍵山さんハケです、布実子さん一人になったら、ライトチェンジよろしく」

『了解、判ってますって』

照明オペレーターのおどけた声が、ヘッドホンに返ってきた。オペ室の連中とて台本を見ながら仕事をしているのだから、きっかけをいちいち確認する必要もない。だが、これが俺のやり方なのだ。梶原君は真面目で熱心だな——初めて仕事をする相手からはよく云われるが、別段俺は真面目でも熱心でもない。公演中の舞台には全力で取り組むように、新劇の頃にそう叩き込まれた名残にすぎない。

布実子が涙に濡れた目を上げ、もう一度深く、恋人と視線を絡め合う。

ソファに座った布実子と、その側に立った鍵山。二人は見つめ合い——そのまま鍵山はグラスの酒を一息に飲み干した。

そして、鍵山はドアを出て走り去る——はずだった。

て砕けた。

が、異変が起きた。

鍵山の長身がぐらりと揺らめいた、のだ。

一瞬俺は、それが鍵山独特のオーバーな——いわゆるクサい演技なのかと思った。

しかし、違う。

鍵山の手からグラスが滑り落ち、舞台のパンチカーペットの上でかしゃんと小さな音を立てて砕けた。

「ぐふうっ」

奇妙な唸り声をあげ、鍵山の身体がのけぞった。正常な意識のある時の鍵山ならば、間違っても観客の前ではしないであろう、見苦しい動作だった。

「ぐうっ」

鍵山が自分の喉を掻きむしる。さすがの布実子も瞬間的に演技を忘れ、素《す》に戻って腰を浮かせソファの上を後ずさった。

「ううっ」

もう一声唸り、鍵山は立ったまま身体を反転させる。顔がこちらを向き、フットライトに照らされて、苦悶の表情が俺にもよく見えた。唇に浮かんだ泡のような血。

自分の身体を抱え込むような姿勢で鍵山が倒れた時も、そこが本番中の舞台だったからこそ、俺はそれが彼一流のオーバーな演技のように錯覚した。しかしもちろんこれは演技などではない。客席に背を向けて横倒しになった鍵山は、二、三度激しく痙攣すると、それきりゼンマイが切れた玩具みたいにぴたりと動きを止めた。

あまりに思いがけないアクシデントに、俺は一瞬現実感を失って放心した。

『おい、どうしたんだ――』

ヘッドホンの奥で喚く音響オペレーターの声で、俺は我に返った。本番中の舞台進行の全責任は、舞台監督の俺にある。

『どうなってんだ、何があった』

『何だよ、何かの余興か。そんなんだったらこっちに通しといてくれないと困るじゃないかよ』

横から割り込んできた照明オペレーターの声に俺は、

「余興なんかじゃない、とにかく何だか俺にも判らん。ちょっと待っててくれ」

完全に頭が混乱していたにもかかわらず、普段インカムで通話する要領の通り、囁き声で答えたのは我ながら上出来だった。

事態はよく摑めないが、只事でないのは確かだ。急病――にしてはタイミングがよすぎる。鍵山は明らかにあの酒を飲んで倒れた。あの酒を飲んで、あの壜の酒を――いや、今はそんなことを考えている場合ではない。倒れた鍵山を早く何とかしなくては。それに観客が騒ぎだしたら大変な騒ぎになる。

俺は慌てて袖幕をめくって客席を見た。観客達は――まだ最前と同じように熱心な眼差しで舞台を見続けている！

これがアクシデントだとは気づいていない。芝居の筋だと思っている。助かった。これを利用しない手はない。パニックが起こるのだけは避けねばならない。

舞台上の布実子を見ると、彼女はソファに座り込んで驚愕したままだったが、これは致し方あるまい。こんな時にアドリブで繋げられる女優などいるはずがない。俺はすかさずインカムのマイクに、

「音響さん、トラブルだ、何でもいいから音楽頼む、恋人の死におののく貴族の娘——そんな感じで。客に気づかせるな、何とか繋いでくれ。照明さん、暗転用意。タイミングはこっちで読む。次の俺のキューで暗転、不自然にならないように頼む、これで芝居が全ギレだと思わせるように」

『——判った、ＯＫ』

さすがにオペの連中もプロだ。俺の指示をすぐ呑み込んだようだ。

静かな音楽がフェイドインしてくる。

よし、このまま暗転にして、暗がりに乗じて鍵山を引きずってひっこめ、布実子にカーテンコールをやらせよう。その間に誰かに救急車を呼びに走らせる——俺が素早く段取りを組み立て、インカムで暗転を命じようとした時、演出家の竹之内慶喜《よしのぶ》が俺の傍らへすっ飛んできた。

「かっ、梶原君、どうしたんだね、これは」

四十前というのに額がかなり後退した演出家は、声こそ潜めてはいるものの相当動転しているようだった。人のよさそうな丸顔が真っ赤で、いつもは象のように柔和な細い目が狐みたい

に吊り上がっている。

「俺にも判りません、トラブルです」

「鍵山君はどうしたのかね、急に倒れて――あっ、そうだ、梶原君、幕だ、幕を下ろしたまえ」

かわいそうに、この気のいい演出家は突発事態で完全に我を忘れている。

「落ち着いてください、竹之内さん」

俺はやんわりたしなめて、

「こんな小劇場に幕なんてないでしょう、しっかりしてください。とにかく俺が何とかします。幸い客はまだ気づいていない、知られたらえらい騒ぎになる。その前に芝居を終わらせて鍵山さんを病院に運びます、いいですね」

一言一言嚙んで含めるように云うと、竹之内はがくがくとうなずいた。おとなしくなった演出家を放っておいて、改めてインカムのマイクに、

「照明さん、暗――」

云いさしたところで、誰かが舞台に走り出して行くのを、俺は視界の隅に捉えた。のっそりと落ち着いた動きで舞台に登場した人影のぬし。誰だっ――俺が苦労して事態を収拾しようとしているのに邪魔するのは。

金モールのついたロシア帝国正規軍の軍服を着た小柄な男――猫丸だった。

猫丸は、倒れている鍵山の方へつかつかと力強い足取りで近づくと、仔猫みたいなまん丸な

目で、愕然とソファに座ったままの布実子を睨んだ。

どうするつもりだ、あいつは——俺は舞台袖の暗がりで苛立って歯噛みした。満席に詰め込んだ客達が異状を察知して、もしパニックにでもなったら——この狭い地下劇場には出入口は小さな階段一つしかないのだ。恐慌状態に陥った一六三人の観客が、逃げ場を求めて階段に殺到したとしたら——怪我人の一人や二人では済まなくなる。そうなったらどうしてくれるというのだ、あの男は。

猫丸——。ラストの場面にほんの少しだけ登場する帝国軍士官役の役者である。いや、正確には本職の役者なのかどうか俺は知らない。演出家の竹之内が「こんな小さい役を役者にやらせるのは気の毒だし、それに、この役じゃギャラもちょっとナンだからね」と、どこかから連れてきた男なのだ。竹之内の友人だとかで、いうなれば「友情出演」を引き受けた形だ。年齢は三十ちょっとくらいか。小柄で童顔——何だかぼんやりした印象の男で、最初稽古場で顔を合わせた時など、こんなのに舞台が務まるのだろうかと、気を揉んだものだ。しかし、いざ立ち稽古に入ると、俺の心配は杞憂にすぎなかったと思い知らされた。器用で、さりげないが正確な演技をする。不思議なアクセントをつけた個性的な台詞回しもこの男が喋ると自然であり、舞台上の立ち姿には奇妙な存在感がある。さすがの鍵山も「あいつどういうやつなんだ、その辺の役者よりよっぽどデキるじゃないか」と評していたくらいだ。猫丸を見ていると俺自身、役者の道を諦めたのが正解だったと痛感させられた。何事にも才能という壁があることを——。

しかし、それとこれとは別だ。こんな場面にしゃしゃり出て、何もかもブチ壊されたのではたまらない。やむを得ない、このまま暗転にしてしまえ。尻切れとんぼの幕切れになってしまうが、この際贅沢は云っていられない。

俺が照明係に今度こそ暗転の合図を送ろうとした時、猫丸が軍靴の踵をカッと合わせて綺麗に敬礼し、もったいぶった口調で喋り始めた。

「お嬢さん、先ほどからの一部始終、あちらで拝見しておりました」

少し甲高いが、よく通る声だった。

「私はペトログラード近衛兵団、セミリューノフ大尉であります。この男を追ってこの辺境の地までやって来たのですが――いや、こんなことになるとは――。あなたはこの男を殺した。しかし、お嬢さん、案ずるには及びません。あなたの行為は愛国心の表れ、皇帝陛下のご意思に添うもの。私はあなたを咎め立てたりいたしますまい。この男は我が隊に捕獲され、抵抗著しいが故に私が射殺した――そう報告することにいたしましょう。ご心配召さるな、あなたの行いはこの革命騒動が収まった暁には、必ずや帝国臣民の誉れと称賛さるるものとなるでしょう。では、私はこれにて失礼いたします、死体は当方で処分いたします故。皇帝陛下万歳っ」

叫んで、再度敬礼し、猫丸は力を失った鍵山の身体をずるずると引きずる。うまいっ――俺は心の中で喝采を送った。小柄な猫丸が長身の鍵山を運ぼうとしているので、かなり不格好ではあるが、これでいち早く鍵山を引っ込ませることができる。絶妙のアドリブだ。

本来ならば、鍵山が別れの酒を飲み干して退場した後、一人になった布実子に、彼の逮捕を伝えに来るのが猫丸の役割だった。あの小男、芝居の筋そのものまで変えてしまいやがった

——しかしおかげで鍵山を病院に運ぶことができる。こいつは殊勲賞ものだ。

猫丸が汗まみれで、それでもようやく鍵山を舞台奥にしつらえたドアから運び出すのを確認すると、俺は、舞台にひとり取り残された布実子を見やった。

不安そうな布実子と目が合う。

俺が強くうなずいて見せると、布実子にも通じたようだった。客に異変を気取《けど》らせてはいけない——。布実子は軽くこちらへ、目だけで合図を送って返すと、客席正面に向き直った。そして台詞。

「ああ、私はあの人を殺してしまった。私のこの手で——私のこの手は血で汚れてしまった」

舞台裏の袖幕の方では、猫丸が竹之内に手伝わせて、鍵山を楽屋へ運び入れようとしていた。鍵山の顔は苦悶に歪み、まったく血の気を失っている。

「竹之内さん、救急車、頼みます」

俺が小声で云うと、竹之内もうなずいた。

「私の手の汚れは、きっと、おそらく、何度洗っても落ちないでしょう。愛する人を、我と我が手であやめてしまった私の罪は、あのシベリアの凍土のごとく、もはや永遠に溶けて消えることはないでしょう。ああ、清らかな、少女の頃の汚れなき手には、この手は、何度洗っても戻ることはないでしょう——」

布実子の、マクベスから流用したらしい急遽変更のアドリブ台詞を耳にしながら、俺は矢継ぎ早にインカムに指示を送った。

「布実子さんのアドリブ終わったらキュー出します。音響さん、ラストの音楽、よろしく。照明さん、音楽きっかけで布実子さんにだけピンスポ、他はフェイドアウト、彼女一人板付きでピンスポ残し、後はそのままゆっくり溶暗、頼みます」

○

鍵山は即死だったらしい。

竹之内がそう伝えに来た。楽屋に運び込んだ時には完全に事切れていて、素人目にも手の施しようがないと判ったそうだ。だから救急車も必要ないだろう、と。

もちろん俺にだってそんなことくらい判っていた。舞台で倒れた鍵山があの場で死んだだろうことは、あの時すでに判断がついていた。救急車を呼べと云ったのも、いうなれば俺自身に対する気休めのようなものだ。虫が好かない相手ではあるが、目の前で死なれて、いい気分のするはずはない。

ざわざわと波が引くように、観客が三々五々劇場を出て行く雑音が、この舞台袖にも聞こえてくる。

「あのラストが衝撃的だったよなあ、まさかあんな結末とは思いもよらなかった――」

などと云っている客もいて、俺は苦笑を禁じ得なかった。それはこっちだって思いもよらなかった。

鍵山は、舞台で死んだ。

一六三人の観客が見守るなか、本番中の舞台で死を遂げた。本心からではなかったにせよ、図らずも口癖通りの死に様であり、鍵山もさぞかし本望だったろう――俺は少し皮肉な気分でそう考えていた。

「客出し」の間中、竹之内は俺の傍らを離れようとしなかった。演出家のくせに、一人では何もできないタイプであることを、俺は稽古期間中から知っていた。気のいい素直な人柄で、芸術家らしい繊細な神経の持ち主でもあり、俺はこの好人物を気に入っている。だがいかんせん、演劇創造の場での独裁者たることを要求される演出家という役割に、向いているとは決して云えない。

鍵山の死を報告してから、竹之内は俺に話しかけるでもなく、細い目を落ち着きなくきょときょとさせながら、手持ち無沙汰そうに立っている。客席には客が居残っているし、舞台は客席から丸見え、楽屋には死体があるときては、彼がいられる場所は俺の側くらいしかないのだろう。

袖幕から覗くと、最後の客が階段を上がって行くところだった。その、ぽってりした体格であざらしを連想させる学生風の男が姿を消すと、階段の上から制作の小笠原《おがさわら》が銀ブチメガネの顔を出した。

「梶原さん、客出し終わりました」

その声を聞いて、竹之内がふらふらと舞台へ出て行きかけるのを、俺は腕を摑んで引き止めた。竹之内は怪訝そうに振り返る。

「舞台に上がってはいけません」

俺は云った。鍵山は舞台の上で、毒を盛られた形跡がある。即死とくればなおのこと、これは変死で――殺人の可能性すらある。舞台は事件現場として手つかずで警察に引き渡さねばならない。

俺がそう説明すると、竹之内は禿げ上がった額に汗をいっぱい浮かべた蒼白な顔で「判った」と云った。

俺は舞台袖から直接客席へ降り、オペ室から出てきた照明と音響の操作係達をつかまえて、ロビーで待機するように頼んだ。アクシデントに冷静に対処した俺の手腕を認めて一目置いてくれたのか、彼らは文句も云わずにすんなり階段を上がっていった。俺もオペレーター達と共にロビーへ出て制作の小笠原を呼び、全員にロビー待機を命じた。受付の女の子達や、喫茶店から戻った中堅俳優の不満そうな態度を無視して、俺は再び客席へ取って返す。

俺と小笠原のやり取りを聞きつけたらしく、楽屋から役者達が客席へ出てくるところだった。しんがりに竹之内もついてくる。

芝居の終わった後の客席は、白々とした蛍光灯の下にあった。

想像力で建てられた砂の楼閣は幻と消え、残されるのはただのガランとした、殺風景な空間だけだ。夢が醒めれば、後には形骸化し殺伐とした日常だけが居直る――。

客席のそこここに所在なげに立っているのは、赤垣、布実子、竹之内、猫丸、そして俺――謂わばこの五人が、事件の直接の「関係者」だった。役者三人に演出家。スタッフは俺一人。

事件のあった瞬間、舞台近くにいたのはこれだけだった。一杯道具のこの芝居では、大道具係や小道具係などのスタッフは本番中には必要ない。裏の仕事はすべて俺一人で賄う。舞台の雑用係——観客にはその存在すら見えない裏方——それでも俺は、芝居の世界から離れられないでいるのだ。

「皆さん、ご存じのように大変な事故が起きました」

俺は「関係者」達に向かって口を開いた。

「警察を呼ばなくてはなりません。尋問、その他で不愉快な思いをされるとは思いますが、ご辛抱ください」

そう云い捨てて、電話のあるロビーへ上がろうとした。事件に直接関係があるだろうと思われる者をこうして集めておけば、警察の仕事もやりやすく、それだけ早く片がつくと判断したのだ。

「いや、ちょっと、ちょっと待ってくれ、梶原君」

竹之内が上ずった声で俺を呼び止めた。

「すぐに警察というのは、ちょっと、その、性急すぎやしないかね」

禿げ上がった額の汗を光らせて竹之内は、

「鍵山君は死んでしまったことだし、そんなに慌てることもないんじゃないかな。ここはもう少し、事実関係をはっきりさせてからだね——それから届けても遅くはないと思うんだが」

おどおどした物腰で云う。この人が自分の意見をきちんと口にするのを、俺は初めて聞いたような気がする。しかし結局のところ、竹之内は我が身がかわいいだけなのだ。俺はそう思う。演出家、代表者、総責任者として、何の事情も呑み込めぬ白紙の状態で警察の追及を受けるのが恐いだけなのだ。責任の所在をはっきりさせて、自分はその陰に隠れようとしている。悪い人物ではないが、気弱なこの人の考えそうなことだ。

「いけません。素人の俺達があれこれ考えても仕方ない。それより警察に任せてしまった方が能率がいいでしょう」

竹之内の立場には同情せぬでもないが、俺は彼の提言をその場で突っぱねた。気分がいつになくささくれ立っている。本番中の舞台で——不遜な云い方を許してもらえるならば——俺の神聖な領域で人が死ぬなど、俺にとっては冒瀆以外の何物でもない。ましてや殺人となればなおさらだ。死んだ鍵山も、そしてそれを企てた人間も、俺にしてみれば神域を汚《けが》す不浄の者なのだ。俺は怒りすら覚えていた。だから竹之内の提案に取り合わず、階段に向かおうとした。

「いや、やっぱり待ってよ、梶原さん」

今度は赤垣が俺を呼び止めた。

「竹之内さんの云うことも、もっともだよ。ね、どうだろう、ここは代表の云う通りにしようよ」

赤垣は、俺の顔色を窺うように上目遣いで云った。明らかに面白がっている口ぶりだった。痩せぎすで、病気ででもあるかのように不健康に顔色が悪い赤垣は、卑屈で陰湿で、何を考えているか判らない男だ。ただひとつ判っているのは、この男が有名志向の俗物であるということと。稽古の初期の頃、「こんな小さな舞台なんて、メジャーへのワンステップに過ぎないしね」と宣《のたま》うのを小耳に挟んでから、俺はこいつの人間性を疑っている。新劇一辺倒で、舞台がすべてだった俺の反発を買うには充分な理由ではないか。

「このまま警察呼んだってね、あっちだって、ほら、最初から事情聴取しないといけないしさ、手間かかるでしょう。それよりね、何が起こったか、整理してから通報した方が、警察も助かると思うんだよね」

赤垣がねちっこい口調で云う。

「僕達でね、少し調べてからでも、遅くないと、そう思うけど——」

こういう男はこうした口実を考えつくのが非常にうまい。俺は相手にするのも億劫になって、肩を竦めた。

「では、お好きなように」

別に俺だって大急ぎで警察を呼びたいわけではない。他人の死を弄《もてあそ》んで楽しみたいのなら勝手にすればいい。後で、通報が遅くなったのを咎められても俺の知ったことではない。

「ありがとう、梶原君」

俺が心から納得したと思い違いをしたらしく、竹之内は俺に礼を云って、

「とにかくだな、問題はあの酒壜だよ。鍵山君はあの壜の中身を飲んで倒れたんだから、あれを調べてみたい」

舞台上手寄りにソファとテーブル。テーブルの上には、さっき布実子が芝居で置いた時のま

まに、酒の壜がぽつんと置いてある。

竹之内が舞台へ上がろうとすると、赤垣もついて行く。俺は、

「一緒に調べましょう、現場保存の必要があります」

二人の後に従った。赤垣がちょっと振り返って陰気に微笑し、

「ははあ、梶原さんは僕達が何かすると疑ってるんだね」

「いえ別に、ただ迂闊にその辺を触ると後で厄介なことになりますから」

俺は素っ気なく答えてやった。

竹之内と赤垣、そして俺の三人が、舞台上でテーブルを取り囲む。

酒の壜――愛想のないデザインの透明な壜に、薄茶色の液体が六分目程。蓋が開けっ放しなのは、さっき布実子が芝居で開けたままになっているためだ。

「多分、この中に何か異物が――」

そう云って竹之内は、壜の口に鼻先を近づけた。指紋をつけないように注意する分別くらいは失っていないようで、俺は少し安心した。

匂いを嗅いだ竹之内の顔が瞬時に曇った。

「何だこりゃ、酒――じゃないか」

「ええ、酒です」

俺は静かに答えた。

「どうして本物の酒が――」

竹之内は絶句した。こういう「消え物」としての酒を小道具に使う場合、通常偽物を使うのが常識である。ウイスキーなら麦茶を薄めた物、ビールならば今はノンアルコールのビールもどきの製品が出回っている。無論、役者が酔ってしまわない配慮だ。だからこの壜にも本来、薄い麦茶が入っていてしかるべきだった。

「鍵山さんが本物と入れ替えたんです、その方がリアルだとか云って」

俺が云うと、竹之内はムッとした顔を上げ、

「それじゃ、彼は本番中に本物の酒を飲んでいたのか」

「そういうことになります」

「初日からずっと？」

「ええ」

「君もそれを黙認していたのかね」

「はい、鍵山さんがどうしてもと云うものですから」

止めたかったのだが、そうするには独善的なリアリズム演技論で武装した鍵山と演劇論を闘わせる必要があった。鍵山と芝居の話をするなど鬱陶しいことこの上ない。そうまでして思い留まらせる面倒を負う気は、俺にはさらさらなかった。

「君達は——私の舞台で本物の酒を——一体芝居を何だと思っているんだ」

いつになく怒った口調で竹之内は云った。人のいいこの演出家は、演劇人としての良心だけはたっぷり持ち合わせている。芝居への情熱に溢れる竹之内の態度に、俺の内に残っている演

劇青年の部分が、いたたまれない恥ずかしさを覚えたが、俺はわざと無神経を装ってそっぽを向いた。俺に鍵山をとやかく云う資格はない――。

「そんなことよりね、これ、変な匂いがする」

俺が竹之内と話している間、壜の匂いを嗅いでいた赤垣が腰を屈めたまま下から俺を見て、

「ほら、嗅いでみなよ、ね、煙草が湿ったみたいな変な匂い」

俺は赤垣に代わって壜に鼻を近づけた。

本当だ――異臭がする。アルコールの匂いなど俺にとっては空気と同じだ。だからその分よく判る。確かに煙草を湿らせたような――、

「ニコチン、かな」

俺が呟くと、

「ニコチンって、あの――煙草に入っているアレかい」

竹之内が聞き咎めて云った。

「そうです、煙草の葉から採れるアルカロイドの一種です」

「ニコチンってのは――猛毒だったな」

「ええ、高濃度の純粋ニコチンの致死量は確か〇・〇何グラム程度です。昔のヨーロッパでは、皮膚の潰瘍や膿瘍の特効薬として使われていたくらいです。薬になる物は使い方を変えれば毒物にもなる」

俺が学のあるところを披露してやると、竹之内は薄くなった頭を自分でずるりと撫で、

「そうか、やっぱり毒で死んだ、か」

そう云って、悄然とした足取りで客席へ降りていった。赤垣がそれを追いかけながら、

「ね、これではっきりした。鍵山氏はあの酒の毒で死んだんだ」

俺も舞台を降りて、

「満足しましたか、もう警察に連絡してもいいでしょう」

「いや、しかし、ちょっと待ってくれないか——」

と、竹之内は閑散とした客席のベンチに座って、

「鍵山君は、その——自殺したとは考えられないかな、毒というのは自殺するには、比較的楽な方法だろう。それに、彼はよく云ってたじゃないか、死ぬなら舞台で、お客の前で死にたい、と」

「あ、それは僕も考えました」

そう云って赤垣も竹之内の近くに座り、

「でもね、竹之内さん、あの鍵山氏が自殺なんてね、彼がそんなことすると思いますか」

「それは判らんさ、人間、他人には判らないどんな悩みを抱えているか知れたものじゃないからな」

「しかしね、あの鍵山氏ですよ、僕には信じられないなあ、あの人が自殺なんて」

薄笑いを浮かべて赤垣は云う。

それは俺にもよく判る。赤垣の云う通りだ。

上っ面の、外面に出ている性質だけで他人の全人格を理解したと思うほど、俺とて愚かではないし、俺達が見ることのできる人の性格など、大抵その人が社会生活の中で演じる「役割」でしかないことも重々判っている。だがあの鍵山に限って云えば、俺は敢えて例外を認めたい。彼の独善と自己愛は、本心からのものであると確信できる。つまりあの男はそれだけ薄っぺらな人間だったということだ。自信と虚栄心を自意識で塗り固めたような、そんな男が自殺などするものだろうか。「俺はこの方がやりやすいんだよ、竹之内さん、あんたの演出、間違ってるよ」――そうやって稽古場でも散々いたぶられたのを思い出したのだろう、竹之内も自殺説に固執することなく黙りこくってしまった。

赤垣は得意そうに、

「ほら、ね、自殺なんて信じられないでしょう」

「これはきっとね、毒殺ですね、誰かが鍵山氏を殺そうとしたんだ。あの壜の中にね、毒を入れておけばね、そうすれば間違いなく鍵山氏は死ぬ。この芝居の関係者だったらみんな知ってるよね、あれを飲む場面があるのは鍵山氏だけなんだから。きっとね、開場前、客入れ前にやったんだと思うな。だってね、ほら、ここ、緞帳がないでしょう、だから開場して、客が入ってくれれば舞台のセットは丸見えだよね、そうなったらもう誰も、あの壜のあったサイドボードに近づけない。それにね、ほら、この芝居、大道具の転換もないでしょう、ラストの『別れの酒』のシーンまで壜に触る役者もいないし――ね、やっぱり客入れ前にやったんだ」

赤垣はそう一息に云ってから、そこで含みのある笑い方をして、

「それでね、僕、見ちゃったんだよね、開演三十五分くらい前——客入れの五分前、スタッフも役者も自分の準備でごたごたしてる時にね、誰かさんが舞台に上がってサイドボードの側にいたのを」

赤垣の顔が歪んでいる。神妙な表情を取り繕おうとしているらしいが、内心の嬉しさが滲み出ているのだ。なるほど、これを云いたいがために警察を呼ぶのは待てと主張したわけか。

「ねえ、布実子女史、あの時あそこで何やってたのかな」

やおら立ち上がって、赤垣が云った。

その言葉が、登場の合図ででもあるかのようだった。

それまで俺達の話し合いなどには関心がないといった態度で、客席の奥の方に座っていた布実子が、ゆっくりと席を立って近づいてくる。布実子はまだ舞台衣裳を着たままだ。大きく明いた白いドレスの胸許に、思わず俺の目は吸い寄せられる。こうして舞台を降りても、布実子の美しさは色褪せない。はっきりした顔の造作に舞台用の濃いメイクをしているせいで、どこかエキゾチックな、情熱的な雰囲気を漂わせている。かつらだけは取っており、長いストレートの黒髪を無造作に後ろで束ねているのも、不思議と官能的な気配を感じさせた。

「何だか私が壜に毒を入れたみたいな云い方をするのね、赤垣さん」

挑戦的な、きっぱりとした口調で布実子は云う。舞台の時同様張りのある、透明感に満ちた声だった。

「どうして私が鍵山さんを殺さなくっちゃいけないのよ」

「どうしてかは知らないけどね、それは僕が聞きたいな」

赤垣がからむように応じる。

「バカバカしい。私を犯人扱いしたいのなら、ちゃんと正当な理由を聞かせてほしいものだわね」

「理由、ね——でもその前に僕の質問に答えてほしいな、あの時、サイドボードのところで何をしてたのか」

「私は他の小道具を点検していただけ。この答えじゃお気に召しませんか」

「小道具の点検——ねえ」

「ええ、写真立てとアルバムの位置が下手寄りすぎたから直していただけ。壜になんか触ってもいないわよ。納得していただけまして？」

皮肉っぽく布実子は云う。しかし赤垣は尚もねちっこく、

「でもね、警察ではどう考えるかなあ。僕がこの話をすれば、興味持ってくれると思うんだけどな」

鬼の首でも取ったような調子で云った。劣等感の裏返しなのだろうが、こういう手合いは、自分より優った相手の弱みにつけこむのが大好きなのだ。才能にも美貌にも恵まれた布実子に——役者としての格が違いすぎる相手にまといつくのが、楽しくてならないようである。

「ね、ヘタな云い訳してもね、警察の人は信じてくれるかな。一番可能性のある容疑者が現れれば、きっと喜んでくれると思うな」

「お好きなように。あなたの勝手にすればいいわ」

そう投げやりに云った布実子の態度に、かすかに不安の色が混ざったのを俺は見て取った。赤垣もそれを悟ったらしく、陰湿な目に舌なめずりせんばかりの不気味な表情が宿る。雲行きが怪しくなってきた。このままでは泥仕合だ。やれやれ、どうやら俺は、あれを白状しなくてはならなくなったようだ。

「まあ、待ってください」

俺は二人の間に割って入った。

「あの罎に毒を入れたのは布実子さんではありません」

「え——？」

赤垣が蛇のように冷たい目で俺を見る。

「布実子さんは罎に毒を入れていない、それは俺が保証します」

「何それ、何云ってるの、梶原さん。保証ってどういう意味？」

玩具を取り上げられた子供みたいに、赤垣は不機嫌に云った。布実子も意外そうに首をかしげて、俺に視線を移してきた。

「言葉通りの意味です。俺は客入れ直前、受付に客入れＯＫの合図を出す直前に、舞台を最終チェックして、そのついでにあの罎の酒を失敬した——一口ラッパ飲みでぐいっと。俺はあの中身が本物だと知っていたから、初日からずっとそうしていた。もし赤垣さんの云う通り、客入れ五分前に布実子さんが毒を入れたのなら、その時俺がぶっ倒れていたはずだ。俺が飲んだのは客入れのほんの三十秒前だったのだから——だけど俺はこの通りぴんしゃんしている。保証するって云ったのはそういう意味ですよ、布実子さんは毒なんか入れていない。俺のこの体が何よりの証拠です」

赤垣は言葉を失い、恨みがましい上目遣いで俺を睨んだ。

「君も——酒を飲みながら仕事をしていたわけだ」

竹之内がいささか場違いなことを、それでも悲しそうに云った。

やれやれ、どうやらこの気のいい演出家の信用をすっかり失くしてしまったようだ。

○

つくづく俺は、酒のせいで厄介なことになるようにできている人間らしい。

三年前——俺が役者を続けるのを諦めたのも酒が原因だった。

養成所からスタートして、俺の劇団員生活が八年目に入った頃、俺は主役に抜擢された。アトリエ公演——稽古場を劇場として開放するスタイルの小さな公演だったが、俺にとっては初の大役だった。仲間達は祝福し、応援してくれたが、稽古を重ねても自信が持てず、俺はプレッシャーに圧し潰された。初日を翌日に控えた夜、緊張感から眠れずに、ほんの少しと自分に云い訳をして精神安定剤代わりに酒を飲んだのが悪かった。元々嫌いではなかったせいもある。俺の内にあいた不安という名の底なし沼は、際限なくアルコールを流し込んでやっても、満たされることはなかった。気がつくと、俺は夜の街を転々とハシゴ酒をして回っていた。そうやって、俺は意識がなくなるまで飲み続け、公演初日の朝、アルコールの匂いをぷんぷんさせてアトリエの入口にひっくり返っているのを発見されたというわけだ。俺は二日酔いで、もちろんそんな状態でまともに舞台が務まるはずもない。初日のデキは惨憺たるものだった。温情主義の劇団は、降板させることもなく俺を舞台に立たせてくれたが、その公演の打ち上げと同時に俺は役者への道を捨てた。大切な初日にお粗末な芝居しかできなかった俺に、劇団内部の風当りが強くなったわけではない。劇団の連中はむしろ慰めてくれた。俺が、自分自身に愛想を尽かしただけだ。

酒が原因というより、俺の精神が弱かっただけの話である。俺は己のバカさ加減にほとほと呆れ返り、だからこそ、その後しばらく酒びたりの自堕落な日々を無為に送った。乏しい貯えがたちまち底を突き、仕事でも探さなくてはと思い立った俺が選んだのが、このフリーの舞台監督の仕事だった。三十少しすぎで頑健な身体を持っていた当時の俺には、他の仕事くらいいくらでもあるはずだったが、結局芝居の世界から離れられなかったのだ。それが俺の弱さであり、女々しさであることも承知している。俺はそういう——手前の身の振り方ひとつにも思い切りをつけられない、ふがいない人間なのだ——。

○

「だから布実子さんの云い分は本当です。彼女は開場前に毒なんて入れていない」

俺はそこまで云って口をつぐんだ。舌の先に、苦い想いが広がっている。三年前にも嫌というほど味わった覚えのある、俺には馴染みの味だった。自己嫌悪の味、だ。思いがけず布実子を救うナイト役を気取ってしまったが、俺はそんな柄ではない。仕事も人生も、裏方に徹しようとあの時決めたはずなのだが——。

「そう、か。つまりね、こういうことだね——」

しばらく何事か考えていた赤垣が、俺の顔を上目遣いに見て云った。

「梶原さんは客入れ直前に、あの壜の酒を盗み飲みした。ね、もしそれが本当なら、その時は毒は入っていなかったってことだよね。それでね、さっきも云ったけど、その後すぐに客が入場して、舞台は客の目に曝《さら》された。もちろんあのサイドボードも酒壜も一緒に、ね。そうなったらもう誰にも毒なんか入れられないね。でね、梶原さん——あなた布実子女史を庇ったつもりかもしれないけどね、かえって逆効果だったみたいだね、これでいよいよ布実子女史が犯人だって判っちゃった。ね、だってそうでしょう、客入れが終わって芝居が始まって——後は舞台に上がるのは役者だけに限られてしまうよね、それもラストの場面まで誰もあの壜に触れないんだし——ね、もう判ったでしょう。壜に触ったのは、『別れの酒』の場面で酒を注いだ布実子女史だけじゃない。つまりね、あの壜に触った布実子女史だけが、毒を入れることができたってわけ、ね、僕の云ってること、間違ってないでしょ、犯人は布実子女史なんだ」

赤垣のねちねちした喋り方に、さすがに布実子も激昂して、

「間違ってるわよ、くだらないこと云わないでほしいわ」

「おや、どこがくだらないって云うんですか」

「くだらないわよ、私がそんなことするはずないじゃないの」

「でもね、機会があったのはあなただけなんですよ、あなたのファンがそう証言してるんだからね」

「私じゃないっ」

「いいえ、あなたがやった」

赤垣のしつこさにいい加減嫌気がさして俺は、

「いや、違います」

口調が鋭くなってしまった。俺の語気に赤垣は少したじろいだが、

「え、どこが？　どこが違うの」

「布実子さんが犯人だというところがです。いいですか、確かにあの壜に触ることができたのは布実子さんだけかもしれない。だが彼女が壜を持ったのは本番中の舞台の上で、演技の最中だった。一六三人の観客が見ている前で、壜に毒を入れることができると思いますか」

「それは——そうかもしれないけどね——」

「彼女のシバイは俺も袖から見ていました。指先まで神経が行き届いた、非常に高度な演技だった。そんな演技をしている彼女が、壜に毒など入れられますか。彼女の両手は、情感を表現するのに忙しくて、毒を入れる暇などなかったはずです」

「でも——でもね、それは主観的な解釈でしょう、死角を作れば何とでもなると思うけどな、観客の隙を見つけて、ね。布実子女史は隙を見て、どうにかして毒を入れたんだよ」

赤垣はきょときょとと落ち着きなく抗弁する。俺はうんざりしながらも、

「そういう物理的な問題ではありません。あんたの好きなテレビの、安物のサスペンスドラマだったらそれでいいかもしれない。しかしこれは現実の事件なんだ。心理的に考えて――一六三人の観客の目の前でそれができると思いますか。観客達は芝居を、布実子さんの一挙手一投足を注視しているんです、そんな中で――一六三人の積極的な目撃者の監視の前で、殺人の準備のできる人間がいると思いますか。いくら死角を作っても、一六三人の内の誰かが見破るかもしれない。そんな心理的な圧迫の中で毒を仕込める度胸を持った人間がいると思いますか」

俺は息もつかずに云い切った。

どうやら議論は俺に分があるようで、赤垣は沈黙した。口を歪めて、悔しそうな視線を床に這わせている。

布実子は汚い物でも見るかのように赤垣を睨み、それから視線を俺に移すと、嫣然と微笑んだ。

「ありがと、舞台監督さん」

笑顔のあまりの鮮やかさに俺は年甲斐もなく狼狽し、慌てて目を逸らせた。

「ちょっと待ってくれたまえ、どうも私はこんがらかってきたようだ――」

静かだった竹之内が遠慮がちに云った。

「さっきからの君達の話を総合すると、おかしなことになりゃせんかね。――あの壜には客入れ以降ずっと毒なんて入っていなくて、ただ一人壜に触った布実子君が入れたのでもない。も

ちろん鍵山君本人でもないな——彼は壜には近づいてもいないんだから。うむ、やはり妙なことになる——あの壜には誰にも毒など入れる機会がなく、しかし鍵山君が酒を飲む場面になると、その時には毒が入っていた。すると、これはどういうことになるのかね——つまり、毒の入っていない壜に、舞台に置いてあるうちにいつの間にか毒が湧いて出た、と——こういう風にしか思えなくなってくるんだが」

竹之内が自信なさそうに云うと、すぐに赤垣が尻馬に乗って、

「そうだよ、ね、どうしてなんだ。毒は一体全体いつ誰が入れたんだよ」

俺は何も云い返せなかった。それが判っていればとっくに云っている。

確かに妙な具合になった。

俺が盗み飲みした後、あの壜に毒を入れるチャンスは誰にもなかった。だが、壜には確かに異物が混入されており、その壜の酒を飲んで鍵山は死んでいるのだ。竹之内の云うように、舞台に置いてあるうちに毒が湧いて出たとしか考えられない状況になってしまっている。

しかし俺は、判らないことは正直にそう云うことに決めている。

「判りません。ただはっきりしていることは、これ以上議論を続けても無駄だということです。警察を呼びましょう。この際専門家に任せるのが一番の得策だと、俺は思います」

「いや、だめだよ、ね、こんな変なことじゃ僕達まで疑われちゃう」

と、赤垣が引きつった声で、

「よくないよ、いやだよ、警察に変な目で見られるなんて、そんなの僕、いやだからね」

ほら本音が出た。結局こいつも我が身が大事なだけなのだ。スケープゴートとして布実子を差し出そうと躍起になっていただけの、意気地のない腑抜けなのだ。

「そうだな――仕方がない、警察を呼ぼう」

竹之内がぽつりと云ったのを機に、俺は出口の階段へ向かおうとした。と、その時――、

「惜しいなあ、そこまで行っといて諦めちゃうんですか、竹之内さん。もうちょっとのところまで来てるじゃないですか」

無遠慮な大声に俺が振り向くと、客席の隅から猫丸が、のっそりと立ち上がるところだった。いつの間にか舞台衣裳を着替えている。小柄な身体にだぶだぶの上着をぞろりと羽織った猫丸は、ゆっくりと竹之内の方へ近づく。しなやかな身のこなしは、どことなく黒い猫を連想させる。眉の下までかかった前髪と、これも猫を思わせる丸い瞳。さっきから一言も発しないので、居眠りでもしているのかと思っていたのだが――。

「それで、竹之内さん。この一件、ちゃっちゃと片づいちゃった方がいいわけでしょう、あなたの立場からすると」

猫丸に問われて竹之内は、

「あ、ああ、それは――まあ、そうだけど」

「犯人が逃げ切れないって諦めて、自首でもするって段取りになれば、一番てっとり早いですよね」

「ああ――それはそうだ」

「だったらさっさとやっつけちまいましょうや。いやあ、梶原さんのおかげで半分がた真相が判りましたからね、僕のやることはもういくらもありません。あとは真相までステップ・ジャンプってとこですか——ほんと云うと、このまま僕の出番無しで終わっちゃうんじゃないかってひやひやしてたんですけど——でもまあ、最後にいいとこ取っといてくれたんで、僕としても喜ばしい限りですよ」

猫丸は、同胞を見るような親しげな眼差しで俺を見てにこにこしながら云う。

「いや、でも、猫丸君、真相って——」

竹之内がもそもそ云うと、猫丸は、

「何をもごもご云ってるんですか、じれったい人ですね、あなたも。だから普通、真相って云ったら、誰がどうやって鍵山氏に毒を飲ませたか——端的に云っちゃえば、誰が犯人でその方法はどんなものだったか——そういうのを真相って呼ぶんですよ、この場合。竹之内さん、あなた、とっとと犯人が判った方がいいって云ったじゃありませんか、そうした方がいいんでしょ、できれば今、この場で」

「まあ、それはそうだが——君、判るのかね、それが」

「判ってるからこうやってわざわざ出しゃばってきたんじゃありませんか」

そう云って、猫丸は眉まで垂れた前髪をふさりとかき上げた。その飄々とした人を喰った態度に、俺は不安の念を抱いた。役者としてのセンスは悪くないが、だからといって、この貧相な小男に何が判っているというのだろうか。猫丸の云う「真相」なるもの、一体どんな珍説なのか、ご高説拝聴しようではないか——俺は幾分意地の悪い気分になっていた。

「さて、と、それじゃ、とっとと片づけましょうか」

むやみに明るい声で猫丸は、

「この一件のポイントは、毒など入っていなかったはずの小道具の酒壜にいつ毒が湧いて出たのかにあります——誰が、どうやって混入したのかは、この際大した問題じゃないんです。ポイントはただ一点。いつ毒が湧いて出たか、この一点だけにある——僕はそう思います。実を云っちゃえば、この一件、意外と簡単でしてね、ポイントの一点さえ押さえれば、後はずるずるっと犯人まで辿り着いちゃう——そういう種類の事件なんです」

よく動く、表情の豊かなまん丸い目で俺達を見回して、猫丸は自信たっぷりに云う。

「さて、それじゃ順ぐりに考えてみましょうか。まず開場前、客入れ直前に梶原さんが、問題の壜の酒を盗み飲みしたおかげで、その時には毒など混入されていなかったことが判明しました。その後客入れ、開演となり、その間セットのサイドボードも酒壜も客の目に触れていて、誰にも投毒は不可能です。さりとて、唯一壜に触った布実子さんにもできなかったことは証明されています——一六三人の積極的な目撃者の眼前で、犯行をなすことは無理だという論理で。梶原さんの理屈、なかなか面白かったですよ。一六三人の積極的な目撃者——表現も気が利いてますよね、ちょいと詩的でいいじゃないですか。だがしかし——だがしかし、ですよ、ここでややこしいことになっちゃう。誰にも毒なんか入れられない状況で、鍵山さんは毒死しちゃったんですから——さあ、これはどうしましょう、てなもんです。こりゃおかしいぞ、どっかにからくりがあるはずだ、と僕は考えた次第です」

　とぼけた口調で猫丸は云う。変な小男が何を云い出すつもりなのかさっぱり見当がつかず、俺はそのよく動くくりくりとした瞳を見つめていた。竹之内、赤垣、布実子の三人も、何も云わない。猫丸はにやりと、何か含みのあるように笑い、

「そこで僕が考えついた解答はこうです。誰にも入れられなかった以上、毒は鍵山さん本人が、自分で飲んだと考えるしかないのではないか、それが唯一にして最も自然な解釈なのではないか、と、こういうことです」

　ダメだ——。

　ダメなことは承知で、それでももしやひょっとして、と期待していた俺が迂闊だった。やはりこの小男、さっき俺達が意見を闘わせている間、居眠りでもしていたに違いない。鍵山の性格に鑑みて、自殺はあり得ないと一番最初に否定されたではないか。

　竹之内の表情にも明らかに失望の色が浮かんだ。年は少し離れているが猫丸は友人だそうで、きっとこんなのを連れてきたのを恥じているのだろう。しかし猫丸は無頓着に言葉を進めて、

「毒を飲んだのは死んだ鍵山さん自身だったと、そう僕は確信したわけです——あれ、いやだな、竹之内さん、そうやって憐れむみたいな目つきで人を見るんじゃありませんよ。判ってますよ、鍵山さんはどう考えても自殺するような人じゃなかった。僕だってそのくらい判ってますって。天地がひっくり返っても自殺するようなタイプじゃない。でもね、これが本物の自殺じゃなくって、いわば疑似自殺だったとしたら、どうでしょうか」

「疑似自殺——？」

竹之内が首をひねる。

「そう、疑似自殺——本当に自殺するんじゃなくて、自殺の真似ごとをするつもりなら、鍵山さんがやってもおかしくないでしょう。『死ぬ時は舞台で、客の前で華々しく死にたい』それが口癖だった鍵山さんです——これはつまり、鍵山さんにとっては、自分がいい気分に浸るためのちょっとしたお遊びだったんですよ。彼の天狗の鼻のごとく高い自意識を満悦させる、余興の一種であるはずだったんです。芝居の関係者ってのは余興——本番中に、客に気づかれずにやるちょっとしたお遊びが好きなようですしね」

そうか、それなら考えられる。俺は思わずうなずいていた。鍵山が倒れた時、照明オペレーターも余興か何かと勘違いして「余興だったら打ち合わせしておかないと困る」と云っていた。

猫丸は続けて、

「いいですか、もし誰かが鍵山さんに『多くの観客の前で、本番中の舞台の上で、誰にも気づかれずに自殺するのは可能かどうか、ひとつ実験してみたらどうだろう。女性客がうっとり見守る目の前で華々しく死ぬなんて、美学があってカッコいいのではないだろうか』——こう持ちかければ、あの鍵山さんだったらきっと乗ってくるとは思いませんか」

俺はあっと声をあげそうになった。あの鍵山ならば——間違いなく乗ってくる。自己陶酔型の独りよがりの演技をする鍵山だったら——彼のナルシシズムを、自己愛を、そして優越感を満たすために——。

猫丸は、自分の放った言葉の効果を見定めて、またにやりとすると、

「そして鍵山さんは、演技で大切なのはリアリズムであると、常に主張してはばからない人でした。小道具の酒を本物と取り替えるくらいに――。そんな鍵山さんだったから、そうした余興を楽しむんでも、ただ舞台上で毒を飲むふりをするだけでは飽き足らない、実際に何か、小さな物を毒物に見立てて、そいつを飲まなければ面白くないと思ったでしょう。そうしなくっちゃリアリティがありませんからね。そしてそれを一番やりやすいのが、グラスを口に近づける、あの『別れの酒』の場面にほかならなかった、と、まあそういうわけです」

鍵山はあの出番の前、俺に囁いていた――本当にいいシバイを見せてやるから、よく見とくがいい――あれは舞台の演技のことではなく、これから演じる「自殺劇」のことだったのか。きっと、そんな余興を演じたとも気づかない俺を、後で笑い物にする算段だったのではないだろうか。

「もちろん本気で死ぬつもりはなかったのですから、一六三人の目撃者の前でも鍵山さんは臆することなく、割と簡単にそれができたのだと、僕は思います。酒を疑似毒物と共に飲み干してから、ちょっとよろめいてでもみせて、死んだふりをした気分になる――鍵山さんはそんな演技プランを立てていたんでしょう。へっ、どんなもんだい、客に気づかれずに自殺してやったぞ――てな感じです。しかし、お遊びはその時、もはや彼の手を離れていた。無害な疑似毒物は、犯人によって本物の毒とすり替えられていたわけです。それがどんな物だったかは今となっては判りませんが、純正のニコチンを練って丸薬状にした物か、ビタミン剤か何かの錠剤

に高濃度のニコチン濃縮液を塗った物なのか——まあそういう物だったのでしょう。いずれにせよ犯人にとって、セッティングなどほとんど手がかからなかったはずです。楽屋で、ほんのちょいと、すり替えればいいんですから。それだけで殺人が成立してしまうんですから——。演劇人ってのは人の演技にあれこれ口出しするのが好きなようですね——よく鍵山さんも、袖で赤垣さんの演技見て、ぐちゃぐちゃ文句云ってましたよ。それでですね、僕が思うに、こいつは究極の『演技指導』じゃないですかね。他人の生死を自分の手で操る——これこそ最高の演技指導だと僕は思うんだけど、どうでしょうか。犯人がこんな、本番中の舞台という殺人にはあまり適さないはずの場所を選んだのも、きっと、鍵山さんの性格からこのアイデアを思いついて、それを実行する誘惑を断ち切れなかったんじゃなかろうか——僕はそんな風に思いますね。こうした小さな劇場に実にふさわしい、演劇人同士の殺人事件に似つかわしい背景じゃないかと、僕はそう思います」

「ブラボーっ、ブラボー猫丸さん」

赤垣が、大げさに拍手をしながら進み出た。

「お見事、お見事、まったくもって特異なる推理能力、類稀なる探偵眼。いやはや、感服の極みでございます、小生脱帽いたしました。かくなる上は、貴殿に名探偵の称号を冠するよう、国王陛下に上奏するにやぶさかではなきものと存じます」

翻訳劇独特の誇張した口調で赤垣は云う。しかし内面の粘着性が演技に表れていて、皮肉にしか聞こえなかった。この手の男は、人の手柄を素直に認めたりしない。どうあっても何か口

を出さずにはいられないのだ。はたして赤垣はがらっと砕けた物云いになって、

「うん、本当にね、本当に面白かった。猫丸さんって変わった物の見方をする人なんだね、実に面白いお話だったよ。でもね、悪いけどそれじゃ無理だよね。だって、あの壜の方にだってちゃんと毒が入ってたんだからね。それは僕と竹之内さんと梶原さんとで、しっかり確認したんだから、ね、無理でしょう。鍵山氏が一人でこっそり毒飲んで死んだっていうのは面白い着眼だけど、それだったら壜に毒が入ってたのは変じゃない、鍵山氏本人は壜に触れてもいないんだから——。ここはやっぱり単純にね、鍵山氏はあの壜の毒酒で殺されたって考えた方がいいんじゃないかな」

楽しそうに赤垣は云った。人の足を引っぱるのが嬉しくて仕方ないらしい。ねじ曲がった性根がまともに表面に出ている態度には虫酸が走るが、云っていることに間違いはない。俺もそれには気づいていた。鍵山が壜に近づいてもいないからには、猫丸の疑似自殺説には納得できないのだ。

しかし猫丸は少しも困らず、むしろ嬉々として、

「その通り、まさにその通りです。でも一番最初に云ったでしょ、この事件は毒がいつ湧いて出たのかがポイントで、そいつが解ければ犯人が誰かまでずるずるっと判っちゃうって。いいですか、鍵山さんが壜の毒で死んだのではなく、自らそっと毒を飲んだと想定すれば、壜の毒はいつの間にか忽然と湧いて出たと考えなくってもいい理屈になるじゃありませんか。つまり、鍵山さんが死んだ時にはまだ毒は入っていなかった——これでもいいわけでしょう。要するに、

壜の毒は鍵山さんが昏倒した後——事件の後に入れられたんです」

猫丸が決めつけるように云うと、赤垣は、猫丸の言葉の意味を吟味するように眉を寄せる。

猫丸は構わず、

「事件の後——客出しの時は舞台は無人でしたね。この劇場には緞帳がありませんから、客が帰ってしまうまでは誰も舞台に上がることはできない、すなわち、誰も壜の置いてあるテーブルに近づくことはできなかった。客がいなくなった後も、舞台監督の梶原さんの好判断で現場保存がなされた——さっき竹之内さん達三人が壜の毒を確認するまで、誰一人として舞台に上がっていない。ほうら、こうなっちゃうともう犯人が判るでしょう。壜に毒を放り込むチャンスを持っている人は一人しかいやしない——。終演の瞬間、暗転になって一六三人の目撃者の目が闇に閉ざされた瞬間に、たったひとり舞台に残っていた人が——」

その場にいた全員の視線が——俺の、竹之内の、赤垣の、そして猫丸の目が、一斉に該当の人物に移された。こわばった表情で、きっと口を真一文字に結んだ布実子に——。

あの時——猫丸のアドリブで鍵山が舞台裏に担ぎ出されてから、俺の指示で半ば強引に芝居を終わらせた。俺は、布実子一人を舞台に残し——恋人を我が手で殺してしまった令嬢の悔恨と苦悩を演じる布実子を舞台に残し、照明係に暗転を命じた。そうして芝居が終わったのだった。その闇の中で、終演の闇の、観客の拍手が狭い劇場にこだまする——俺達演劇関係者が最も充足感を味わうはずの、あの闇の中で、布実子は密かに殺人計画の仕上げをしていたのか。

猫丸は静かに言葉を続ける。それは今や、布実子一人に向けられたものだった。

「僕が思うに、あなたは、梶原さんの盗み飲みを知っていたんじゃないんですか。梶原さんは初日から毎日、あの酒をちょいと一口失敬していたって云ってましたね。あなたはそれを見ていたんじゃないですか。客入れ直前、舞台の最終チェックをする舞台監督が小道具の酒を盗み飲みするのを——。あなたはそれを利用しようと考えた。どっちにしてもあなたは、鍵山さんを殺す計画を練っていたはずです。純正のニコチンなんか普通の人が持ってるわけありませんからね。あなたの初めの計画が、いつどんな形で鍵山さんを毒殺するものだったのか——それにも僕は個人的に興味がないではありませんが、まあ、それはいいでしょう。とにかくあなたは梶原さんの盗み飲みを知って、ちょっと素敵な計画を思いついた。例の、一六三人の目撃者を有効に活用する計画です。梶原さんの盗み飲みは、いずれ捜査陣に知られることになるでしょう。そうなれば、毒は客入れ後に入れられたと判断される。それこそあなたの思う壺だった。唯一毒壜に触る機会を持ちながら、一六三人の目撃者に守られた鉄壁の立場——あなたが手に入れたかったのは、その安全な椅子だったんじゃないですか？　被害者は、壜に入れられた毒で倒れる、しかしあなただけは絶対にそれを入れ得ない——そういう安全な立場。物理的にも心理的にも、です。犯人として、これ以上理想的なポジションは望みようがないじゃありませんか。どうです、あなたは自分に疑いが振りかかりそうになったら——壜を持つのはあなただけなんですから、まず確実に一時は疑われるでしょうけど——そうなったら、あなた自身が一六三人の目撃者の件を持ち出す予定だったんじゃないですか。しかし幸運にも、あなたの切り札は梶原さんが、赤垣さんとの議論の途中で早々にめくって出してくれた——。あなたは内心、ほくそ笑んだことでしょうね。一六三人の目撃者――あなたを安全な場所に避難させてくれる切り札が、他人の口から出たんですから。これはあなた自身が主張するより何倍も効果がある――あなたは胸の内で、小躍りしたことでしょうね」

「どうして――私が、鍵山さんを――」

蒼ざめた顔で、布実子は絞り出すように、やっとそれだけ云った。

「動機は僕には判りません、それは追い追い警察が見つけてくれるでしょう。とにかく、この犯行を為し得たのはあなたしか――」

「嘘っ、嘘よっ！」

突然、布実子が絶叫した。

「嘘よっ！　みんなで私を陥れようとしているっ、そうやってあんた達は嘘ついて、私を犯人にしようとしているっ。嘘に決まってるじゃない。そう、あいつだっ、あの舞台監督がやったんだ、盗み飲みだとか何とか嘘ついて、本当はその時毒を入れたんだっ、犯人はあいつだっ」

金切り声をあげて、布実子は俺に指を突きつける。舞台上の、優雅で、美しく、気品に満ちた布実子とは別人のように思えた。女優としての、いや女性としての尊厳すらかなぐり捨て、もはやその姿は一匹の手負いの獣のようだった。

「やっぱり、そうだったんですね――」

猫丸が悲しげに首を振りながら云った。

「そうして梶原さんに罪を着せるつもりだったんですね――本番中は誰も毒を入れる機会がな

かったからには、最後に罎に触った、盗み飲みをしていた梶原さんが犯人ってことになっちゃいますからね」

「何云ってんのよっ、だからあいつが犯人に決まってるじゃないっ、私じゃない」

「いいえ、犯人はあなただ」

「何よ、あんた何様のつもりっ？　偉そうに。何の権利があってそんなこと云うのっ、私を犯人に仕立てて何が嬉しいのよっ」

錆びついたような声で布実子は怒鳴ったが、猫丸は丸い目を淋しそうに伏せて、

「――別に何様でもありませんよ、僕には何の権利もありません。法の番人を気取るつもりもなければ、正義の味方になってカッコつけるつもりもない。――ただ、そうやって人に罪をなすりつけて、自分はのうのうと逃げ切ろうって人を、ちょっと、まあ、あんまり好きじゃないってだけでして――ただそれだけなんですがね。それとね、布実子さん、そんなに騒いだってもう云い逃れはできないと思いますよ、警察の科学捜査は見逃してくれないでしょう、濃度の問題を」

「ノウ、ド？」

虚を衝かれて、のろのろと布実子は云う。

「そう、濃度の違いです。もし鍵山さんが罎の中の毒で死んだとしたら、鍵山さんの体内から検出される毒と、罎の毒の濃度はまったく同じになるはずです。僕の説が正しいとすれば――鍵山さんは自殺演技をする際、酒と同時に直接毒を嚥下したかもしれないし、グラスにそっと

落とし込んだのかもしれないけど――でもどっちにせよ、濃度が違うはずですよ。壜の毒と、あの舞台の割れたグラスに付着した毒、そして鍵山さんの遺体を解剖して検出される毒――きっと壜の毒だけ微妙に濃度が違うでしょうね。これが判明すれば、僕の云う通りだったと立証されることと思いますけど――。あなたほどの人がこんな簡単なことを見逃すなんて、変な云い方かもしれないけど、僕には残念な気がしてならない。でも、もっと僕が残念に思うのは――あなたの舞台をもう見られないこと、だな。あなたの女優としての成長を、客席から見続けることができない。それがとても、とても残念だと、僕は思う。あなたの才能は本物だから、それだけは本当に残念だと、そう思います」

布実子は、猫丸の言葉の途中でうずくまってしまっていた。うずくまり、両手を顔に押し当ててすすり泣いていた。束ねた髪の間から見え隠れする布実子のうなじは、それでも白く、はかなげで、哀しさに溢れ、俺には息をのむほど美しく見えた。

そんな布実子を見るのは忍びないとばかりに猫丸は、猫そっくりの丸い目をふいとそむけた。同時に、柔らかそうな前髪が揺れた。それを潮に、俺は警察に連絡するため、小さな狭い階段を上りはじめた。

きらめいた埃を凝縮したような、静謐の匂いを背にして劇場のドアを出た後も、布実子のすすり泣く声がいつまでも俺の耳の底から離れないでいた。

寄生虫館の殺人

寄生虫博物館——ああ、なんとおぞましくもおどろおどろしい名前であろうか。

私は、今でもその名を聞くと、冷たい戦慄が背筋を貫いて走るのを禁じ得ないのである。

寄生虫博物館——東西の奇怪なる寄生虫を一堂に集結せしめ、累々たる異形の虫達の屍《かばね》で築き上げたあやかしの城。

寄生虫博物館——その名の持つ、聞く者をして絶望のドン底に叩き落とすような陰鬱なる響き。それでいて闇の中に奇《あや》しく咲く彼岸花のごとく、どこか悪魔的な魅力でもって人々の心の奥底に眠る暗い喜悦を呼び起こし、引きつけてやまぬ忌まわしい言葉。

ああ、私はそうした恐ろしい悪鬼の巣窟へ単身乗り込み、ルポルタージュを完成させる使命を帯びることとなったのである。

それは、八月の編集会議の席上でのことであった。

寄生虫博物館を取り上げようではありませぬか——そう提案した私を、編集部の面々は一様に、紙のごとく蒼ざめた顔で見返したのであった。

「寄生虫博物館って君、あそこは恐ろしいところだ、怖いところだよ。そんなところに、君のような有能な記者をやるのは、私ははなはだ心が痛む」

そう発言したのはT編集長であった。

T編集長は「月刊・プレイタウンジャーナル」の編集長に相応しい、出版業界でも屈指の、紳士の気品溢れる人格者として知られる人物なのである。

「私は心苦しいよ、あんなところに君が行くなんて——、ああ、君、あそこは怖いところだ、恐ろしいところなんだよ、それでも君は行くと云うのかい、どうでもやめるわけにはいかないのだろうか」

T編集長の懇願をよそに、私の決意は固かったのであった。

私が行かねば誰が行くというのであろうか。

私が行かねば、この「TOKYO不思議スポット」のコーナーを楽しみに待ってくれている百万読者諸賢に申し訳が立たないではないか。

私の意志が巌よりも堅固であることを知ったT編集長は、はらはらと落涙し、

「そうか、どうしても行くと云うのか、それならばもう止めはしまい。気を付けて、後生だから気を付けて行ってきてくれたまえ。君が無事に帰ってくるのを、我々は首を長くして待っているよ。記事ができたら、原稿料はうんとはずもうではないか」

そう云ってT編集長は、私の両の手をがっしりと握ったのである。

かくして私は、あの寄生虫博物館へと取材に出かけることになったのであった。

寄生虫博物館は目白《めじろ》にある。

JR目白駅から徒歩で行くこと十分強——かのやんごとなき一族のご子弟も通われた名門校の裏手辺りに、その恐ろしい博物館はひっそりとたたずんでいるという。ああ、なんと凄惨なことであろうか。あの高貴なるお方のご子息達が勉学にいそしまれた学舎のほんの目と鼻の先に、このような怪しの館が人知れず建っているとは。これを現代の驚異と云わずしてなんとするものか。私は、その驚嘆すべき異次元世界へと、単身乗り込んで行かねばならないのだ。私

の全身は武者震いに打ち震え、やがて来る恐怖の予感にわなわなと震撼するのであった。

とある八月の午後、私は遂にJR目白駅に降り立ったのである。そうである、いよいよ今日が「寄生虫博物館」への潜入を試みる日なのであった。

その日は、八月にしては不思議と暑くない日であった。

そしてまた奇妙なことに、町にはほとんど人の姿が見えないのであった。

私にはそれが、何か不吉の前兆のように思えてならず、知らず識らずに背中を冷たい汗が滑り落ちるのを禁じ得ないのであった。

目白の杜《もり》を突っ切る一本道を、蟬時雨に打たれながら私は目的地へ向かうのである。どうしたわけかその一本道でも人影と行き合わず、私は何者ともすれ違うことすらなかったのであった。ああ、これはどうしたことであろうか。町の人々は、私の不吉な運命を知っていて、まるで葬列を見送るがごとき心持ちで、ひっそりと家の中で息を殺しているのであろうか。こっそりと窓の隙間から私の行き過ぎるのを見守ってでもいるのであろうか。

そうこうするうちに、私は一本道の行き止まりに辿り着いたのであった。

ああ、そこには、あの寄生虫博物館が世にもおぞましい全貌を、白日の下にさらけ出しているではないか。

ああ、なんと恐ろしい建築物なのでありましょうや。

私の目の前に姿を現したその建物は、噂にたがわずおどろおどろしく、怪しくドス黒い空気を醸し出しているのであった。

レンガ造りの古びた西洋館なのであった。

時代を経て、ところどころひび割れた赤レンガの壁には、一面に蔦が絡みついて昼なお暗く、窓ガラスも二枚、三枚と割れたまま放置されており、譬えようもなくおどろおどろしい雰囲気に包まれているのであった。

荒れ果てた庭には夏草がうっそうと生い茂り、どこからともなく何か動物の死骸でも腐ったような凄惨な匂いが漂っ

○

そこまで書いて壇原邦宏《だんばらくにひろ》はペンを放り出し、原稿用紙をめくり直して首をかしげた。なんだか文章が異様に大仰になっている。

昨夜徹夜で「私は見た！　恐怖の心霊現象」などという怪異体験記事をデッチ上げていた影響らしい。女性週刊誌の依頼で書いたその記事を、今朝一番に速達で送ってから一睡もせずにこの原稿に取りかかったのだ。

タオルを捻ったハチ巻きを頭からむしり取ると、壇原は背中を反らせて大きくひとつ伸びをした。睡眠不足の頭を振って再び原稿用紙に目を落とし、読み返してみて自分の悪文に嫌気がさしてきた。

徹夜明けで書いたにせよ、変に生硬《なまがた》い。

たった六枚半の間に「おどろおどろしい」という言葉が三回も出てくる。若者向けの情報誌

に掲載される物なのだが、こんな文章でいいのだろうか。編集部を露骨にヨイショしているのも嫌みだし、原稿料をはずむというのもただこっちの願望なだけだ。文の末尾がほとんど「～である」と「～であった」ばかりなのも気になるし、だいたい博物館を見学に行くくらいで、どうしてこんなに大げさに騒ぐ必要があるのだろうか。

ま、いいか――。壇原はそのまま原稿用紙を裏返しにした。

反省はするが書き直しはしない、これが壇原の流儀なのだ。

急ぎの原稿なのだから多少おかしくても仕方がないし、あそこの原稿料の安いのはライター仲間でもグチの種になっている。こう書いておけばちょっとした皮肉になって、少しは溜飲が下がるというものだ。変な文章も、まあ、書き進めて行くうちに調子が戻ってくるだろう。

だいいちこんな短時間でまともな物を書けという方が、どだい無茶な注文なのだ。もちろん編集会議云々と書いたのも、でたらめである。壇原クラスの、掃いて捨てるようなフリーライターがそんな席に出られる道理がない。

「月刊・プレイタウンジャーナル」の玉中田《たまなかだ》編集長から電話がかかってきたのは、夜中の二時過ぎのことだった。その時壇原は「私は見た！　恐怖の心霊現象」の原稿を猛スピードで書いている最中だった。

人の家に電話をかけるにはいささか非常識な時間ではあるが、相手も弱小出版社なのだから時間に追われていることは、壇原も承知している。壇原とて、それを面と向かって咎めるほど強い立場ではないから、とりあえず文句も云わないでおいた。しかし、

「壇原クン、仕事あるんだけど、書いてみる?」

と、玉中田編集長が猫撫で声を出した時、悪い予感はしたのだ。

普段は横柄で、「いやあ、壇原クン、随分とお目にかかってないねえ、たまには顔くらい見せてくれたってバチは当らんと思うけどね、まあ、せっかくの仕事がヨソ回っちゃってもいいって云うんなら別だけど」と、町工場の経営者をいたぶる中小企業の社長そのものの態度を取る玉中田であるから、壇原が訝ったのも無理はなかろう。

「ウチの誌でさあ、『TOKYO不思議スポット』っていうコーナーがあるんだけど、知ってるよな。ちょっと変わった場所紹介するレポート記事」

「——はあ、知ってますけど」

「それで今回は寄生虫博物館を取り上げようと思うんだけど、壇原君、書けるかな」

「は、書けと云われれば書きますけど、いえその、なにぶん僕はまだ三十で独身ですし、そういう方面はちょっと、その、書きにくいというか、いえ、決して書けないというわけでもないんですけど、その、何といっても独り者でして、経験がちょっと、あまり豊かでないというか——それに、法を犯すっていうのは、やっぱりちょっと、さすがに抵抗がありまして、その、そういうヤバい関係は、僕は、その——」

「は——?」

「いえ、ですから、異性中薬物感——」

「——あのねえ君、別に無理してボケんでもよろしい」

「はあ」

「寄生虫だよ、寄生虫。寄生虫博物館」

「あ、寄生虫、ですか。失礼しました、先週まで小学社さんの『小学六年生なぞなぞブック』を手掛けておりましたもので、つい」

「最近の小学生はそういうシュールで下品ななぞなぞを喜ぶのかね」

「いえ、そういうわけじゃ——その、ただ、僕の頭の方向性が駄洒落の方へ行ってるという、そういうことでして」

「書くのかね、書かんのかね、どっち？」

「は、やらせていただきます」

「よろしい。枚数は三十枚程度、写真なんかはこっちで用意してある。締め切りは明日——いや、もう今日か、今日の夕方六時、頼むね」

「ちょっ、ちょっと待ってください、夕方の六時って、そりゃいくらなんでも——」

「やるって云ったのは君だよ。六時、六時がデッドエンドだ、それ以上は待てないから、それじゃよろしく」

玉中田は逃げるように電話を切った。乱暴な音を立てて通話の切れた受話器を、壇原は途方に暮れて睨みつけたがもう後の祭り——おそらく、誰かが締め切り間際になって穴をあけたに違いない。こんな時間に連絡してきたのも、他のライター達に断られて、巡り巡ってのことだったのだろう。結局、壇原は貧乏クジを引かされたのだ。

しかし引き受けてしまったものは書くしかない。こうした落ち穂拾いみたいな真似をしないと生計が立たないのも事実なのだから。

そういう次第で、壇原は徹夜明けの朦朧とした頭を抱え、原稿用紙に向かっているというわけなのである——。

問題は、この外観の描写だよなあ——。壇原はもう一度、黒く埋まった原稿用紙をめくってため息をついた。やっぱまずいよなあ、これ、目白だもんなあ、東京の読者だっているんだし、あんまり本物とかけ離れてたらクレーム来るだろうし、困ったなあ、現物見ないでルポ記事書くってのは、やっぱ無理あるんだよな、取材行くしかないいんだろうな、ええと、今九時半か、これから出かけて朝メシ喰って、目白着くのが十一時くらいか、それから取材しながら現地で少し書いて、昼すぎに帰ってきてすぐに纏めるとしても——うひゃあ、きついなあ、あと二十五枚、六時までに書かなきゃいかんのか、仕方ないなあ、取材、軽く行ってくるとするか。

あれこれ想い悩んだ挙句、やっと壇原は外出の支度にかかったのであった。

○

外は通常の八月通りに暑く、目白駅はごく普通に混雑しており、目白の町もありきたりに人通りのある当り前の町並みだった。別段おどろおどろしくも何ともない。

壇原は地図を片手に寄生虫博物館への道を辿っていた。

頭上から真夏の太陽が容赦なく照りつけ、風はサウナ室みたいに蒸し暑く、空気はうだるような熱気をはらんで、徹夜明けの身には応える。全身から汗がとめどなく噴き出し、瞬く間にぐしょ濡れになってしまったシャツが背中に貼りついて気持ちが悪い。

杜の中の蟬時雨の降り注ぐ一本道――ではなく、どこにでもありそうな平凡な商店街の道を、壇原は大汗をかきながら歩いて行く。のんびりと穏やかかな、静かな商店街の風景だった。チリ紙交換の軽トラックが、ゆっくりと壇原の傍らを通り過ぎる。冷房を効かせているのだろう、運転席の鬼瓦みたいな四角い顔の中年男は汗ひとつかいていない。最前から使っているのですでに濡れ手拭いと化したハンカチで額の汗を拭うと、壇原は口をへの字に歪めた。こんな仕事を引き受けなかったら、今頃は扇風機を最強にして部屋で寝ていられたのに――。そう思って、自棄気味にもう一度汗を拭う。先月やった喫茶店巡りのルポはよかったよなあ、冷房から冷房へ渡り鳥だったもんな、アイスコーヒー飲みたいなあ、でもダメだよな、そんな時間ないしな、でもちょっとだけ喫茶店寄ろうかなあ、十五分だけ休んでアイスコーヒー飲んで――でも急がないとなあ、金ももったいないしなあ、それにしても暑いなあ、こんな暑いまっ昼間に出歩いてるなんてみじめだよなあ――と、どうでもいい考えを頭の中で転がしていたので、しばらくの間壇原は、電柱の住所表示が目的の番地を行き過ぎているのに気がつかなかった。慌てて引き返し、捜していた建物を見つけた時、正直云って拍子抜けした。

小ざっぱりとした、小さいながらも清潔そうなビルだったからだ。

明るいグレーの化粧タイルを貼った外装、採光を考慮して大きく取られたガラス窓、緩やかな曲線で構成された洒落たデザインの鉄筋五階建てのビル――寄生虫博物館は壇原の想像を裏切って、立派な、近代的な施設だった。遠目に見れば高級マンションと云っても誰も疑問を持たないだろう。これじゃさっき書いたところ、手直ししなきゃいけないなあ――。壇原は少なからず失望した。

自動ドアの入口――寄生虫博物館と金文字の入った大きなガラスドアを入った壇原は、思わずその場でうっとりと目を閉じて深呼吸してしまった。冷房が、身を切るほどの強さで効いていたからだ。体中の汗腺が一瞬できゅっと締まるのが自覚できるくらいだった。しばし冷気の中に身を置いて、ようやく汗が引いて人心地ついた壇原が目を開くと、受付の女性と目が合った。

受付カウンターは、入口に立つ壇原の左手に位置していた。マーブル模様の化粧板が腰の高さで奥へと進んでおり、外観同様に清潔なロビーと相まって、博物館というより商社ビルの受付のような雰囲気だった。

受付嬢は白ブラウスと紺ベストの、制服とおぼしき装いでカウンターの向こうに座っている。ふっくらした頰と小さめの唇の、若く、なかなかにチャーミングな人だった。くっきりとした二重瞼の瞳が、親しげな微笑みを含んでいるのは、壇原の行動を一部始終見ていたためだろう。笑われてしまったのはきまりが悪いが、これで話しやすくなった。

壇原は照れ笑いを浮かべて頭をかき、ロビーに入って受付カウンターへ向き直った。受付嬢がにこやかにお辞儀をする。第一印象通りの可愛らしい笑顔だった。カウンターで隠されていて、彼女のスタイルまでは観賞できないのが残念に思える。紺ベストの胸に「寄生虫博物館受

付　三国礼子《みくにれいこ》」と、小さなプレートをつけている。

「えと、見学したいのですが」

壇原が告げると、三国嬢は笑みを崩さず、

「はい、どうぞご自由に、お入りください」

デパートの女店員みたいに手のひらを奥に向ける。

「え、と、お金は」

「あら、無料です」

受付カウンターに置いてある案内板を示して、三国嬢は云った。

開館時間　一〇：〇〇AM～五：〇〇PM　休館日　月曜・祝祭日　入場無料

なるほど、公の施設だから入館はただというわけか。

「それと、ちょっと雑誌の取材でして、少しお話を伺いたいんですけど」

「あら、取材ですか」

三国嬢の笑顔がぱっと華やいだ。その笑顔を見て、壇原は少し後悔した。受付にこんなコがいるんだったらカメラを持ってくるんだった――。

「――でも、困ったな、館長が不在なんです。私はまだ不慣れで、とてもご案内はできませんから。もう一人職員がおりますけど、彼は今、食事休憩中でして――でも、間もなく館長が戻る予定ですから、それからでも構わないでしょうか」

「ええ、いいですよ。館長さんがお帰りになるまで、適当に見せてもらってますから」

壇原は、さして広くはないが掃除の行き届いたロビーを見回して云った。

寄生虫博物館は、ちょうど凸形をした建物で、その出っぱり部分にエレベーターの扉と階段が並んでいる。一階ロビーは静かで、空調の吹き出し口から冷気が流れ出る音だけが低く響いている。階段の上からも人のざわめきは聞こえてこない。

「あの、静かですね、今日は他に見学者はいないんですか」

壇原が尋ねると、

「ええ、こういう所ですから――今は一人も――」

と、三国嬢はちょっと恥ずかしそうに目を伏せて、

「でも、本当はもっとたくさんの方々に見に来ていただきたいと思います。寄生虫研究のためだけの博物館なんて、世界でも例がないんですよ。存在意義は大きいと、ウチの館長も申しております。寄生虫が人間にとってどんな影響を及ぼすか――感染の怖さを、予防の大切さを、もっと多くの人に知ってもらいたいと、私も思います」

自分の勤務先に誇りを持っているらしい三国嬢の態度に、壇原は好感を持った。確かに意義のある、立派な博物館なのだろう。でもなあ、物が物だもんなあ、いい天気だからちょっと寄生虫でも見に行ってみるかって、そんな人あんまりいないだろうしなあ、デートなんかじゃ、ますます使えないだろうしなあ――。

「では、館長が戻りましたらお知らせします。どうぞごゆっくり見学なさってください。あ、これをどうぞ」

三国嬢が綺麗な写真刷りのパンフレットを手渡してくれた。表紙に建物の全景。めくってみると、館内の案内図があった。

一階がロビー。二、三階が展示室、四階が応接室と会議室、そして五階が研究室とプライベートスペース、となっている。

会議室というからには、やっぱ「国際寄生虫学会」なんてのが開催されるんだろうな、なんかあんまりぱっとしないな、それで会議終わったら、学者さん達がどっかで会食なんかするんだろうな、料亭でイヤがられるだろうなあ、「寄生虫学者御一行様」だもんなあ——。

くだらないことを考えていると、三国嬢がロビーの凸形の突き出した部分にある階段を指さして、

「さあ、どうぞ、あちらからお上がりください、展示室は二階と三階です。あいにくただ今エレベーターは点検整備中で、階段を使っていただくしかないのですが」

見るとなるほど、二階へ上がる階段の隣にあるエレベーターのドアには、その旨書いたフダが掛けてあった。

○

ああ、なんと意義深く、存在価値のある博物館なのであろうか。

標本数四万六千点、文献・資料数五万五千点——その膨大なる数の、偉大な学者達の手による研究成果が、私の手の届くところに余すところなく披露されているのである。しかもそれらは、私のごとき門外漢にも理解しやすいよう、整然と陳列展示されているのである。

陳列棚には世にも貴重な標本の数々が所狭しと並べられ、壁には解説のパネルが平易な図解入りで展開されているのも、細やかな心配りを感じさせるのである。

ああ、学者達の、なんという無欲な情熱。どんな宝石と比較しても、決して劣ることのない研究の素晴らしさよ。人類の叡智の結晶！　人類の至宝！

私は、二階の展示フロアーに一人たたずみ、寄生虫研究に一生涯を賭けた学者達の高邁なる探究心に心打たれ、思わず感涙にむせんだのであった。

ああ、真理を追究せずにはいられない、彼らの魂の高潔さよ。

しかし、感動しているばかりではいけないのである。

私には、報告者として冷静なる観察眼で、この意義ある博物館の全てを読者諸賢にお伝えする義務があるのだ。

溢れ伝う涙をぐいと拭って、私は、寒いほど冷房の効いた二階の展示フロアーを見て回ることにしたのであった。

「寄生虫は、他種動物（宿主）の体表や体内にとりついて宿主から食物をせしめる。そして宿主に害を与えることもある」——最初の解説パネルにはそう書いてあるのであった。寄生虫が宿主とするのは犬や猫、馬や牛などの家畜ばかりではない——のだそうである。ああ、そして、なんと恐ろしいことなのだろうか。寄生虫は私達人間をも宿主とし、人体に害を為す恐ろしい虫なのであった。眼に線虫・吸虫、肺には肺吸虫、肝臓に肝吸虫、そして腸内には回虫・線虫・裂頭条虫・無鉤《むこう》条虫——ああ、なんということだろう、私達人類は、絶えずこれらの恐るべき寄生虫に取りつかれる危険と隣り合わせで暮らしているのである。

次のコーナーに展示された写真の前に立った私は、一目で全身に戦慄が走るのをとどめる術を失ってしまったのであった。

おお、なんと酸鼻を極めた写真の数々なのであろうか。それは、寄生虫に侵された不運なる被害者達の写真であったのである。

バンクロフト糸状虫症にかかった男性は、陰嚢が水腫のごとく膨れあがって、くるぶしまで垂れ下がっているのである。回旋糸状虫症の患者は眼球が真っ白に濁っているのである。皮膚リーシュマニア症では鼻と口が崩れて溶けた男性の顔写真。糸状虫症の女性は、象皮病で足が象のように巨大に膨らんでいる。腹部がぱんぱんに腫れている子供達はマラリアからくる脾臓肥大なのである。

ああ、寄生虫とはなんと恐怖すべき、汚らわしい存在なのだろうか。

「月刊・プレイタウンジャーナル」の読者諸賢はナウなヤングが多いから、当然海外旅行などにも頻繁に行ったりしやがる——もとい、頻繁に出かけることもあるであろう。

そこで私は、読者諸賢に強く注意を送りたいのである。

海外の、特に衛生的ではない土地では水や土、または昆虫などに注意しなくてはならないのである。殊に熱帯地方には、その地方特有の恐ろしい風土病があるのである。嗜眠症、顎口虫症、回帰熱、デング熱、リーシュマニア症、住血吸虫症、マラリア、コレラ——畏怖すべき病気が目白押しなのである。

しかし、ああ、しかし、恐ろしい寄生虫症は海外に限られたものではないのである。ああ、なんということであろう、寄生虫症は日本にも、私達が生活する日本にも広く蔓延しているのである。私達はこの平和な日本にいてさえも、絶えず寄生虫症に感染する危機に直面しているのである。

私はそれを思うと、体中の肌がぞっと粟立つのを禁じ得ないのである。

だが、さすがは寄生虫博物館なのである。恐ろしい寄生虫症を予防する手立ても、ちゃんと提示されているのである。私は、読者諸賢にそれを紹介することにするのである。

マンソン裂頭条虫は、犬や猫の腸内に寄生する寄生虫である。人に感染すると幼虫のまま体内を動き回るのである。気味の悪いことなのである。しかし読者諸賢よ、安心するといい。この寄生虫は多く、ヘビやカエルを生食することによってうつる病気なのだそうである。つまりヘビやカエルを生で食べなければ大丈夫であることは、賢明なる読者諸賢の明察の通りなのである。

ベルツ肺吸虫は、モクズガニやサワガニを食べたイノシシの筋肉に幼虫が移行し、それを食べた人の脳に入る寄生虫なのである。猟師がイノシシのサシミで感染した例も少なくないと書いてあるのである。もうお判りのことと思う。イノシシは生で食べてはいけないのである。

旋毛虫もクマ肉を生で食べるとうつるのである。当然クマも生食はいけないのである。横川《よこがわ》吸虫は、アユ・シラウオ・ワカサギなどの生食でうつるのである。しかしシラウオの躍りはうまいのである。どうしたらいいのか困ったところではあるのである。

私がそうして、熱心に展示物を見学していると、誰かが階段を上がってくる足音が二階のフロアーに響き渡ったのである。館内はとても静かなので、小さな足音でもよく聞こえるのである。

ああ、ここにも一人、この博物館の意義を見いだし、こうして見学にくる探究の徒がいる。私は感動し、新来者を迎えるべくフロアーの凸形に出っ張った部分に視線を走らせたのであった。

階段を、一人の若い男が軽々と上がってくるのであった。たいして階段など苦にした様子もなく。彼は、ひらりと身軽にこの二階フロアーに到着したのである。小柄で童顔の男なのであった。この季節というのに、だぶだぶの黒い上っぱりを引っかけているのである。ふっさりとした前髪が眉の下までかかっているその男の目を見た時、私の背筋は戦慄に凍りつきそうになったのである。

その男の両の瞳は、ああなんと、猫そっくりのまん丸であったのだ。

白昼の博物館に現れる恐怖の猫目男！　その恐ろ

いかん、いかん、つい調子に乗りすぎた。先々週書いた「日本あちこち妖怪調べ歩き」の影響が頭のどこかに残っている。寝不足のせいで、意識が垂れ流し状態になっているようだ。

壇原は気を取り直して、今書いた部分の原稿用紙をめくり返してみた。こうして、いついかなる場所でも原稿を書けるのが、壇原の最大の特技なのだ。以前、帰省ラッシュで乗車率二百パーセントに達した新幹線の通路で、二十五枚のコラムを仕上げた経験もある。

それにしても我ながらひどい内容だ。パネルの解説文を丸々引き写しているのは、紹介記事なのだから勘弁してもらうとしても、朝家で書いた書き出しの部分とまるきり違う内容になっているのは自分でも呆れる。こうまで変節していて読者が納得するだろうか。その原因が、受付の女性が好印象だったことにあるのは自覚してはいるものの、あまりの変わり身の早さに壇原自身、開いた口が塞がらないでいる。

ま、いいか——。壇原は書き終わった原稿用紙をバッグに突っ込み、新しいページを広げた。この切り替えの極端さも特技の一つに数えられる。後でちょっと手を入れれば何とかなるだろう。とにかく、取材、取材。この調子でベタベタ埋めていけば、どうにか枚数だけは稼げるはずだ。六時ぎりぎりに渡してやれば玉中田も文句を云う暇すらないだろう。さあ、とにかく取材取材——。

壇原は、次はどこを書き写してやろうかと思案しながら、陳列ケースの中の標本をざっと見渡した。大小様々なガラス壜の中に、色々な形の物体がホルマリン液に浸かって浮き沈みしている。そのすべてが漂白したように白っぽいのは、長い間こうやって光にさらされているためなのだろうか。

　ヒグマの回虫、馬回虫、狸回虫、ニワトリ回虫――とラベルに分類が記してあるが、壇原には皆同じ細長く白い虫にしか見えない。その他、もやしの束のような物が壜詰め状になっている標本を皮切りに、アニサキスの成虫が寄生したクジラの胃、ウマの十二指腸に寄生したウマバエの幼虫、メタセルカリアが鱗に寄生して体じゅう黒点だらけになったフナの全身、など、見ているだけで食欲が減退してくる。犬マラリアに寄生された犬の心臓は、何だか根の生えかかった球根が腐った物のように見えるし、スルメイカとサンマが身を「開き」にされてピンで留められているのは、アニサキスの幼虫が体内に寄生しているのがよく見えるようにとの配慮からだろう。

　壇原は次第にげんなりしてきた。確かに学術的にみれば価値ある標本なのだろうが、素人には少々重すぎる。ましてや徹夜明けで原稿に追われているライターにとっては、あまり気持ちのいい見物ではない。

　効きすぎた冷房のせいもあり、気分が悪くなった壇原がふと横を見ると、さっき入ってきた猫目の小男が、丸い目をさらにまん丸に見開いて標本に顔を近づけていた。その横顔は猫が食物の匂いを嗅ぐ動作に、いよいよそっくりだった。

　年は壇原とそう変わらないだろうか――何だか妙な男である。標本を矯《た》めつ眇《すが》めつして時折薄笑いを浮かべているのも気味が悪いし、ぶつぶつ口の中で「うひゃー」だの「凄おい」だのいちいち感嘆の声をあげているのも奇異に思える。

猫目の小男は食い入るように標本のガラスケースと解説パネルを見較べながら、熱心にメモを取っている。

ひょっとしたら同業者かもしれない——壇原はそう思い、少し眉をしかめた。フリーライターには一癖ある変わった人物が多いし、メモを取るのに打ち込んでいる様子も一般の見学者の態度には見えない。同業者だったら困るよなあ、違う雑誌で記事がぶつかったら、こっちが真似したと思われる可能性がある。本人に直接聞いて確かめてみるのがいいとは思うけど、でも本物の変なヤツだったらイヤだしなあ、どうしようかなあ、聞いてみようかなあ——。

壇原が逡巡していると、一階から足音が上がってくるのが聞こえた。どうやらまた入場者があったらしい——壇原はほっとして、肩の荷を下ろした気分になった。この薄気味悪い猫目男と二人きりで展示室にいるのが、幾分気づまりになっていたからだ。見学者が三人になれば、猫目男に声をかけやすくなり、同業者かどうか確認する機会もできるかもしれない。壇原はツツガムシのロウ細工拡大模型に見入るふりをして、新しい入場者が入ってくるのを待った。しかし——足音は展示室へ進んでこず、そのまま階段を三階へ上がっていく——。おや、見学者じゃないのか——？　壇原が振り返ると、紺ズボンの脚が階段を上がって見えなくなるところだった。

困ったな、また猫目男と二人だけになってしまった。思い切って声をかけてみようか。記事が他誌とカチ合って、玉中田に嫌みを云われるのも癪だ。それに、向こうさんが大手だったら、弱小雑誌のこっちはこの企画そのものを撤回せねばならなくなるかもしれぬ。そうなったら今やっている作業が全部徒労に終わるやもしれない。——やっぱり思い切って声をかけてみよう。まさかいきなり嚙みつきはしまい。もし本物の変なヤツだったら一目散に逃げればいい——。

壇原は意を決して、猫目の小男の方へ近づいた。

「あの、失礼ですけど、どこかの記者の方ですか」

突然話しかけられて驚いたらしく、猫目の小男はその場でぴょんと跳び上がった。だが着地と同時に早くも気を取り直したようで、壇原を見返して照れくさそうににっこりと笑った。その笑顔は意外と理知的で、別に本物の変なヤツでもなさそうだった。

「いえ、記者だなんてとんでもない——」

猫目の小男は愛想よく云う。

「ただちょいと興味があったんで見学に来ただけです。あなたは——記者の方なんですか」

「ええ、フリーライターの壇原といいます」

小男の笑い顔に釣り込まれて、壇原は思わず自己紹介をしてしまった。相手も嬉しそうに、もう一度柔らかに笑って、

「これはどうもご丁寧に、僕、猫丸です」

両手を膝に当てて深々とお辞儀をしながら云った。

○

他誌の記者ではないと判って安心したものの、猫丸と名乗った小男は異常に律義な性格なの

かそれとも極端に人なつっこいのか、自己紹介し合った直後からべったりとつきまとってきて壇原を閉口させた。それも展示物の一つ一つを指さして、「うひょー、これ、凄いですよ」とか「ベネデン条虫、ですって――これ、何だかきしめんにしわが寄ったみたいですねえ」と、大きな声でいちいち感想を述べるので、うるさいことこの上ない。

「あらまー、これ、見てくださいよ、壇原さん。ほら、これ、こいつは圧巻ですねえ、日本海裂頭条虫、全長八・八メートルですって。うひゃあ、人から駆虫したんですってよ、これ。幼虫がいるマス寿司を食べた人の腸で成虫になった――って書いてあります。あれまあ、三ケ月でこの長さになったんですって、えらいことですねえ」

猫丸の傍若無人な大声が睡眠不足の頭にがんがん響く。あんまりやかましいから壇原は相手を黙殺して三階の展示室へ退避することにした。二階のフロアーを出て階段へ向かうと、当り前のような顔つきで猫丸がついてきて、壇原をうんざりさせた。

○

私が二階の展示室で出会ったのは、在野の寄生虫研究家、猫丸氏であった。

猫丸氏は年若いにもかかわらず熱心な研究者であり、その豊富な知識量と博識ぶりには私も多々学ぶべきものがあったのである。

ひたむきな瞳をきらきらと輝かせて、知的なユーモアを交えながらレクチャーしてくれる猫丸氏の飾らない人柄に、私はたちまち心惹かれたのである。意気投合した私達は時の過ぎるのも忘れて、楽しく、かつ文化的に大いに語り合ったのである。

二階の展示室をひと渡り見学し終えた私が三階へ行くことを希望すると、猫丸氏は快く同道を承知してくれた。氏のような優秀なる研究者と知り合えたことは、私にとっても大きな財産と云うべきほかはないのである。

私と猫丸氏は揃って三階への階段を上がったのである。

しかし、ああ、しかし、三階の展示室に足を踏み入れた私と猫丸氏は、そこで生涯忘れ得ぬであろう光景に出会ってしまったのであった。

ああ、なんと恐ろしいことであろうか。私の網膜には今でも、その時の有様が焼きついて離れないのである。なんとなれば、夜中にその風景を夢見てうなされることもしばしばなのである。

ああ、その血も凍るような恐ろしい光景とは――、なんと、ああ、なんと、三階フロアーの中央辺りに倒れている、一人の死人の姿であったのだ。

身をよじるように横臥した死体は、こちらに体の前面を向けていたのであった。

制服の紺ベストと同色のスカートから突き出したふくらはぎの白さが、私の目を射たのであった。ああ、その、この世のものとも思われぬ白さ、艶めかしさに、私は息をのむのであった。奇しいまでに妖美でさえある。ああ、悪魔の手による禁断の造形美。なんとも云いようのないドス黒い戦慄が、私の背筋をぞくぞくと通り抜けるのである。投げ出された両腕は、あたかも私に何事か訴えかけるかのように伸ばされ、虚空を摑んでいる。髪をおどろに振り乱し、ぱっくりと割れた額からおびただしい血流が滴り落ちているのは、明らかに鈍器で撲殺されたことを物語っているのであった。

そして、ああ、そして、驚愕と恐怖の瞬間に、まるで石化してしまったかのようにこわばった表情を面《おもて》に貼りつかせたその顔は——ああ、なんということだろう、その死体こそ私も最前一階ロビーで言葉を交わした、あの受付嬢の変わり果てた姿ではないか。

私が思わず両の手で自らの腕をさすっていたのは、決して効きすぎた冷房で体が冷えたためだけではない。驚きと恐ろしさに、私の身体は芯まで凍結してしまっていたのである。

ああ、なんという残酷な運命の巡り合わせなのだろう。ほんのしばらく前、私にパンフレットを手渡してくれた受付嬢が、今はこうして冷たい骸《むくろ》となって床の上に転がっているのである。

ああなんと哀しみに満ちた出来事なのであろう。受付カウンターで私をにこやかに迎えてくれたあの愛らしい女性が、親切に応対してくれたあの心優しき人が、物云わぬただの肉塊に成り下がってしまい、今こうして床の上に長々と倒れているのである。

しかし、ああ、しかし、私の胸の内のふつふつと煮えたぎる焰が、凍てついた私の身体と頭脳を融かそうとしているのである。

それは、私の記者魂なのであった。

私の記者としての使命感が、疑問という名の青い火山となって噴き出し、謎という名の噴煙を吐き出し始めているのであった。

かの受付嬢は、一階ロビーにいたはずではないか——。それがどうして三階で倒れているのであろうか。エレベーターは点検整備中で使用できないはずである。先のズボンの男の例のように、階段を上がれば、二階にいた私と猫丸氏がどうして気づかないということがあるものか。一階にいた彼女は、いつの間に三階へ上がってきたというのだろうか。これを謎と云わずして何を謎

○

ちょっと待てよ、本当にわけが判らないじゃないか——。壇原はペンの動きを止めて、原稿用紙から顔を上げた。

目の前には依然として、受付嬢の死体が倒れている。

苦悶に歪んだ顔。だらりと力を失って横たわった体。スカートから伸び出した、意思をなくした白い両脚。そして広がる血痕——。原稿のオーバーな表現ではないが、ぞくりと肌が粟立つのを覚える。まだ血の痕も生々しい額の傷口を見て、壇原は貧血を起こしそうになって慌てて目を逸らした。

死体を発見してまで原稿を書き続けたのは壇原のライターとしての本能——と云えば聞こえはいいが、本当のところは、この機会を逃すのがもったいない気がしただけの話である。実際の殺人事件の現場に行き合わせることなど、めったにあるものではない——そう思ったら矢も

盾もたまらず、壇原の手は知らずとペンを走らせていたのだった。何といっても第一発見者だもんなあ、発見者が現場で書いたルポなんて、聞いたことないもんな、ひょっとしたらこれ、高く売れるかもしれないなあ、うまくすれば事件専門ライターへの道が開ける可能性だってないとは云い切れないし、そうしたらこんな雑文書きともおサラバできるしなあ――いやいや、それどころじゃないんだよな、不謹慎だよ、とにかく警察呼んだ方がいいんだろうな、でも――ホントに彼女、どうやって三階へ上がってきたんだろう、不思議だよなあ――まあ、そんなことどうでもいいや、とりあえず早いとこヒャクトー番に電話しなくっちゃ。

壇原が横を見ると、猫丸がきょとんとした顔つきで死体を眺めていた。まるで立ったまま腰が抜けているみたいで、これでは使い物になりそうもない。この男に電話をかけに行かせるのは諦めた方がいい。

ロビーに降りれば電話があるだろう。そう思って壇原は、猛然と階段へ向かって駆け出した。三段飛ばしで階段を走り降りながら壇原は――これで受付に彼女がいたら怖いだろうなあ、と、変なことを考えついて身震いした。もし受付カウンターに彼女が座っていて「あら、どうかなさいましたか?」とでも聞いてきたら、きっと俺、その場で卒倒するだろうなあ。いやだなあ、まさかそんなことないだろうなあ、それじゃハーンだよ。「恐怖の心霊現象」は今朝書き終わったんだから、もうこんなこと考えなくってもいいんだよ、事件ライターになるんだから非科学的なこと考えるのはよそう――。

最後の階段を降りきる前に、受付のカウンターが見えてきた。そこは当然ながら無人で、壇原は当り前のこととはいえ、少しほっとした。

一階のフロアーに降り着いた壇原は、その瞬間、自分の足許に男が一人うずくまっているのを見つけ、ぎくりとしてのけぞった。こんな所にも死体が——と思って仰天したが、よく見れば何のことはない。エレベーターの前にしゃがんだ男は、メンテナンス会社の作業服を着ている。喉まで飛び出しかけた心臓を鎮めていると、点検整備員は道具を片づける手を止めて怪訝そうにこっちを向いた。あごに大きなほくろのある若い男だった。

「あの、あそこの受付に女の人がいませんでしたか」

不覚にも驚いてしまった照れ隠しも交えて壇原が尋ねると、整備員は訝しげに、

「さあ、今作業終わって降りてきたところだから——」

「受付の女の人、いつまであそこにいたか知りませんか」

「女の人って云われても——午前中僕が来た時には男の人が座ってましたよ」

「そうですか——。それから、誰か今、降りてくるのを見なかったかい」

「さあ、誰も——」

「じゃあ——君は何も知らないのか」

「はあ、何だかよく判りませんけど、知りません」

整備員は無関心にそう云い、「点検中」のフタをさっさと外して道具箱にしまった。

せめてもう少し入場者がいればなあ、誰か何か見ていただろうに——ガラスの自動ドアから出て行く作業服の背中を見送りながら、壇原は唇を嚙んだ。これでは受付嬢がいつどうやって

三階に上がったのか皆目判らない。ロビーを見回してみても、非常口の類も見つからない。そうだ、もう一度三階を見てみよう――。現場をよく調べれば、どこかに隠れた扉か何かあるかもしれない。職員しか知らない小さな非常階段みたいな物が。――そう思い立って壇原は、再び階段を駆け上がった。

二階の踊り場で身体を反転させた時、エレベーターを使えばよかったと思いついた。もう点検は終わったようだから、なにも苦労して階段を駆ける必要もなかったのだ。しかし、冷房が効きすぎているおかげで、息こそ切れているものの、三階に辿り着いた壇原は汗ひとつかいていなかった。

展示フロアーに駆け込んだ壇原を、猫丸がまん丸い目を気遣わしげにして迎えた。

「あ、ご苦労様です」

「は、はあ、どうも」

「それで、警察はすぐ来てくれますか」

「あ――」

忘れてた。何というドジ。点検整備員と話したことで、一番肝心な用件を失念してしまっていたのだ。壇原は慌ててもう一度、階段口へと飛び出していった。今度はエレベーターを使ってやる――。

だが、壇原の足は、展示スペースを出た所で止まった。階段を上から――四階から、見覚えのあるズボンの脚が降りてくるのを見かけたからである。

ズボンの主は、それと同じ紺色のジャケットを着た男だった。死んでいる三国嬢のスカートと同種の布地のようで、そのジャケットとズボンが男性職員の制服なのだろう。

「ああ、あなた、こちらの方ですか」

壇原が呼びかけると、紺ズボンの男は階段を降りながら、

「ええ、そうですが、何か――」

にこやかに応対する。壇原と同年配くらいの、髪をきれいに撫でつけた、見るからに「博物館職員」といった風貌の男だった。胸に「川嶋良二《かわしまりょうじ》」のネームプレート。

「川嶋さん――ですか、ちょっとこっちへ、大変なことが起こりました」

「何ですか――？」

表情を曇らせた川嶋を、壇原は強引に展示スペースへ引っぱっていった。猫丸がぼんやり突っ立ったまま、二人が入ってくるのを待っている。

川嶋は、死体を目にするなり、

「これは――」

と云ったきり棒立ちになった。

「――三国君――誰がこんなひどいことを」

血の海に倒れている三国礼子の、紺のスカートから伸び出したふくらはぎの白さが痛々しい。

壇原は目をそむけると、川嶋の方に向き直った。川嶋のこめかみが、わななくように痙攣している。

「私達が今しがた発見しました。誰がやったのかは判りません」

壇原が静かに告げると、

「これは――人殺し、なんですか」

川嶋がかすれた声で応じる。

「おそらくそうでしょう。ところで川嶋さん、この上――四階、五階には他に誰かいますか」

「いえ、誰も。ここから上は一般の方は立ち入れませんし、館長は不在ですから」

「川嶋さん、さっき――十五分くらい前、階段を上がっていったのはあなたでしょう？」

壇原は気になっていたことを聞いてみた。二階の展示室で猫丸に声をかけるかどうか迷っている時、一階から、二階を素通りして階段を上がっていったズボンは、この川嶋の物だったように思う。もしそうならば、三階の異変の前兆のようなものを、川嶋は感じているかもしれない。

「ええ、ええ、私です――」

川嶋はこわばった表情でうなずいて、

「外に昼食に出ていたんです。それで、まだ休憩時間に余裕がありましたんで上へ行ったんです。五階に、私ども職員の休息室がありますもので――」

「五階まで階段で行ったんですね」

「ええ、そうです、エレベーターは点検中でしたから」

「その時三階で、何か気づきませんでしたか、何かいつもと変わったことなどには」

「さあ、思い当りませんが――」

と、川嶋は悄然として、

「何も変わったことはなかったように思います。外から帰ってきて、一階の受付で彼女とも顔を合わせましたし――二言三言言葉も交わしました、『外は暑いよ』とか何とか――。一体、どこのどいつがこんな惨《むご》いことをしたんでしょう」

「ですからそれが、まったく不可解な状況になってましてね」

壇原がそう云いかけると、

「あの――それより警察呼んだ方がいいんじゃないでしょうか」

猫丸が口を挟んできた。

「あのまんまじゃ、あの人もかわいそうですしね」

丸い目で、ちょっと死体を示して云う。

「まだ通報してないんですかっ！」

とたんに川嶋が怒鳴り声をあげた。肝を潰した壇原が、

「ええ、まだ、その、色々ありまして――」

と、もごもごすると、川嶋は気色ばんで、

「何やってるんですか、あんた達はっ。急ぎもしないでおかしなことをごちゃごちゃ聞いてくるから、てっきりもうとっくに連絡したんだとばっかり思った。私が行ってきます」

決然と云った川嶋は、肩を怒らせて展示フロアーを出ていった。そして、エレベーターのボ

タンを苛立たしげに何度も何度も押すのだった。

〇

なんという不可思議なことであろうか。

なんという奇妙な現象であろうか。

ああ、これは果たして、この世の出来事なのであろうか。

私達の眼前で、白昼堂々かくも破天荒な事態が起こるとは、一体誰が想像し得たであろうか。

ああ、私は、この奇怪な事件に戦慄を覚えずにはいられないのであった。

おかしいのである、どう考えても合点がいかないのである。

何者かの魔手によってその一命を絶たれた三国嬢は、一階の受付で彼女の職務をまっとうしていたはずなのである。それなのに、ああ、それなのに、いつの間にかこうして三階のフロアーで朱《あけ》に染まって倒れているではないか。

ああ、これを不合理と云わずしてなんと云うべきであろうか。

川嶋職員が警察へ連絡するために階下へ降りて行った後、私も猫丸氏もなす術なく、一言も発せず、ただただ息をつめているほかはなかったのであった。

しかし、ただ茫然としているばかりでは能がないのである。私は記者である。かかる事態に手をこまねいているばかりでなく、微力ながら警察の捜査の足がかりを発見すべく行動を起こしてこそ、真の記者というものではないか。些少といえども手がかりの一端を探すべく努力を惜しまぬのが、記者たるものの務めではなかろうか。

私はすぐに行動に移ったのであった。

私は窓から身を乗り出し、建物の外壁をくまなく調査してみたのであった。しかし、ああ、しかし、この建物の外部には非常階段に類する物は存在しないのであった。

そしてもちろんのこと、秘密の昇降口などもあろうはずもないのであった。

ああ、これはどうしたことであろう。

エレベーターは使用不能だったのである。すなわち、三国嬢が一階の受付から奇禍に見舞われるためにこの三階へ来るには、私達も利用したあの階段を使うしか方法がないのである。

ああ、これを不可思議と云わずしてなんとするものぞ。

私が、三国嬢と顔を合わせ直接その手からパンフレットを貰い、二階へ上がってから、階段を利用したのは猫丸氏と川嶋職員のたった二人しかいないのである。猫丸氏は二階へ上がってきて、そのまま私と行動を共にし、その後五階へ上がっていったズボンの男は、川嶋職員だと判明したのである。

それでは、ああ、それでは、被害者たる三国嬢はいつ、どのような方法でもって三階へ来たというのであろうか。

静かな館内では足音が響き渡るのである。階段を上がれば、先の川嶋職員が上がっていった際のごとく、二階にいた我々が気づかないはずはないのである。川嶋職員は昼食から戻り、職員の休息室へ行く前に、受付で三国嬢と会っているのである。あまつさえ言葉すら交わしたというではないか。彼女が三階へ来たのは、その後であってしかるべきなのだ。しかし、ああ、しかし、川嶋職員が階段を通ってから、私と猫丸氏が三階へ上がって死体を発見するまで、なんと、数分しかなかったはずではないか。その数分間、私は猫丸氏と歓談しており、私の視界には小柄な猫丸氏の肩越しに、絶えず階段の全容が入っていたのである。三国嬢がどんなに足音を殺して通ったとしても、私に見咎められずに階段を上がるのは不可能だったはずなのである。

ああ、その数分間に一体なにが起こったのでありましょうか。

ああ、三国嬢はいつ、いかなる方法をもってして三階に来たのでありましょうや。

ああ、寄生虫博物館——やはりここは魔の巣窟であったのではなかろうか。この建物の中には、時間と空間を飛び超える異次元の扉が存在するとでもいうのであろうか。なんと、ああ、なんと驚嘆に値する奇怪な場所というべくや。

その近代的な外観と裏腹に、ここは恐ろしい謎を秘めた博物館だったのである。異次元空間への入口が、ぽっかりと口をあける歪んだ狂気の場所だったのである。

私は、冷房が効きすぎ——もとい、身体の中から湧き上がる恐怖に、肌が粟立つのを禁じ得ないのであった。

ああ、このおどろおどろしくも、まがまがし

○

耳許で何か音がするので壇原が原稿を中断して顔を上げると、横から無遠慮に覗き込んでいる猫丸と目が合った。どうしたわけか独りでくすくす笑っている。死体の番をしながら笑っていられるとは、どういう神経をしているのだろう。この小男、やはりどこかおかしい——。壇原の険のある眼差しに気がつきもせず、猫丸は愛嬌たっぷりの笑顔になって、

「いやあ、壇原さんの書くものって面白いですねえ」

皮肉を云われたのかと思い、壇原は一瞬返す言葉に詰まった。自分の悪文は自分で一番よく判っている。しかし猫丸の方にはそのつもりはないようで、相変わらずににこにこしたまま、

「異次元空間への扉ってのがいいですねえ、なかなか夢があって——。でもねえ、壇原さん、現実ってのはもっとこう、ずっと散文的でしてね、そうそうロマンのあるもんじゃない。ぶっちゃけて云えば、そのあなたのいわゆる『奇怪な現象』ってのも、あなたが独りで思い込んで、勝手にややこしくしてるだけなんですよ」

「独りで勝手にって——何がです？」

猫丸の自信に満ちた物云いに、壇原はいささかたじろぎながらも聞き返した。この変な小男、何を云い出すつもりなんだろう。

「つまりね、三国嬢は別に異次元空間を飛び超えたわけじゃないんですよ」

と猫丸は、面白そうに丸い目を笑わせて、

「彼女はちゃんと階段を上がって、この三階まで来たんです」

やっぱりこいつは何も判っていない。

「何云ってるんですか、ちゃんと私のこれに書いてあるでしょう。階段を上がれば、僕が気づいたはずなんですよ」

「でもねえ、壇原さん、エレベーターは使えなかったんですから、ここに来るには階段を利用するしかないって――それこそあなた自身も書いてるじゃないですか」

「でも、階段を上がっていったのは職員の川嶋さんしかいなかった」

「それですよ、それ、そのあなたの見た人物が、三国嬢本人だったとどうして考えちゃいけないわけですか」

バカバカしくなってきた。どうせ盗み読みをするのなら、もっとしっかり中身を把握してもらいたいものである。

「あのねえ、猫丸さん、僕はちゃんと見たんですよ、階段を上がっていく人物がズボンをはいてたのを。あれが川嶋さんだったのは、さっき本人も認めてたじゃないですか」

「でもそれを云ったのは川嶋さんだけでしょう、壇原さんの見たのはズボンの脚だけ――だから、彼が嘘をついていないという保証はどこにもないはずですけど」

飄々とした口調で猫丸は云う。しつこい――。いくら物判りが悪いといっても度が過ぎる。うんざりして壇原は、倒れた死体を指さして、

「ほら、見てみなよ、彼女はズボンをはいてるかい？　ああいうのをね、スカートっていうんだよ、スカートって」

紺のスカートから突き出した脚の生々しい白さ。

しかし猫丸は意外と鋭い目をそちらに向け、

「ですからね、はき替えたんですよ、ズボンを、スカートに」

「はき替え、た？」

何を云わんとしているのか判らなくなってきた。受付嬢が就業中にズボンをスカートにはき替える——どんな理由があってそんなことをするというのか。

「ちょっと猫丸さん、それ、どういう——」

「まあ、そう慌てるんじゃありませんって。——ちょいと失礼して」

猫丸はじらすように、だぶだぶの上着のポケットから煙草と、何やら懐中時計の親玉のような物を取り出す。

「ここ、禁煙なんでしょうけど、どうもこいつがないと調子が出なくって——まあ、こんな際だから勘弁してもらいましょう」

云い訳がましくそう云って、懐中時計の側面の蓋を開く。中は空洞になっていて、どうやら携帯用の灰皿らしい。

「はき替えたって、どういうことなのよ、猫丸さん」

嬉しそうに煙草に火をつける相手に、壇原は勢い込んで尋ねる。

「何だか全然判んないよ、おタクの云ってること」

「だから、まあ、つまり三国嬢はズボンをはき替えるために上へ行ったってことですよ」

ゆっくりと煙をはいて猫丸は、

「いいですか、職員の休息室があるくらいだから、五階のプライベートスペースにはロッカールームもあったはずです。彼女は着替えのためにそこに上がって——壇原さんが二階で見かけた階段を上がるズボンの脚は、その時の彼女のものだったわけですよ。そしてズボンからスカートにはき替えた後、彼女は——あんな目に遭っちゃった、と、ただそれだけのことなんです。それを壇原さんが独りで勝手にややこしいことに仕立てて、やれ異次元だの魔の巣窟だのって書くから、僕、おかしくってつい笑っちゃったんで——」

「いやいや、そんなことはどうでもいいんだよ、それじゃ、三国嬢はどうしてズボンなんてはいてて、それをはき替えたりしたっていうんだ」

「そいつの理由に関しては、壇原さんだって何回も書いてるじゃないですか」

猫丸は、壇原の持つ原稿用紙の束を示して云う。

「僕が——？　書いた？　何回も」

「そう、何度も書いてるし、さっきからずっと感じてもいるはずですけどねえ——」

「書いた？　感じている？——何を云ってるの、本当にまるで判らないよ、あんたの云うことは」

壇原が苛立ち始めると、猫丸はにやにやして、

「冷房ですよ、この館内は冷房が効きすぎてる。スカートをはいてたんじゃ足許が寒すぎる、それで彼女は、冷えないようにズボンをはいてたんですよ」

壇原は啞然として猫丸を見つめた。そう云えば最初から、冷房が効きすぎだとは思っていた。

しかしまさか、そんなことが事件と関連してくるとは――。

そんな壇原の様子を楽しむように猫丸は更ににやついて、

「受付のカウンターは、座っていれば腰から下が隠れる形の物でした。壇原さんは、あそこに座っていた三国嬢のおみ足を拝めないのを悔しがったクチなんじゃありませんか。彼女は見られないという安心感から、制服のベストにズボンという、多少みっともない格好でも澄まして座っていられたわけなんです。自ら立って案内できないのも、彼女の言の通り不慣れなせいもあったのでしょうが、もちろん制服のスカートをはいていなかったためでもあったわけです。彼女は多分、男性職員の制服の替えズボンを――おそらく川嶋さんの物を借りていたんだと思います。そして壇原さんや僕が二階へ見学に行った後で、彼女はズボンを正規のスカートにはき替える必要に迫られた。そのわけは彼女自身も云っていたはずです――まもなく館長が帰館する予定である、と」

もはや何も云えずに、壇原は猫丸のよく動くまん丸い目を見ているだけだった。

「受付の係がズボンをはいているのを、上司に見つかるのはさすがにマズイ――云ってみれば、ズボンをはくのは館長の不在時に許された、三国嬢のささやかな楽しみであったわけです――。館長が帰る時間を見計らって、きちんとした身なりになるために、彼女は階段を上がりロッカールームへ向かう。その脚だけを見て、壇原さんは男性職員だと思い込んでしまった、とまあ、こういうわけです。そうなると今度は、川嶋さんがいつ上がっていったのかという問題が出てきます。壇原さんは、他には誰も上がっていないのを知っている。はて、川嶋さんはいつどうやって五階へ行ったのか——答えは簡単です。彼はずっと、僕や壇原さんがここへ来る前から、上にいたのです。多分彼は休憩時間は休息室にいて、お弁当か何かで昼食を済ませたんでしょうね。つまり川嶋さんは嘘をついたんです、さっき上がっていったのは自分だ、と。どうしてあの人は嘘をついたのでしょう——この答えも簡単です、彼が犯人だったからに違いありません。五階のロッカールームで着替えをした三国嬢と、休息室でくつろいでいた川嶋さんの間に何があったのか——僕には判りません。ただ、彼らはそうやってズボンの貸し借りまでする間柄であったことは想像がつきます。そこで、前々からあった別れ話がこじれたとか何とか——まあ、そういった生臭い口論があったかどうかして、カッとなった川嶋さんはその辺にあった鈍器を摑み、三国嬢に襲いかかる。身の危険を感じた三国嬢は声も立てずに階段を逃げ降りた。多分、見学者の僕達の姿を見れば、彼が冷静に戻ると考えたのでしょう。しかし——彼女のスピードはもうワンフロアー分遅かったのでした。僕と壇原さんのいる二階へ辿り着く前に、この三階で、逆上した川嶋さんに追いつめられてしまったわけです。そして——」

猫丸は、手に持った架空の武器を振り下ろす仕草をした。

「その後川嶋さんは一旦五階へ戻ったんでしょう。凶器は休息室にあった物ですから、元に戻しておかないとたちまち職員の犯行だと露見してしまう。そして後始末をしてから、何喰わぬ顔で降りてきて、死体を発見した僕達に出会ってしまった——とまあ、こんな成り行きだったんでしょうね。だいたいあの時、川嶋さんが階段で降りてきたのからして不自然だとは思いませんか。エレベーターの点検整備は終わっていたはずです。壇原さんはそれより前に、整備員が帰るのを一階で見てますからね。普通ああいう作業の人は、終わったら一言、そこのビルの人に報告するものでしょう。受付に誰もいなかったのだから、五階の職員控え室にいた川嶋さんに知らせていたはずです。川嶋さんはエレベーターが使えるのを知っていた。現に警察を呼ぶと云って下へ行こうとした時の彼は、エレベーターのボタンをがしゃがしゃ押してたじゃないですか。川嶋さんはエレベーターの整備が終わったのを知っていながら、五階からは階段で降りてきた——これはきっと、もう一度現場を確認して、何かマズい痕跡を残してしまっていないかチェックしたかったからだと思いますよ。ほら、昔っから云うでしょう、犯罪者は現場に戻るって——」

△

ああ、なんということであろうか。

私はこの出会いを、神に感謝せずにはいられないのである。

ああ、なんと素晴らしいことなのであろうか。

私が寄生虫博物館で知り合った猫丸氏は、在野の寄生虫研究家として有能なばかりではなく、市井の天才名探偵でもあったのである。

猫丸氏はこの因縁と恩讐《おんしゅう》に満ち満ちた恐ろしい事件を、妖気と邪知に溢れた犯人の企みを、その卓抜なる脳細胞の働きによって、快刀乱麻を断つのごとく、見事解きほぐしてしまったのである。

ああ、なんと称賛すべき頭脳の冴えであろうか。

猫丸氏は、感嘆する私を押しとどめ、その猫に似た理知的な瞳をきらめかせて、

「川嶋職員が犯人であることはもはや明白な事実でありましょう。それが証拠に未だパトロールカアが到着せぬではありませんか。きゃつはきっと逃亡したに違いありませぬ。警察に連絡すると我々をたばかって先程降りていったまま、すたこら逃げ出したに相違ないのである」

頼もしい口調でそう云ったのであった。

ああ、なんということだろう。

奸知に長《た》けた犯人の策略も、猫丸氏の明晰なる頭脳の前に、あえない夢幻と消え去ったのであります。

ああ、それにしても、このルポルタージュは計り知れない価値のあるものとなってしまったのである。一件の恐るべき殺人事件が、警察の到着を待たずして一人の天才探偵の手によって解決した、未曾有の記録となってしまったのである。私にも思いがけないことなのであった。

こうして記している私の手も、感動に打ち震え、ともすれば文字も躍りがちになるのであった。

これならば原稿料——もとい、あっぱれ見事な記者魂と激賞され、末長く人々の記憶に残るものとなることであろう。

私はそれだけで満足なのである。

生首幽霊

異様に細長く、じめついた路地だった。

右側を大きなマンションの背中に、左側を民家の高い壁でそれぞれ遮られているせいで、地下道でも歩いている気分になってくる。

路地のどんづまりに「レジデンシャルコーポ藤谷《ふじたに》」はあった。名前は大いに豪勢だが、何のことはない、プレハブに毛の生えた程度の平屋のアパートである。

アパートの入口付近に立ち止まり、今来た路地を振り返って八郎《はちろう》は首をかしげた。一体どんな土地事情でこんなことになったのだろう。

「レジデンシャルコーポ藤谷」は、そこへ至る路地同様、妙に長細い建物だった。長い路地の延長がそのままアパートの廊下へとつながっていて、路地の入口から廊下の突き当りまで優に二百メートルはあると思われる。廊下の先は完全に行き止まりで、このアパートのためだけに無理やり路地を通したようにも見える。

薄っぺらなブリキ板に浮き彫りにされた「レジデンシャルコーポ藤谷」の看板文字を見上げながら、八郎は廊下の奥へ歩を進めた。右手に安っぽい木のドアが十ばかり並んでいる。廊下は、そこここに古新聞の束ねたのや空きビンの詰まったビールケースなどが散乱していて雑然としており、昼間だというのに薄暗くて少し湿っぽい。おまけに下水の嫌な臭いが、かすかではあるが確かに漂っている。あまり健康的な環境とは云いがたい。

ジャイアンツマークがついた愛用の野球帽を、ぐいと被り直して気合いを入れてから、八郎は腕のデジタル時計を覗き見た。時刻は三時〇七分――それで一〇七号と書かれたドアの前で足を止めた。ドアの脇の表札には「大畑《おおはた》」とだけ記入されている。耳を近づけてみると、中でごそごそ人の気配がする。寸分もためらうことなく、八郎はそのドアをノックした。

出てきたのは、八郎の背丈の半分しかない皺くちゃの老婆だった。老婆は顔の皺の隙間から目だけを光らせ、ぎょろりと上目遣いで八郎をねめつけると、大儀そうに口を開き、「何の用だ」とだけ云った。

それでも八郎は精一杯の笑顔で、

「NHKです。受信料の集金に来ました」

「NHK?」

「はい、お婆ちゃんは銀行振替の手続きをしてませんよね、それで僕が直接来ました。知ってると思うけど、NHKは皆様の受信料で運営されています。国民一人一人のご理解とご協力を頂いてより良い番組を作る努力を――」

「テレビなんぞないよ、ウチは」

「は――?」

「テレビはないって云ってるんだよ、それでもおアシを取ろうってのかい」

「テレビが、ない――んですか」

「ない」

信じられない。それではこの老婆は「ひるどき日本列島」を見ないのだろうか。

「冗談でしょう――。お婆ちゃんだったら日曜の『のど自慢』見るでしょ、それに連続テレビ小説だって、『おはようゲートボール』だって――」

「ないって云ったらないんだよ。疑るんならとっくりご覧よ、ほら」

老婆が勢いよくドアを開け放つと、なぜだか線香の匂いがどっと流れ出してくる。八郎は老婆の頭越しに部屋を覗き込んだ。

部屋は典型的なワンルームの造りだった。半畳程のちゃちな靴脱ぎに短い廊下、左が狭いキッチンで右のドアがバスルームなのだろう。奥の六畳間も労なくして一目で見渡せる。古アパートには不釣り合いな黒檀の箪笥がひと棹と食器棚、そしてちゃぶ台と用箪笥。独り暮らしの老婆のつつましやかな生活を彷彿させる、小ざっぱりとした部屋だった。しかし六畳の大半を占拠している異常に巨大な仏壇が、八郎の目には奇異に映った。金箔でごてごてと装飾されていて、中では線香が丸々ひと束、煙突のごとく煙を上げている。

匂いの出所は判明したが、肝心のテレビは影も形もない。これでは本当に「ひるどき日本列島」が見られないではないか。

「どうだ、本当にないだろう」

老婆は勝ち誇ったように云った。

「判ったらとっとと帰るがいい。まったく、お祈りの邪魔をしおって――、天空院様《てんくういんさま》のバチが当っても知らんぞい」

「天空院――様？」

「なんじゃ、知らんのか」

「はあ、どなたでしたっけ」

「バチ当りめ、天空真神教の教祖様に決まっとろうが。ちょうどいい、お前も入信できるように骨を折ってやる。天空院様の教えにおすがりすれば病気も治るし家庭も安泰だ、なによりお迎えが怖くなくなる」

「いえ、僕はまだ早いようですので——」

ほうほうの体で八郎は退散した。集金に来て変な宗教に引っぱり込まれたのでは格好がつかない。

気を取り直して廊下を少し戻り、今度は一〇六号室をノックした。

「開いてるよ」

途方もない女の大声がドア越しに返ってきた。もう一度ドアを叩くと、

「開いてるって云ってるじゃない。勝手に入んなさいよ、今手が離せないんだから」

声が幾分苛立たしげになっている。

「お邪魔します」

八郎がおずおずと入口を開くと、強烈な酒の匂いが襲いかかってきた。

色々な匂いのするアパートである。

部屋は隣と同様に、左が流しで右にバスルームのドア。声の主は奥の六畳で鏡台に向かい、化粧のまっ最中だった。年齢は三十ちょっとくらいか——一見して水商売関係と判る女で、長い髪はちりちりとパーマが当っていて、落ち着いた茄子色のスーツでぴっちりと身体の曲線を

強調している。こんな格好でくつろぐ人間はいないので、おそらくこれから出勤するところなのだろう。鏡に映った女の顔は、化粧の途上であることを考慮に入れてもまずまずの器量だった。

　女性の私室に縁のある方ではない八郎は、どぎまぎしながらも部屋の中を見回した。家具などには無頓着な性格らしく、内部の色彩にもスタイルにも統一性は感じられなかったが、酒壜とビールの空き缶に埋もれて小型のテレビが確かにあるのを発見して、八郎はいささかほっとした。

「ねえ、あんた今、隣のバアさんのとこ行ったでしょ」

　女が突然振り向いたので、部屋の観察を中断して八郎は愛想笑いを作り、

「はあ、ええ、よく判りますね」

「そりゃ判るよ、お祈りがぴたっとやんだからね——教義だかなんだか知らないけど、大きな声でやりやがるんだ、あのいまいましいお祈り。うるさいったらないよ、自慢じゃないけどウチのアパート、壁薄いんだから——お祈りが途切れたからさ、セールスマンか何か来たんだなって思った」

　云うことは理にかなっているが、目の焦点が合っていないし呂律も怪しい。この時間から飲んでいるらしい。

「まったく迷惑なババアだよ。朝昼晩と三回興行でお祈りするし、誰彼構わずバカみたいな宗教に引っぱり込もうとしやがるし」

「僕も勧誘されかかりました」

「きゃははは、セールスマンがそんなんじゃ困るじゃないのさ——それであんた、何のセールスマンなの」

そう云って、スツールから立とうとして女はよろめいた。バランスを取ろうと手が宙を泳ぎ、しばらくふらついていたが、そのまますとんと元の場所に座り込む。目が完全にうつろになっている。いくらなんでもこんなに酔っていて仕事になるのだろうか。

八郎の心配をよそに、女は上機嫌でふらふらと立ち上がり、

「物によっちゃ買ってあげるよ、あたし今ちょっとリッチなんだ」

「いえ、セールスではありません、NHKの集金でして」

誇らしい思いで八郎は云ったが、女はとたんに眉を吊り上げて、

「NHKぇ？」

形相まで険しくなる。

「は、はあ——NHK、ですが」

「何だよ、薄汚いなりしやがっておかしなセールスマンだと思ったら、NHKだって。あたしはね、ヘビとNHKとたくわんの腐ったのは大嫌いなんだよ」

脈絡のないことを喚き散らして、女はいきなりガラスの灰皿をひっ摑んだ。どうするのかと見ていると、

「おととい来やがれ」

八郎めがけて投げつけてきた。もちろん言葉も灰皿も、である。

灰皿は八郎のはるか頭上へ飛来し、廊下の向こうの壁に当って派手な音を立てた。仰天した八郎は後方にひっくり返り、もんどり打ったついでにビールケースの角にしたたか額を打ちつけた。

ぬるりとした嫌な感覚が顔面を伝い、手を当ててみると案の定、血がべっとりとついている。

「大変だ——」

八郎は蒼くなって路地へ向かって駆け出したが、それでも表札にあった「一〇六号　浦西《うらにし》アケミ」の文字だけはしっかりと記憶の襞に擦り込むのを忘れなかった。

○

路地を出て二町ばかり駆けたところに「渋木《しぶき》医院」の看板を見つけた。内科、小児科、外科、皮膚科——そしてどういうわけだか、後からマジックで肛門科と書き加えてある。よほど肛門科医の需要の高い町内なのだろうか。

渋木医師は見事な銀髪だったが、惜しむらくは頭頂部が安土桃山期のキリスト教宣教師風に禿げているので、威厳のかけらも感じられない。白衣が変色して全体的に黄ばんでいるのと、右手が小刻みに震えているのが、どうにも八郎には気にかかる。

「どうしましたか」

老医師は入れ歯の収まりでも悪いのか、どこかから息の漏れるような声で云った。

「どうもこうもありません、診てください、重傷です」

八郎が主張すると、スラックスに運動靴と野球帽、手に集金カバン——という八郎のいでたちをじっと見て医師は、

「そういうのは重傷とは云わん、医学用語で擦り傷と云うんだ、擦り傷と」

「でも血が出ています」

「人間生きとりゃ血くらいは出るもんだ、舐めときゃ治る」

「自分のおデコは自分では舐められません」

「屁理屈を云うでない。ほれ、こっち向け、消毒する」

ふがふがした声で医師は云い、震える手で八郎の額に乱暴に脱脂綿を押しつけた。

○

畜生、あのヤブめ、消毒して絆創膏を貼っただけで四千三百円も取りやがって——胸の内でぶつぶつ云いながら、八郎はレジデンシャルコーポ藤谷へ取って返した。手にはしっかり渋木医院の領収書を握りしめている。なんとしても、あの女から治療費と受信料を徴収してやる心づもりだった。

一〇六号室のドアを、今度はやや乱暴にノックする。しかし何の反応もない。殴りつけるように叩いてみてもやはり応えはなかった。どうやら既に出かけたらしい。八郎の怒りは、宙ぶらりんのまま収まりがつかなくなってしまった。

腕時計を見ると、五時にはまだ少し間がある。末端とはいえ天下の国営放送の禄を食《は》む身としては、時間内は働かなくては申し訳が立たない。

八郎は一〇五号室を訪ねることにした。

ノックの後、しばらくしてからドアが細く開き、ぬっと男の顔が突き出てきた。パンチパーマのいかつい顔だった。ご丁寧に頬にうっすら傷痕までついている。その恐ろしげな顔が八郎の頭二つ分高い位置にあることから、ドアの内側に隠された身体も、おそらくかなりごついと推定される。

男は、触れば手が切れそうな鋭い目つきで、黙って八郎を見下ろした。

「あ、あの、こんにちは――」

幾分震える声で八郎は云った。

「あの、NHKの集金に来ましたが――」

この手合いがすんなり払ってくれたためしなど、まず絶無に近い。いささか諦観の気持ちで云ってみたのだが、意に反して男はにんまりと片頬をゆがめると、

「お、NHKか、いくらだ」

「――は、払っていただけるんで」

「そのつもりだからいくらかって尋いてんだ」

「はい、二千七百四十円になります」

「二千七百四十円か、半端なんだな。まあいいや、ちょっと待ってな」

バタンとドアが閉じた。八郎はあっけにとられたまま取り残された。人は見かけで判断するものではない。

再びドアが細く開くと、パンチパーマの頭と八郎が想像していた通りの太い腕がにょっきりと出てくる。

「二千七百四十円。きっちりあるな」

男は笑いながら云った。八郎は金を受け取って、

「あ、はい、確かに」

「これで全部だろ」

「はあ、あの、衛星放送は別料金ですが」

「このアパートにそんな高級な物がついてるように見えるか」

にこにこしたまま男は云う。凄まれるよりよっぽど怖い。

「いえ、そうは見えませんが――いや、あの結構なお住まいですのであるいはと思ったわけでして、それがその、どう見てもないと思ったのでは決して――」

八郎がへどもどしていると、部屋の奥から女の声がした。

「ねえん、あんた、早くう」

何だか寝とぼけたような調子だった。男は舌打ちして振り返り、

「ちっ、ツキが変わらないうちに勝負に出ようってんだな――いや、女房とちょっと手なぐさみをしててよ」

と、サイコロを振る手つきをして見せ、

「今ちょっと旗色が悪い。もういいんだろ」

「はあ」

「あんたも女房と賭け事する時は気をつけた方がいい、ケツの毛まで抜かれちまう、じゃあな」

鼻先でばったりとドアが閉まると、八郎はほっと息を吐き出した。時計を見ると五時ちょうど——末端といえども天下の国営放送の禄を食む身としては、他の公務員の退庁時刻を過ぎてまで仕事をするのは傲慢というものだ。今日はこれで切り上げるとしよう。

○

銭湯でひと汗流してから自分のアパートへ帰ると、八郎はスーツに着替えた。額の絆創膏に合わせてネクタイはベージュの物を選び、靴も薄い茶色にしてみる。コーディネートは完璧だった。

「うさぎ屋」は八郎のアパートから徒歩で二分の近さ——無愛想な大将が一人でやっている店だが、客に変に媚びたりしないので落ち着いて食事を楽しめる。魚が新鮮なのと、辛口のいい酒を置いているのも八郎は気に入っていた。

うさぎ屋の薄汚れた暖簾をくぐると、一番奥のテーブルに小岩井《こいわい》と山潟《やまがた》が顔を揃えていた。八郎達の指定席である。

「よお、NHKの、今日は随分ゆっくりじゃないか」

小岩井が素早く八郎に目を留めて声をかけてきた。小岩井は芸術家らしくルパシカにベレー帽を被り、気取った手つきでパイプを弄んでいる。

「俺が遅いんじゃないや、あんた達が早過ぎるんだ。いいのかい、こんなに早くから。仕事は大丈夫なのか」

八郎は小岩井の向かいの椅子に腰かけ、カウンターの奥の店主にビールを注文した。大将は返事もしないでむっつりとうなずく。

「仕事仕事って目の色変えてるうちはまだまだですよ、男は」

山潟が軽薄な口調でへらへらと云った。

「大物は要所要所押さえといて、後はどーんと遊ばなくっちゃ」

山潟の四角い顔が赤黒く染まっているところをみると、かなり前から飲んでいるようだ。年甲斐もない派手な背広と幅広のネクタイが、薄くなりはじめた頭と無精髭にはお世辞にも似合っているとは云えない。

この二人の飲み仲間とは、数年前ここで知り合った。三人は家が近所でもあり、同年配ということもあって、たちまち意気投合し、三日にあげず一緒に気勢をあげる仲になった。酔うとやたらに大声になる癖も共通していた。

「ときにNHKの、そのデコのそりゃどうしたんだ、色男が台無しだぜ」

小岩井が八郎の絆創膏をパイプの先で示して云った。

「どうもこうもないよ――」

一杯目のビールの余韻を楽しみながら八郎は、

「女に灰皿投げつけられたんだ」

「おや、そいつはまた穏やかでない、八っちゃんも隅に置けないね」

山潟が茶化したが、八郎は眉をしかめて、

「そんな色っぽい話じゃあないんだ」

「だったらどうしたんだい、女に灰皿投げられるなんて、めったにあることじゃないだろう」

興味津々の表情で、小岩井はキュウリみたいな細長い顔をこっちに向けた。

八郎がわざわざスーツに着替えて飲みに出かけるようになったのは、この小岩井の影響である。知り合った当初、このベレー帽の気取った男は本物の芸術家だと信じ込んでいた。しかし実際はただの左官屋であり、夜になると芸術家に「変身」するのだと本人の口から聞かされて、八郎は狐につままれたような気分になったものだ。

「なんだってそんな手間のかかることをするんだい」

八郎の問いに、自称陶芸家は気取った仕草でチューハイを口に流し込み、

「なあに、別に深いわけがあるわけじゃないよ――おねえちゃんのいる店行って、おねえちゃん騙して悪いことしようってんでもないんだ。ただささ、店の大将や他のお客が、『ああ、このお人は芸術家の先生なんだなあ』って思ってると想像すると、それが面白くってよ。優越感ってのか、そいつをちょっと味わえるんだよ、このカッコしてると」

「そりゃいいですね、いや、面白い。そのデンでいくと、俺なんかさしずめ紙問屋の主人ってとこですね」

お調子者の山潟がはしゃいだ声をあげた。彼は古紙回収のトラックに乗って街を回っている。

「ねえ、八っちゃん、面白いや。俺達もやりましょうよ、こう、三つ揃いかなんかでバシッと決めてさ」

「でもよ、すぐバレるよ、俺のアパートすぐそばだろ、朝晩このカッコでここの前だって通るんだぜ」

八郎は普段の自分のスタイル——スラックスに運動靴と野球帽——を指して云った。しかし小岩井はしかつめらしい顔で、

「そんなこと云や、俺んチだってすぐ近くだ。でもよ、案外バレないもんなんだ、人の心理の不可思議ってやつでさ」

「お、さすが芸術家の先生、難しいこと云いますね」

「黙って聞きなよ山ちゃんは——いいかい、もし八郎がわざわざ着替えてちゃんとしたナリして飲んでれば、朝晩通る近所の野球帽の男だなんて誰も思わない。まさかそんな手のこんだことするとは考えないからな」

「ははあ、そいつはもっともだ」

山潟は感に入ったようで自分の膝を叩き、

「こうやってベレー帽でオツに澄ましてる先生と、毎朝作業服着て工事現場に向かう職人が同

じヤツだとは思わない――そういうこったね」

「そうだ、近所の人だから余計に判らないって寸法だ」

「こいつはいいや、八っちゃん、俺やるよ、明日っから紙問屋の主人だ」

そう宣言した通り山潟はすぐに真似しだした。こうなると八郎だって負けてはいられない。今やこの界隈では、押しも押されもせぬＮＨＫ報道局の局員なのである――。

「そりゃひどい、女の酔っぱらいは始末に負えんからなあ」

八郎が昼間の顚末を語ると小岩井は同情してくれたが、山潟はけけけと笑って、

「どだい八っちゃんには女心をコントロールするなんて無理ですからね」

「なんだよ、それ」

八郎は不機嫌な声で応じる。

「だってそうでしょう、そんなもんうまく操作してやればいいんですよ。だいたい四十近くにもなって独り者だってのがおかしい」

三人の内で妻帯者は山潟だけである。

「女から金を引き出すにはコツがあるんですよ、その辺の息が判ってくると、八っちゃんの仕事ももっと楽になるはずですけどね」

焼き鳥の串に齧りつきながら山潟は云う。顔が四角くて大きいので、鬼瓦が爪楊枝を使っているように見える。

「山ちゃんのお客はたいがい主婦だからな」

小岩井が云った。

「そう、女相手の商売長いことやってると、自然女心が判るようになってきます」

へらへらと山潟は云う。

「俺だってコンクリートの気持ちがよく判るぜ」

大きな声で小岩井が変な自慢をする。酔いが回ってきたらしく、大声になる癖が始まっている。八郎も負けじとせり上がった声で、

「いくら女の気持ちが判ったって相手が酔ってちゃどうにもならない」

「どうせ八っちゃんのこったから、物欲しげに女を見てたんでしょう」

「見るもんか」

「でも、いい女だったんでしょ」

「いくらいい女でも、灰皿投げつけるようなのはこっちから願い下げだあ」

八郎はむすっとしてグラスを呷った。

明日は郊外まで足を延ばすつもりだから早起きしたいと山潟が云い出したので、その日はいつもより早目にうさぎ屋を出た。

小岩井、山潟とは店の前で別れ、ぶらぶらとアパートへの道を辿る。飲んでいる間中絆創膏のグチを云い続けていたせいで、昼間の中《ちゅう》っ腹《ぱら》がぶり返してきた。程よいアルコールの摂取も気を大きくする手助けになった。

部屋へ帰るとまだ十時半過ぎ。電車に乗れば十一時半には、あのレジデンシャルコーポ藤谷

に着けるはずだ。

八郎の決心は固まった。

黒いジャージの上下に着替えると、ジャイアンツマークの野球帽を目深に被る。引き出しをかき回してゴムのヘビを引っぱり出し、足音のしないラバー底の靴を履いた。あの女の嫌いだと云っていたヘビの玩具を、郵便受けから放り込んでやる計画だった。女は夜の商売だからまだ帰ってはいまい。帰宅した女を、玄関口でヘビが出迎える——その時の、女の怯える顔を想像するだけで腹の虫が収まるというものだ。

完璧な復讐計画である。

八郎はひとりほくそ笑んだ。

○

路地の入口へ至る道路は、路上駐車した車で、中古車の展示即売場さながらのありさまだった。もちろんここは公道だから違法駐車に違いないが、夜中にこんな住宅街を通る車もないので安心しきっているのか、傍若無人に様々な車が駐めてある。

どいつもこいつも公衆道徳ってのがなってない——八郎はこれから自分のしようとしていることを棚に上げてぶつぶつ云った。

空はぼってりとした灰色の雲におおわれ、月もなく星明かりさえ見えない。生暖かい風が、吹くでもなくさりとて止むでもなく、どんよりと流れて電線を揺らす、なんとなく陰気で静かな夜だった。

路地を入ると、街灯など一つも立っていないのでますます地下道めいて感じられる。

真っ暗である。

八郎は闇の深さにびくびくしながらも——てやんでい、真っ暗だって怖いことなんぞあるもんか、どうでもあのアマに思い知らせてやるんだからな——ぶつぶつ呟きながら路地をつき進んだ。

路地の中程で若い女とすれ違った。黒いビニールのゴミ袋を手にしている。夜のうちにゴミを出そうとしているらしい。

ゴミは朝出すのが常識じゃねえか、夜中に出したりしたら犬や猫がちらかしてご近所の迷惑になるってもんだ。まったく、公衆道徳がなってないよ——。何にでも悪態をついてぶつぶつ云うのは酔っぱらいの中年男の生態ではある。若い女は気味悪そうに八郎を振り返り、足早に路地を抜けて姿を消した。

レジデンシャルコーポ藤谷の廊下は路地より幾らか明るかったが、それでも門灯はおろか蛍光灯すら取りつけていないので、多少はマシといった程度である。

長い廊下の中央に裸電球がひとつ、云い訳みたいにぽつんと点《とも》っている。

無用心なアパートだなあ、怪しいヤツでも入ってきたらどうするつもりなんだろう——八郎は呆れたが、怪しいと云えば今の八郎ほど怪しい人物もめったにいるものではない。

闇のベールに包まれて部屋の番号表示こそ見えないが、なに、どうということはない。部屋番号は一〇六号、ちゃんと判っているのだ。八郎は息を殺して、手前から六つ目のドアの前へ辿り着いた。

さて、こいつを放り込んでおしまいだ――ポケットからヘビを引っぱり出そうとして、ふと思いつき何気なくノブを摑んでみる。ノブは何の抵抗もなく回転し、音もなくドアが開いた。覚えのある酒の匂いが八郎を包み込む。

何だ、あの女、カギ掛け忘れてやがる――無用心極まりないが、八郎にとっては好都合だ。ヘビをなるたけ目立つ所へ置くことができる。静かに身体を滑り込ませると、八郎はそっとドアを閉じた。

右側の、バスルームと思しきドアの隙間から、消し忘れたらしい電灯の明かりが漏れているので、部屋の内部はひと通り見渡すことができた。昼間も見た安っぽい調度品が、凹凸の淡い影を伴って薄闇の中にぼんやりたたずんでいる。

さあ、どこへ置いてやろうか――見回した八郎の目が、部屋の中央に転がっているおかしな物体で留まった。

何だよ、あれ――。認識するのに数秒かかった。視覚は一瞬で理解したのだが、脳が把握するのを拒否したからだった。

部屋の真ん中には――あの女の首だけがころりと置いてあった。

長い髪を乱し、苦悶の表情で八郎を睨みつけて横ざまに転がっている。首から下の、胴と手足があるべき空間には何もなく、ただ薄暗がりが横たわっているだけであった。

声にならない悲鳴をあげ、八郎はのけぞった。その時、八郎は確かに聞いたのだ。女の生首が、しわがれて、引きつったような呻きを発するのを——。

「オマエヲ——ノロッテヤル」

○

どこをどう走ったのか記憶がない。気がついた時には駅の近くだった。八郎は寒くもないのにがたがた震えていた。

最終電車間際の時間帯で、駅の付近は混雑している。とにもかくにもこの人込みに乗じてここから離れなければ——八郎は焦っていた。何といってもレジデンシャルコーポ藤谷の最寄り駅なのだ、こんな所でうろうろする愚を犯すべきではない。

駅舎から吐き出される人の群れに逆らって八郎は急いだ。

切符を買おうとポケットを探る手が震えて感覚を失い、マゴの手で小銭を摑もうとしているようにもどかしい。八郎はいらいらと、もう不要になってしまったゴムのヘビを引きずり出して近くのゴミ箱に叩き込んだ。

と、向こうで女の怒鳴り声が聞こえた。八郎が顔を上げると、ケバケバしい化粧をした若い女がメガネの学生風の男に詰め寄っているところだった。

「じゃあ何なのよ、チカンじゃない手がどうしてあんなに動くわけよ」

女の剣幕に押されて、気の弱そうなメガネの青年は真っ赤になっておろおろしている。通行人達が面白そうに足を止めるので人垣ができかかっている。ぽかんとして騒ぎを見ていた八郎の視界の端に、どこかのお節介が通報したのだろう、制服の警官が駆けてくるのが映った。八郎は慌てて顔をそむけ、帽子を深く被り直そうとして——初めてそれに気がついた。

帽子が——ない。

一気に血の気が引いた。

帽子、帽子——どこで失くしたんだろう。レジデンシャルコーポ藤谷に行く時は間違いなく被っていた。あの廊下を手探りで歩いた時だって、確かに頭の上に載っていた。そして女の部屋を開けて中に忍び込んだ時も——あそこか——あの部屋へ落としてきてしまったのか——。ひさしの裏にトレードマークのマル八印を書いたあの帽子を——。

そうして八郎は、いつまでも真っ青な顔でその場に立ち尽くしていた。

○

布団に引っくるまってまんじりともできぬまま朝を迎えたが、とても仕事に出かける気にはならなかった。朝刊が配達されると即座に社会面を開き、舐めるように紙面を睨んだけれど、それらしい記事は載っていない。ちなみに、八郎の購読している新聞は朝日である。テレビはNHK、野球は巨人、新聞は朝日、まっとうな日本人ならこうあるべきだと信じている。

八郎は、隅々まで読み尽くして今や古新聞になってしまった紙を放り出し、布団の上に座り直した。頭の中は落としてきてしまった帽子のことで占められている。あの帽子が警察の手に入ったらどうしよう——。

そして、指紋。女の部屋のドアノブを、それからよくは覚えていないが玄関のあちこちを、八郎は素手で触ってきてしまったのだ。鑑識班とかいう地味な制服の連中が白い粉を撒き散らし——しばらくして、中の一人がふと手を止めて眉を寄せ——ヤマさん、不審な指紋を発見しました——。

どうしよう、どうしよう——。

八郎は頭を抱え、のろのろとテレビのスイッチを入れた。NHKの朝のニュースの時間なのだ。

問題のニュースは、日銀の公定歩合引き下げの話題の後、割合大きく報じられた。

本日早朝、江戸前川《えどまえがわ》の河川敷で、女の胴体部分が遺棄してあるのを近所の早朝ゲートボールの老人達が発見。死体は二十歳から四十歳くらいの成人女性で、首と両手足が切断されていた。警察はバラバラ殺人事件として捜査を開始した。なお被害者の身許は目下のところ不明——。

あの女だ、あの女に違いない——八郎は直感でそう思った。江戸前川とレジデンシャルコーポ藤谷のあるあの町とでは、東京の西と東で少なからず距離がある。しかし、いかに東京が広いとはいえ、一晩のうちにそう何件もバラバラ事件が起こってたまるものか。見つかった胴体は浦西アケミのものに間違いなく、やがて身許が判明し、あの部屋が捜査されて八郎の帽子が見つかり——。

八郎は再び布団に潜り込むと、身体を丸めて歯を食い縛った。

今にも刑事が――トレンチコートにハンチングの無表情な男の一団が、ここの扉を叩くかもしれない。恐怖と闘いながら、八郎はそれからの数日を犯罪者のように隠れ暮らすことになる。

○

事件は八郎にとって悪夢さながらの展開をみせた。

その日の夕方発表された警察の公式見解によると、被害者の死亡推定時刻は前夜の十一時から十二時頃――これは八郎がこっそりレジデンシャルコーポ藤谷を訪れた時間帯とぴったり合致する。死因は絞殺。胴体部分にわずかに残った首の一部に、索条痕がはっきり認められたのだ。また、被害者の体内には睡眠薬などの薬物を使用した痕跡はなかったが、多量のアルコールを摂取していたことが判った。

間違いない、浦西アケミだ――八郎は絶望的な気分になった。

頸部と手足の切断は死後すぐに――少なくとも三十分以内に――行われたらしいとも発表された。ということは八郎は、殺人のあった直後の現場にのこのこと顔を出したことになる。何と間の悪いことか――。

翌日、胴体発見地点を少し遡《さかのぼ》った河原で、女の右腕が、半ば雑草に埋もれているのが見つかった。腕は寸分の狂いもなく胴体とつながった。その午後には、さらに上流で左脚が見いだされた。これは河原の石ころで隠されていたという。

事件発生から二日経つと、バラバラ死体は頭部を除いてすべての部位が出揃った。江戸前川の下流から上流に向かい、点を結んで絵を描く子供の遊びみたいに、各部位がばら撒かれていたのである。警察では警察犬を動員して上流の河原を捜索中。頭部発見と身許判明は時間の問題であるとの捜査本部長のコメントも出された。

このところ平穏な日々が続いていたせいもあって、各種マスコミはこぞってこの猟奇的な事件に飛びついた。新聞、テレビ、雑誌、あらゆるメディアが目の色を変えて我勝ちに報道合戦を繰り広げ、普段八郎が敬愛してやまないNHKの看板アナウンサーまでもが、「さて、江戸前川バラバラ殺人の続報ですが——」などと云って八郎を苦しめた。

それでもニュースを見るのをやめるわけにはいかない。いつ何どき、「警察は、事件当夜現場から逃走した不審な黒ジャージの男を犯人と断定し、行方を追っています」だの、「昼間被害者と争っていたNHKの集金人を重要参考人とみて調査を始めました」だのと云われるか判らないのだ。

呪われてる、俺は呪われている——無精鬚でざらざらする顎を膝に乗っけて、八郎はうずくまっていた。いつもだったら食い入るように見つめる「NHK 歌謡リクエストショー」も、ちっとも面白くない。どうして俺がこんな目に遭わなくちゃならないんだ。ほんのちょっと、イタズラをしようとしただけなのに——。もはや前世の因縁か何かとしか思えない。そういえばあの女とは最初っからソリが合わなかった。NHKが嫌いだとも云っていた。八郎に害をもたらすのは運命だったのかもしれない——。

ふいに、あの声が耳に甦ってきた——オマエヲ、ノロッテヤル——そう、多分あれも幻聴なんかではない。苦悶に歪んだ女の顔を頭から追い出そうと、八郎はぶるりと首を振った。

○

いきなり画面いっぱいのアップで映ったあの女の顔に息をのみ、テレビのリモコンを持った八郎の手は硬直した。

事件から三日目、テレビ大洋《たいよう》の昼のワイドショーだった。

平素ならば、NHK以外の民放局などにチャンネルを合わせたりしないと決めている八郎ではあったが——もっともジャイアンツの試合中継と歌謡番組、それからクイズと二時間ドラマ、温泉巡りと深夜番組だけは例外として自らに許していたが——この場合固いことは云っていられない。少しでも新しい情報が欲しいのである。

女の顔写真のアップが、スタジオの、いやにのっぺりとした顔の司会者に切り替わった。同時に、画面右下に小さく、「バラバラ殺人身許判明!」と煽情的な色彩のテロップが出る。

「いやあ、とうとう見つかりましたですね、頭部が」

司会者はいやらしい笑顔でアシスタントの女性タレントに語りかけた。

「そうですねえ」

アシスタント嬢はバカみたいににこにこしてうなずく。のっぺりした顔を画面に向け直して司会者は、

「世にも奇怪な猟奇犯罪として世間を騒がせております江戸前川バラバラ殺人事件——頭部は

やはり、江戸前川の上流に埋められていました。この異常な事件は発生から三日目にして、やっと被害者の身許が判明したわけです」

自分の胸許に、女の顔写真のパネルを立てて見せる。慌てて調達してきた物を引き伸ばしたらしく、かなり粒子が荒れてはいるが、間違いなく八郎の知っているあの女だった。

「被害者は、世田谷《せたがや》区神無町《かんなしちょう》二丁目、レジデンシャルコーポ藤谷一〇六号室に住んでいた浦西アケミさん、三十二歳です。アケミさんは新橋《しんばし》の『ドン・ケメレオ』というクラブでホステスをしていました」

「すごいですねえ」

アシスタント嬢がわけの判らないあいづちを打つ。司会者は構わず、

「さて、今日はゲストに、推理小説家であり社会評論家でもある寒林欧風《かんばやしおうふう》さんをお招きしております。寒林さん、よろしくお願いします」

「こちらこそ、よろしく」

名前すら聞いたことのない、顔がやけに横に長い中年男が鷹揚に頭を下げた。

「早速ですが寒林さん、この事件は本当に異常な猟奇犯罪ですね」

「そうですね、近年稀に見る変わった犯罪だと思います」

「変わっている——とおっしゃいますと、やはり猟奇的ということですよね」

「まあ、そう云えなくもありません」

「そうですか、猟奇犯罪ですね、寒林さんがおっしゃるのですから間違いありません」

司会者は舌なめずりせんばかりに云った。どうあっても類稀なる異常犯罪に仕立て上げ、番組を盛り上げようとする魂胆が見え見えである。視聴者が主に主婦層ということもあり、その下世話な好奇心を満足させることこそ私の使命である——のっぺりした顔にはそう書いてあるかのようだった。

「それで寒林先生、どんなところが変わって——猟奇的だとお思いになるんですか」

アシスタントの女性が、台本をちらちら見ながら聞いた。

「そうですね、まず死体遺棄の方法ですが——バラバラにした上に胴体、両手足、頭といった具合にこれもバラバラに捨てられていた。随分おかしな、そして手間のかかることをしています」

「ええ、奇っ怪ですね」

司会者がしたり顔でうなずく。

「それから、そんな手間をかける一方で——まあ、頭部なんかは埋めてあったわけですが——胴体の方はこれ見よがしに放り出しておく。この辺の犯人の心理がちょっと奇妙ですね。さらに手足頭と、さあ順番に見つけてくれというように江戸前川の上流へ遡って隠してあった。どうでしょうね、これは犯人の自己顕示欲の表れ、とも考えられます。いわゆる劇場型犯罪とでも云いましょうか」

「ほほう、警察への、そして世間への挑戦とみてもいいんですね」

「まあ、そうです」

「寒林さん、これはもう歪んだ人物が生み出した異常な犯罪としか云いようがないじゃありませんか」

「まあ、そうですね」

「寒林さんも驚くべき異常犯罪だとおっしゃっています」

「恐いですねえ」

アシスタント嬢が眉をひそめて云った。

「さて、このあり得べからざる狂気の犯罪の犠牲者になった浦西アケミさんですが――一体どんな方だったのでしょう。インタビューのＶＴＲがありますのでご覧ください」

司会者ののっぺりした顔が消えて画面が替わり、八郎も見覚えのあるレジデンシャルコーポ藤谷の前になった。アパートの入口をバックに、原形を留めないほど厚く化粧を塗りたくった五十過ぎのおばさんが映る。「被害者の浦西アケミさんが住んでいたレジデンシャルコーポ藤谷の大家、藤谷初子《はつこ》さん」と長ったらしいテロップが出る。

「そうねえ、浦西さんですか――まあ三月程前に引っ越してこられたばかりですから、よくは存じませんけど――」

大家のおばさんは、テレビの取材だというので、よそ行きらしいワンピースとよそ行きらしい声で云う。

「まあ、ああいうご商売の方ですからねえ、アル中っていうんですか、随分、その、ご酒を召し上がるようでしたね。私もこのアパートに住んでるものですから――夜中に、酔っぱらってお帰りになると、まあいくらかお賑やかに廊下をお通りになって――いえ、迷惑だなんて、そんなあなた――。普段でもよくお部屋でお酒を召し上がっていたらしくて、大きな声をお出しになってお暴れになって――陽気な方だったようですね。ただ――その、お家賃がねえ、少々滞納なさっておられましたので先日もちょっと催促に参りましたら、こう、とろんとした目で、へえこんなボロアパートでも家賃なんて払うんだ――なあんておっしゃって――まあ、ユーモアのセンスもおありになったようですねえ」

続いて同じ構図で老婆の顔が映った。あの狭苦しい路地に、強引にテレビカメラを押し込んだようでアングルは変わらない。テロップに「浦西アケミさんの隣室、一〇七号室に住む大畑たねさん」。八郎も一度会ったことのある老婆は露骨に不機嫌な表情で、

「だいたい無茶苦茶だったよ、あの女。昼間だろうが夜中だろうが酔っぱらって喚きたてるんだから。それだけじゃないよ、寝言まで大声だ。夜中におかしなことを怒鳴り散らすから、また酔っぱらってると思えばそうじゃない、寝言なんだよ、それが。驚くじゃないか。こっちはおちおち寝てもいられやしない。近頃の若い女は嗜《たしな》みも何もあったもんじゃないね。天空院様のお教えにおすがりしていりゃ、あの女もこんなことにならなかったんだ。いいかい、天空院様はね――」

ここで一旦ぶつりと画像が切れ、今度はもっと不機嫌な顔つきで老婆が映る。

「あの日かい――いいや、あの日は帰ってこなかったみたいだ。静かなもんだったよ。そうさね――三時過ぎには出かけてたんじゃないかね、あたしが晩のお祈りを始めて少ししてからだ

ったから。男？——いや、男なんぞ引っぱり込んでたことはなかったね。その辺は、まあ慎みってもんがあったのかもしれないけど——」

映像が替わってスタジオののっぺりした顔になり、

「という風に——被害者の浦西アケミさん、私生活ではお酒好きの陽気な方だったようです」

一応沈痛な表情を取り繕ってはいるが、口調にどこか揶揄する響きが感じられる。

「では仕事先での評判はどうだったでしょうか、VTRをご覧ください」

毒々しい紫色で統一された店内のソファに口の大きな女が悲痛な面持ちで座っている。「被害者が勤めていたクラブの経営者、神田《かんだ》花江《はなえ》さん」とテロップの文字。

「いい子でしたよ、アケミちゃんは。うちの店——あ、ドン・ケメレオっていうんですけど——お客さんにも他の女の子達にも人気がありました。ちょっと酒癖が悪いのが玉にキズでしたけど——。でもねえ、根はとってもいい子で、お金を貯めてこういう店——ドン・ケメレオですけど——こんな店を持ちたいなっていつも云ってました。そうしてママさんみたいな話の判るママになるんだって、そりゃもう口癖のように——。そのためにお家賃も生活費も切りつめて倹約してて——ホントにどこの誰があんないい子に惨いことをしたんでしょうねえ。は？男性ですか、いえ、聞いたことがありませんねえ。そりゃまあ、あれだけキレイな子だったし人気もありましたからご指名も多かったし、同伴出勤もよくしてました。でも決まった男性はいなかったんじゃないかしらねえ——。え？　警察に届けた話ですか——ええ、ええ、私です。アケミちゃんがあの日無断で休みましたでしょう、ええ、それほど珍しいことじゃありませんでしたけど——お酒が好きなものですから、たまに昼間から飲み過ぎて遅刻するなんてこともありましたから——でも次の日も無断欠勤でお店——ドン・ケメレオですけど——こっちの方にも何の連絡も入らないんですよ。そこへあのバラバラ事件でしょう。私、もしやって心配になって警察に電話したら、そしたら思った通り——。お店ですか？　いいえ、ドン・ケメレオはお休みしませんよ。こうなったらアケミちゃんの分までガンバろうって他の女の子達とも話し合ったんです。皆さんもよろしかったらドン・ケメ——」

画面には、ママに代わって三人の同僚ホステスなる女達が登場し、口々に哀悼の意を表した。真ん中の女は歌手の葛西《かさい》あつ美《み》によく似ていたし、左側の女もどこかで見たような美人だった。普段の八郎ならば、すかさず店の所在地をメモするはずだが、今はとてもそんな気分ではない。八郎は充血した目を皿のようにしてテレビを見据えた。

ブラウン管では、のっぺりした司会者と横に顔の長い作家が喋り合っている。

「それで寒林さん、アケミさんはどこかに監禁されていたのではないか——そう警察ではみているわけですね」

「そうです。死亡推定時刻は夜の十一時から十二時頃です、しかし被害者の三時以降の足取りが摑めていないんです。勤めていたクラブには四時に出勤する予定でしたが——」

「何の連絡もなかったということですしね」

「そう。それから隣の——さっきVTRにも出てましたね、あのお婆ちゃんの証言からも被害者は三時過ぎにはアパートにいなかったことが確認されています」

「それに寒林さん、遺体には乱暴された形跡はなかったとされていますが――」

司会者は意味ありげに下卑た目配せをし、

「これはやはり、犯人は最初からアケミさんを殺害する目的で連れ出したと考えるべきでしょうか」

「そうですね、おそらく警察でもそう判断しているでしょう――殺害目的で誘拐拉致《らち》し、どこかに監禁しておいた上で夜になってから殺害した、と」

「ええと、寒林先生――」

アシスタント嬢が台本に目を落としたまま口を挟んで、

「その、アケミさんが監禁されていた場所というのは、ズバリどんな所だと推理なさいますか?」

「そうですね、被害者の手足には縛った痕がなく、またさるぐつわなどを嚙ませた痕もなかった――それに眠り薬などを飲まされていたのでもない、こうなるとやはり、ある程度手足が自由でしかも大きな声で助けを求めても、他人が気づかないような場所でないといけません」

「すると、犯人がアケミさんのアパートに押し入って監禁した――という線は考えられませんね」

「それは無理でしょう、あんな住宅街に人を――それも縛《いまし》めもしないで監禁することは不可能ですよ。それに死体が、犯行後すぐに切断されたのは解剖の結果判ってますからね――被害者の住居には血痕はおろか、犯行の痕跡は何もなかったですから。これはやはり、どこか民家から離れた頑丈な造りの倉庫か何かに閉じ込めておいたんでしょうね、警察でも今、江戸前川流域の廃倉庫などを当っているようでして――」

八郎は愕然とした。

ブラウン管の二人はまだ何事か云い合っていたが、八郎の耳には意味のある言葉として聞こえなかった。

被害者の住居には犯行の痕跡がなかった。

被害者の部屋は犯行現場ではなかった。

あの時、あの部屋には死体などなかった。

ではあの夜、八郎の見た生首は何だったのか。

幻――?

幽霊――。

そうだ、俺は幽霊を見たんだ――八郎の周囲で世界がぞっと音を立てて凍りついた。

幽霊だ、やっぱり幽霊だったんだ――。

幽霊ならば、首だけで呪いの言葉を吐いても、ちっとも不思議ではない。

――オマエヲ、ノロッテヤル――

俺は幽霊に呪われてる。

八郎の顔色が蒼白を通り越して真っ白になった。奥歯が鳴るのを抑えられない。もう酒でも飲まずには一時《いっとき》もいられない心境だった。習慣とは恐ろしいもので、こんな際でも立ち上がった八郎は、やおらネクタイを選び始めていた。

○

テーブルの上にはお銚子が林立している。

八郎は一番奥の指定席に、入口を背にして座っていた。店内はどちらかというと混んでいる方だったが、狭いうさぎ屋のことで、四人も客がいれば混んでいる部類に入るというだけの話である。真ん中のテーブルには二人連れの若い男、カウンターに労務者風の中年男が一人。小岩井と山潟の姿はない。

幽霊だ、ありゃ幽霊だった——八郎はぶつぶつ云いながら、酒を喉に流し続けた。

頭の中に取りついた女の幽霊の影がこってりとアルコール漬けになり、壁の品書きの文字が三重にだぶって見える頃合いになって、小岩井と山潟が揃って薄汚れた暖簾をくぐってきた。例によって小岩井はルパシカにベレー帽、山潟は紺地に空色ストライプのスーツ。山潟の靴は赤と茶のコンビで、恐ろしく珍妙な配色だった。二人ともどこかで下地を作ってきたらしく、かなり聞こし召している様子だ。

「ようＮＨＫの、随分お見限りじゃねえか」

小岩井が云った。山潟もへらへらして、

「そうですよ、また仕事仕事って駆けずり回ってたんでしょう。おや、飲んでますね、ご機嫌じゃないですか」

「ご機嫌なんかであるもんか、ごちゃごちゃ云ってねえで、いいからこっちへ座りやがれ」

八郎はがぶがぶ飲みながら、自分が巻き込まれている事件と、自分が見た幽霊の話を語って聞かせた。この恐怖はもはやとても一人では抱えきれない。酒の勢いも借りて、半ばやけっぱちでこと細かに喋り終えると、小岩井も山潟も、UFOを目撃してしまった仏教僧みたいにぽかんとして、

「そいつは――また」

と云ったきり絶句してしまった。

「だから俺は、今や幽霊に呪われた男なんだぜ。あんた達ツイてるよ、幽霊に呪われたヤツと一緒に飲むなんぞ、めったにあることっちゃねえ」

八郎が自嘲気味に云うと、小岩井はパイプをひねくり回して、

「でもよ、NHKの、それ、本当に幽霊だったのか」

「あったり前じゃねえか、俺、この目でしかと見たんだい」

「あのさ、八っちゃん、何かの見間違いだったなんてことないんですか」

山潟が口を挟む。

「バカ野郎、何をどう間違えば別の物が女の首に見えるんだよ。ありゃ絶対生首だった、俺、誓うぜ、何だったら茶碗蒸しにかけて誓ってもいい」

「変な物に誓わなくていいよ。それでNHKの、テレビじゃ、その殺された女――アケミとかいったっけ、アケミの部屋にはコロシの跡はなかったって云ってたんだな」

小岩井の問いに八郎はうなずき、

「ああ云ってた、血の一滴も落ちちゃいなかったってよ」

「そうかあ、その辺は警察だって調べただろうからな、そういう跡がなかったってことは女の部屋はやっぱり犯行現場じゃねえのか」

小岩井は二時間サスペンスドラマのファンなので、こうしたことに変に詳しい。

山潟は薄気味悪そうに、

「じゃあ、八っちゃんの見たのは正真正銘の幽霊なのかい」

「ほれみろ、だからさっきからそう云ってるじゃないかよ」

「でもな、NHKの、たとえコロシのあった部屋じゃないにしても、殺された女の部屋に帽子落としてきたのはマズいぞ」

小岩井が云った。八郎は肩を落として、

「そうなんだよ、きっと警察はとっくに見つけてるだろうな、俺の帽子。あれが俺のだってバレたらどうすりゃいいんだ」

「どうすりゃって云われてもなあ」

小岩井もキュウリみたいな細長い顔をしかめた。山潟が横から、

「それにさ、八っちゃん、あんた女の身許を知ってたのに三日もだんまりを決め込んでたんだろ。これだってバレたらヤバいよ。今さら云っても『どうしてもっと早く出頭しなかったんだ、怪しいヤツめ』ってなことになるかもしれないぜ」

「それも——そうだよなあ」

「それからさ、もし帽子が八っちゃんのだって判って刑事が来たらどう説明するんだよ。俺は犯人じゃないけど実は幽霊を見ましたなんて話、まともに相手してくれると思いますか。『女の部屋に忍び込んだのもふとどきだし、幽霊なんてヨタ話で警察を愚弄するのも気に入らん』ってんでふんじばられる」

山潟は四角い顔を紅潮させて、

「それにさ、コロシのあった時間に女の部屋にいたなんて——これじゃもう自分が犯人だって白状してるのも同じじゃないですか」

とうとう人を犯人にしてしまいやがった。

山潟はさらに続けて、

「それから、八っちゃんは例の絆創膏の一件で女に恨みを持ってるでしょう。動機も充分だ。ねえ八っちゃん、悪いこと云わねえ、今からでも遅くないから自首して出なよ、逮捕されてからじゃ元も子もないですよ」

「あのなあっ、人が本気で困ってるのに何だよお前は、嫌なことばっかり並べ立てやがって」

八郎はとうとう声を荒らげた。鬼瓦みたいな顔のくせに気の小さい山潟は及び腰になって、

「だからさ——俺だって本気で心配してるんじゃないですか」

「バカ野郎、心配してるヤツがそんなへらへらしたツラするか」

「この顔は元からですよう」

「やかましい、この野郎」

「まあ、待てよ、ＮＨＫの」

と、小岩井が割って入り、

「山ちゃんも、からかうのはいい加減にしろよ。あのな、今いいこと思いついたんだが――警察も八郎が犯人だなんて思わないよ、きっと。八郎にはアリバイがあるんだ」

「アリバイ？」

山潟が怪訝そうに聞き返す。

「うん。だってそうじゃねえか、犯人の野郎は女を三時過ぎからどっかに閉じ込めといたんだろ――江戸前川の倉庫か何かによ。それで夜中になってから殺《ゃ》っちまったんだ。その時間に女のアパートをうろついてた八郎が犯人なわけねえじゃねえか」

「そうか、そいつはいい」

と、山潟はぽんと手を打って、

「さすがは芸術家の先生、頭いいや」

「でもよ、俺の見た幽霊はどうなるんだい、あの首は俺を呪うって云ったんだぜ」

警察も怖いが幽霊の呪いはもっと怖い。

「そうだな――そいつは多分、幽霊が勘違いしたんじゃねえかな」

小岩井が云った。

「勘違い？」

「おう、殺された女は犯人が誰だか知らなくてよ、部屋に忍び込んできた八郎をてっきり犯人だと思った」

「よせやい、勘違いで呪われたんじゃ間尺に合わねえ」

「幽霊の勘違いか、こりゃいいや」

山潟は煙草をくわえたままの口でへらへら笑って、

「まあ、八っちゃんもたまには女につきまとわれるのもいいんじゃないですか、たとえ死んだ女でも——あれ、俺のライターどこ行ったんだ」

「そこにあるじゃねえか」

八郎はぶっきらぼうに云った。山潟の使い捨てライターは本人の目の前に置いてある。

「ありゃ、ほんとだ、こいつは灯台もと暗しだな」

「このおっちょこちょいめ、お前はそそっかしいんだよ。お前なんぞに犯人呼ばわりされたって悔しくも何ともねえや」

「それだっ」

突然、八郎の背後からけたたましい大声がした。たまげて振り返ると、後ろのテーブルで八郎と背中合わせに座っていた若い男が、身体を捻ってこっちを見ているのと目が合った。ふたり連れの若い男で女っ気はなし。テーブルの上にもほとんど料理の皿は載ってなく、何だかしみったれた宴会をしている。

若い男は人なつこくにこにこして、

「いや、何たる運命的な邂逅でしょう、どうして人の世はかくも驚愕と偶然に満ち溢れているのでしょうか――いやいや、実に驚きました、今をときめくバラバラ殺人の関係者の方とこうして隣り合わせるなんて、これだから世の中は面白い」

「何だあ、お前は。盗み聞きしてやがったのか」

山潟が気色ばんだが、相手は相変わらずにこにこして、

「失礼しました、別に盗み聞きなどするつもりはなかったんです、でも、あんなに大きな声で話してれば嫌でも聞こえちゃいますから――聞こえるものを無理に耳を押さえて聞かないのもおかしいですしね」

八郎が慌てて視線を上げると、カウンターの中の大将がそわそわと目を逸らした。酔っぱらうと大声になる癖をついつい忘れていたのだ。

「そりゃ――まあ、大声で喋くってた俺達も悪いがよ――」

と、山潟は幾分鈍くなった鉾先で、

「そうやって人の話に首つっ込んでくるあんちゃんだってよくねえや」

「申し訳ありませんでした、大変興味深いお話でしたのでつい夢中になってしまいまして――でもひょっとしたら僕、この――八郎さん、ですか、この人を助けてあげられるかもしれません」

若い男はにこにこしたままそう云った。

どことなくぼけた風采の、一見しただけでは何となく摑みどころのない青年だった。年は

三十と少しくらいだろうか――しかし小柄で童顔なので二十代にも見えるし、まん丸い猫そっくりの目には老成した落ち着きが感じられてずっと年配に見えなくもなく、本当のところはよく判らない。黒い上着を小柄な身体にだぶだぶに羽織っており、前髪が子供みたいに眉の下までふっさりと垂れている。そのつややかに柔らかそうな髪と黒い上着が、上品な黒猫を連想させる、どこか飄々とした印象の男だった。

「何だって、あんた八郎を助けられるっていうのかい」

小岩井が云った。

「ええ、余計な差し出口とは思いますけど、ちょいと僕に考えがありますもので――」

小男は自分の椅子を、座ったままの姿勢でずるずると引きずって移動させ、ちゃっかり八郎達のテーブルに割り込んでくる。連れの青年が心細げに向こうの席で立ち上がって、

「猫丸先輩、よしてくださいよ、またそうやって人様のご迷惑も考えないで――」

「いいじゃないか、こんないい話、放っておく手はないだろう。もしかしたら人助けになるかもしれないしさ。いいからお前さんはそっちでおとなしく聞いてなさいよ」

猫丸と呼ばれた男は、連れの青年――こちらはどうという特徴のない中肉中背の背広姿の青年――にひらひらと掌《て》を振って云う。連れの青年はまだ何か云いたそうだったが、諦めたように肩をすくめると、向こうのテーブルに一人で座った。

猫丸は、その名の通り猫そっくりの目を八郎に向けると、

「さて、と、ところで八郎さん、ちょいと伺いたいことがあるんですがね」

十年来の友人ででもあるかのように気安い調子で云った。

「おう、何でい」

つられて八郎も気軽に応じる。

「さっきから八郎さん達のお話に『あの絆創膏の日』とか『例の灰皿の一件』とか、僕には判らない特殊なキーワードが出てきましたよね、ねえ小岩井さん」

いきなり名指しで呼ばれて、小岩井は釣り込まれたようにうなずき、

「あ、ああ、云ってた」

「それ、どういう意味なんです、どうやら八郎さんが幽霊を見た日の昼間のことらしいですけど——よろしかったら聞かせてもらえないでしょうか」

八郎は少しためらったが、結局せがまれるままに、あの日の顛末を語って聞かせた。どうせ一番知られたくないことは全部聞かれてしまっているのだ。今さら何を話したところでこれ以上事態が悪くなるとは思えない。

八郎が話している間中猫丸は、猫が獲物に飛びかかるタイミングを計っている時みたいな神妙な顔つきで聞き入っていた。小岩井と山潟は、以前一遍聞いた話よりもこのおかしな闖入者の正体を摑みかねるのが気味悪いようで、二人して時折顔を見合わせている。

八郎が話し終えると、猫丸は大げさに両手をあげて、

「ひゃあ、こいつは凄い、なるほど、素晴らしい、八郎さんのお話ってのはまさに宝の山ですねえ」

一人で興奮している。

「あの——何か判ったのかい」

山潟が恐る恐る問うと、猫丸はまん丸い目をさらに見開いて、

「ええ、ええ、もちろんです。初めてクフ王のピラミッドに潜入するのに成功した盗掘人もかくやといった心境ですよ、今の僕は。大判小判がざっくざくと表現しても結構です。いやはやまあ、大変なものです。さてさて、どこからお話ししましょうかね、この僕の発見を——そうですね、まず最初に、バラバラ殺人の意味についてお話ししましょう」

「バラバラ殺人の——意味？」

小岩井が首をかしげる。

「ええ、殺人者は人を殺すに当ってなぜバラバラ殺人を行うのか——これを考えてみましょう。まず可能性として頭に浮かぶのは『運搬の便』です。バラバラにして各パーツに分けてしまえば人間一人丸々運ぶよりはるかに運びやすい。それでバラバラにするのだ、というのがまず第一案。次に『身許を判りにくくするため』これが考えられます。死体の身許を特定するには顔形や歯型、指紋などが必要ですから、頭部や手首を隠してしまえば身許が判りにくい。だからバラバラにする、とこれが第二案。それから『怨恨』の線も否定できません。切り刻まずにはいられないほど相手を憎んでいた場合ですね、これは。まず思いつくのはこの三つでしょう。推理小説なんかではマニアが他にも色々工夫を凝らしてますが——例えば、首だけを窓から覗かせて被害者をまだ生きていると誤認させたり、指紋を押すスタンプ代わりに手首だけ持って

くるとか——」

出し抜けに始まった奇妙な長広舌に、八郎はあっけにとられて猫丸を見つめた。小岩井も山潟もきょとんとしている。こっそり、向こうのテーブルにいる連れの平凡な青年の様子を盗み見てみるが、こちらは驚くというより、むしろうんざりしているようだった。とすると、この猫丸とかいう小男、こうやってしばしば他人の集まりの中に入っていっては演説をぶつ習慣があるのだろうか。

「そこで今回のバラバラ事件ですが、どのケースに当てはまるでしょうか——まず小説マニアのお遊びは論外としても、怨恨の線は考えにくい。この場合は大抵目的を達して、激情が収まって放心してしまうと、後は割合冷静になって自首して出たり、死体なんぞその場へ放っておいて逃亡したりと、あんなやり方で死体を遺棄しないものなのです」

猫丸は、人からどんな目で見られても気にしないタイプのようで、一人勝手に演説を続けている。

「運搬の便を考慮してバラバラにしたとしても、やはり釈然としないものが残ります。江戸前川の河原まで運んだのですから、そのまま全部まとめて川にでも放り込んだ方がてっとり早い。なにも死体を持って移動するというリスクを負ってまで、あちこちに分散して遺棄する必要はありません。それから、身許を隠すためと考えてもやっぱりすっきりしません。胴体部分をむき出しで河川敷に捨てておいたのは、この犯罪を隠匿する意思がないように思われます。そして頭部は探さなければ判らない隠し方をしている——これは一見身許を隠そうとしているようにも見うけられますが、手足などのパーツを点々と連続して上流へ向かって遺棄してあるところからすると、いずれは首が見つかって身許が判明しても構わないのではないかと想像される。というより、どうも見つけてくれと主張せんばかりの配置の仕方です。実際警察は上流を探索して頭部を発見したのですから、これではとても身許を隠すためにバラしたとは思えません。――こう考えていくと、なぜ犯人はアケミさんの遺体をバラバラにして捨てたのか――何とも矛盾した行動のように感じられます。どうにもちぐはぐで、目的がはっきりしないんです。手間と時間をかけて、おまけに気持ち悪い思いまでして――誰だって自分が手にかけた相手の身体を切るなんてぞっとしないはずですものね――切断した死体を、どうしてあんな摩訶不思議な捨て方をしたのでしょうか」

どうしてと聞かれても、八郎には狂人の仕業としか思えない。

「そこで、です、僕はちょいと別の角度からアプローチしてみようと考え――いや、どうだろう、ここはひとまず、行ってみた方がいいかもしれない。百聞は一見にしかず、です。出かけましょう」

そう云って猫丸は急に立ち上がった。八郎はおずおずと、

「ちょっと待ってくれよ、あんちゃん、出かけるって、どこへだい」

「決まってるじゃありませんか。幽霊退治にですよ。おい、八木沢、お前さんも行くんですよ」

「え、俺もですか」

一人ぽつんとあちらの席にいた連れの青年が、迷惑そうに顔を上げる。猫丸は一向に気に留めず、

「当り前じゃないか、お前さんが行かなかったら誰がタクシー代出すんだよ」

茫然としている四人を尻目に、猫丸はとっとと店の外へ歩き出していた。そのきっぱりとした歩きぶりからは、ここの勘定などもはや念頭にないのが窺われた。

○

「なあ、八っちゃん、あの若い衆、八っちゃんの知り合いかい」

山潟が聞いた。

「とんでもねえ、あんなおかしな野郎初めて見たよ」

猫丸が無理にタクシーを二台停め、うさぎ屋の前から分乗した。八郎達三人の乗った車は、猫丸と連れの八木沢青年のタクシーの後ろについている。知らず識らず完全に猫丸のペースに巻き込まれ、気がついたらびゅんびゅん唸りをあげて車窓を流れていく夜の街を眺めている。

「どうヒイキ目に見ても、ありゃキ印だな」

小岩井がむすっとした口調で云った。キュウリみたいな細い顔が、流れる街灯の光でだんだらに染まっている。常にリーダー格に納まっていないと気が済まない性分の小岩井は、突如として出現した得体の知れない小男の強烈な個性に引きずられて、すっかりイニシアティブを奪われてしまったのが面白くないのだろう。

「だいたいあの名前からして胡散くさいや」

と、パイプの吸い口に嚙みつきながら小岩井は、

「猫みたいな丸い目して猫丸だってやがら、ふざけた名前じゃねえか」

確かに本名なのか通称なのかよく判らない。

「でも、まあ、ただの酔っぱらいかもしれませんや」

山潟が取りなすように云ったが、小岩井は憮然としたままで、

「何云ってやがる、あいつの飲んでたもの見たか」

「は、何ですか」

「ありゃウーロン茶だ」

「ははあ、ウーロン茶で酔っぱらう体質なのかもしれませんね」

「そんなべらぼうな体質があるもんか」

「じゃやっぱり頭がイカれてるのか」

山潟が嘆息した時、車は大通りを曲がって八郎が忘れたくとも忘れられない道へ入っていった。レジデンシャルコーポ藤谷への路地へとつながるあの道だった。

○

あの夜と同じに星明かりすら見えない夜である。あの夜と同じように道は違法駐車の無法地帯と化し、そしてあの夜と同じ路地の入りっ端に立って八郎は、思わず背筋がぞくりとするの

を感じた。

「それじゃ、行きましょうか」

猫丸が、くるくるとよく動く目で悪戯っぽく笑いながら云った。

「猫丸先輩、ここに何があるっていうんですか」

八木沢青年が苦りきった表情で尋ねる。それでもあまり困惑しているように見えないのは、猫丸の突飛な行動に慣れているせいだろうか。どちらかというと、こんなことに付き合わされる己の不運を嘆いている様子だった。

「だから云っただろ、幽霊退治だって。いいから黙ってついてきなさいよ、僕の云う通りにして損したことが今までにあるか」

「何度も——ありますけど」

「あれ、そうか」

「はっきり云わせてもらえば、得したことなんて数えるほどもありませんが」

「辛辣だね、お前さんの冗談は。まあ、いいや、とにかく行くよ」

一言捨て置いて、猫丸は忍者のごとくするりと路地の闇へ溶け込んでいく。それを見て八木沢は大きなため息をついている。

「ちょっと、八木沢さんとやら」

小岩井が声をかけた。

「大丈夫なのかい、あんたの先輩は。こう云っちゃなんだが、どっか頭が変なんじゃねえか」

八木沢は陰鬱な顔つきで、

「この際、困るのは頭の中身より性格の方なんです。ここでついていかなかったら後で何をされるか判りません」

そう云って、意を決したように路地へ入っていった。

取り残された八郎達三人も、一瞬顔を見合わせた後に八木沢青年に従った。

狂人に逆らったらどんな目にあうか知れない――。

狭い路地を、五人は時代劇ドラマの盗賊集団のように駆け抜けた。最初に建物の入口に着いた先頭の猫丸がしゃがみこんだので、後の四人も自然にそれに倣う。ますますドラマの忍者集団だ。頭目が合図のふくろうの笛を吹くと、内側に潜入している仲間がそっと門の閂《かんぬき》を外す――そして盗賊集団は、声も立てずに門の中へ消えて行くのだ。そんなシーンである。どうも猫丸は、このシチュエーションを楽しんでいる風に見うけられる。

「それじゃ、いいですね、八郎さん」

芝居がかった仕草で周囲を見回し、声をわざとらしく潜めて猫丸が云った。やはり面白がっているとしか思えない。

「あの夜と同じように、例の部屋の前まで連れていってください」

八郎もつられて大げさにうなずくと、静まり返ったレジデンシャルコーポ藤谷の廊下を歩き出した。入口から数えて六つ目のドア――そこが一〇六号室だ。八郎は扉の前にうずくまり、もう一度猫丸にうなずいて見せた。

「ここですね」

猫丸が小声で云う。八郎は三たびうなずく。

ふと、小さな灯りが八郎の目の前に点った。猫丸がライターの火をつけたのだ。

「よく見てください、ほらここです」

猫丸がライターをドアに近づけると、そこには部屋番号を表示した文字が——一〇五、と。

「八っちゃん、こいつぁ違うよ」

山潟が闇の中で間の抜けた声をあげる。

「こりゃ一〇五だ、隣の部屋じゃないか」

八郎は返す言葉を失った。

「誰だい、あんた達は、そこで何やってるんだ」

いきなり二つ奥のドアが開いて、怒鳴り声が飛んできた。

「まったくどういうつもりなんだい、こんな夜ふけに。常識ってのを考えなよ、常識ってのを」

あの、新興宗教の老婆だった。髪がぼうぼうに逆立ち、逆光に浮かび上がったその姿は安達《あだち》ケ《が》原《はら》の鬼女もかくやという恐ろしさだ。小柄な影が一目散に路地へ向かって走り出すのが見えた。猫丸だった。黒いだぶだぶの上着が鯉のぼりみたいに翻る。老婆の怒鳴り声がその背中を追って、

「いい加減にしておくれよ、どうせまたテレビのレポーターか何かだろ、どこの局だ」

「すみません、NHKです」

思わず叫んでから八郎も駆け出した。見ると他の三人もとっくに前を走っている。

○

蜘蛛の子を散らすようにレジデンシャルコーポ藤谷から逃げ、一人になった八郎は電車に乗って自分の街へと戻ってきた。

その足で直接うさぎ屋へ向かう。

別に申し合わせていたわけではないが、八郎が店に入った時には他の四人はもう揃っていた。

「やあ八郎さん、待ってましたよ」

まっ先に逃げたことなど忘れてしまったかのように、猫丸は呑気な顔で手を振った。

「何だよ、みんな薄情だな、俺だけ置いて行っちまうんだから」

八郎が不平を云うと小岩井が、

「まあそう云うなよ、俺達だって別々に来たんだ。多分ここに集まるだろうと思ってな——今、猫丸さん達と飲み直してたとこだ」

と大きな声で云った。驚いたことにすっかり上機嫌になっている。八郎が来るまでのわずかな時間に仲よくなってしまったらしい。小岩井の偏屈な性質を考えると、猫丸がどんな手練を使ったにしても、にわかには信じがたい。

「しかしよ、八郎もドジだね、ありゃ隣の部屋じゃねえか、暗かったんで間違えやがったな」

小岩井がチューハイをぐびぐび飲んで云った。

「いや、俺、間違えたはずはねえんだけど——」

ぶつぶつ云いながら八郎は座り、カウンターの中の大将にビールを注文した。むやみに走ったので喉が渇いている。

「でも違ってたじゃないですか、一〇五って書いてあったぜ」

山潟が嘲るように云う。

「間違えたわけねえって、五つと六つを間違えるヤツがあるもんか」

「だってホントに違ってたじゃないですか」

「ほうら、ね、幽霊は退散したじゃないですか」

と、猫丸が横から自信たっぷりに云った。小岩井はベレー帽をひょいと押し上げ、

「幽霊が、退散って——そりゃどういうこったね猫丸さん」

「先輩、もういいじゃありませんか——」

八木沢青年も少しじれたように、

「もったいぶらないで、いい加減いつもの謎解きやってくださいよ」

おかしなことを云う。この小男は、いつもこうやって幽霊を退治して歩いているのだろうか。

「判ったよ、それじゃ始めるか——」

と丸い大きな目で一同を見回して猫丸は、

「さて、問題になっているのは殺されたアケミさんの一〇六号室であります。八郎さんは三日前の夜、その一〇六号室で女の生首を目撃しました。しかし一方警察の見解では、あの部屋には血痕など犯行の痕跡はなかったということです。八郎さんが生首がうめくのを聞いたこともあり、ここに幽霊が出現するわけですが――でも僕はもう少し現実的に考えてみようとしました。すなわち、八郎さんの見た首が、アケミさんの死体から切り離された本物の生首だと想定すると――当然警察の発表と矛盾しますね。この二つに折り合いをつけるとなると、これは八郎さんか警察か、どちらかが部屋を間違えた、としか思えません」

「ほれ見ろ、やっぱり間違えたんだ」

山潟がうれしそうに云った。

「黙ってやがれ、この野郎」

八郎は唸るような声で、

「そりゃ確かに今日は数え間違えたかもしれねえ――でもよ、あの夜は違うぜ、あん時は部屋の中にだって入ったんだ。昼間はちゃんと表札も見たし、ドアの字だって一〇六だった。ありゃ間違いなく一〇六号室だった。夜だってそうだ、部屋の造りも、家具だって昼間とそっくり同じだったんだ」

「でもねえ、八郎さん」

と、猫丸は柔らかそうな前髪を引っぱりながら、

「僕も数えたんですよ、あのドアの数を――八郎さんは数え間違いなんてしていません、あれ

は事実入口から六番目のドアでした。しかし、そうするとどういうことになります、あのアパートはお化け長屋なのでしょうか、昼間行くと一〇六号室で夜になると一〇五号になるという——まあ、そんなバカげた話はありませんね」

ちょっと一息とばかりに猫丸はゆっくり煙草に火をつけると、

「それでは今夜、そして三日前の夜、何が起こったのか——考えてみましょうか。八郎さんが一〇六号だと信じていた部屋は実際は一〇五号室だった、これはどういうことなのか——違いはたったひとつしかありません。昼は明るかったから、部屋番号を確かめるにはドアの数字を読めばよかった。しかし夜は暗くて番号が読めなかったから、常識的に判断して手前から六つ目のドアへ辿り着いた——そこに錯誤があったのです。テレビのワイドショーで大家さんが語ったところによれば、大家さん自身もあのアパートに住んでいるらしい。そして夜中にアケミさんが帰ってくると、騒いで廊下を通るのが判る——これはひょっとしたら一番手前の部屋が大家さんの部屋なんじゃないか、そう僕は考えてみました。そして店子《たなこ》に貸すための部屋は二番目の部屋からで、部屋番号はそこから始まっているのではないか、こう考えてみたのです。一番手前の部屋は無印で、次から一〇一、一〇二——となっていくのです。大家さんの名前は『藤谷』さんですよね、大家さんの部屋が無印なのはご近所では暗黙の了解事項であり、あのブリキの看板にレジデンシャルコーポ『藤谷』となっていたのが表札代わりになっていたのではないか——僕はそう想像しました」

八郎はあいづちを打つのも忘れて猫丸の話に聞き入った。他の三人も唖然として猫丸の口許を見つめている。

猫丸は続けて、

「もうお判りでしょう、八郎さんは手前から一〇一、一〇二、一〇三――とドアを数えて六つ目を一〇六号だと思い込んでしまいましたが、実際には、無印、一〇一、一〇二――と並んでいるわけですから、当然そこは一〇五号だったのです。さっきわざわざ出かけてみたのも、それを確認したかったからです」

煙草の吸殻を丁寧に灰皿で揉み消して、猫丸は云った。

「こんな風に想像を膨らませていた僕は、八郎さんから昼間のお仕事ぶりをうかがって、そのお話から色々なことが判ったのです。例えば――そうですね、一〇七号の宗教バアさんの部屋と一〇六号のアケミさんの部屋の構造が同じだ、ということなどです。ドアを入って左側が台所で右側がバスルームのドア――これはアパートにしてはちょっと珍しい造りですね、普通アパートの部屋は背中合わせにできているものなのです。こっちの部屋が右にキッチンならば、隣はその逆に左がキッチンといった具合に――云ってみれば、壁に巨大な鏡を置いたような配置になっているわけです――恐らく水道やガスの配管の都合でしょうが――。ところがあのレジデンシャルコーポ藤谷は、一〇六と一〇七が同一の造り、つまりすべての部屋が同じ構造を持っていたのです。それが判れば、八郎さんが数え間違えて入った一〇五号室も、アケミさんの部屋と同じ造りであったことも得心がいきます」

「でもよ、猫丸さん――」

山潟がかすれた声で言葉を挟み、

「八っちゃんの見たのはやっぱりアケミの部屋だよ、だって家具まで昼間とおんなじだったんだから」

「そうだ、それに酒の匂いも、酒壜のちらかり方まで同じだったよ」

八郎も云った。しかし猫丸は涼しい顔で、

「ですから一〇五と一〇六は同じ部屋だったのですよ――正確に云えば、一〇五号室は一〇六を忠実にコピーした部屋だったのです。まったく同じようにディスプレイされた部屋だったんですよ」

「どうしてそんな変テコなことになったんだい――」

と、小岩井が口を尖らせて、

「そんなおかしなことが自然に起こるわけないしな」

「そりゃそうですよ、誰かがわざとやったんです」

山潟も云う。

「でも一体どこのどいつがそんな妙なことしでかしたんだい」

「決まってるじゃありませんか、犯人がやったんですよ。犯人がアケミさんを殺害する舞台装置として作ったとしか考えられません」

猫丸が決然と云い切った。

「じゃあ、それじゃ、犯人は――」

八郎の声は我知らず震えている。猫丸がにっこり笑ってその言葉を引き取り、

「そう、一〇五号室の男です。八郎さんが受信料を徴収した、あのパンチパーマの男が犯人だったのです」

自分の言葉の効果を確かめるように、ぐるりと八郎達を見回してから猫丸は、

「さて、さっき僕は、このバラバラ事件の矛盾点を指摘しましたよね、死体をバラバラにした犯人の意図が理解できない、と。ここでとりあえず、その矛盾に折り合いをつけてみましょう。犯人が死体をバラバラにしたのと同様に、僕も疑問点をバラバラにほぐして考えてみることにします。まず最初に、犯人は胴体を目立つようにむき出しで捨て置いた——この行動にどんな意味があるか想像してみてください。この点だけを見ると、僕には犯人がこう主張しているように思えて仕方がないのです——さあ見つけてくれ、早く見つけてくれ、朝一番で見つけてくれ——。どうです、死体が早く見つかると、どういうことになると思います？」

小岩井が云った。

「そりゃ騒ぎになって警察も動き出すよな」

「警察が動くとどうなります？」

猫丸は、生徒を詰問する教師みたいに小岩井に尋ねる。

「調べが始まる」

「何を調べるんですか」

「何って、そいつは——色々だ。現場とか、死体とか、発見者とか——」

さすがに二時間サスペンスドラマのファンだけあって小岩井は詳しい。しかし猫丸は容赦なく質問を重ねて、

「死体の何を調べるんです？」

「そりゃ、まあ、そいつも色々だ。死因だとか、身許だとか、死亡推定時刻とか――あ、そうか、死亡推定時刻だ。こないだのドラマでやってたよ、死体が早く見つかりゃそれだけ死亡推定時刻がはっきりするって――な、そうだろ猫丸さん」

猫丸は、眉の下まで伸ばした前髪をふっさりと揺らして満足げにうなずくと、

「その通りです。胴体部分を放置しておいたのは死亡推定時刻を可能な限り限定したかったから――それが最も自然な解答だと思いませんか。小岩井さんが思いついたように、死後なるべく早く調べた方が、死亡推定時刻はより厳密になりますからね。犯人はできるだけ早く解剖してほしくて、胴体を放置しておいたのです。さて、小岩井さん、次の問題です、これも一緒に考えてくださいね」

と猫丸はにやにや笑って、

「死亡推定時刻が限定されることによって、犯人にはどんな利益が生じるのでしょう」

「犯人の、利益――？」

「そう、犯人はどうして被害者の死んだ時間を限定したかったのか――」

「――アリバイか、犯人はアリバイ工作をしてたんだな」

小岩井が叫んだ。

「そうだろ、猫丸さん、だから死んだ時間をはっきりさせたかったんだ」

「そうです、それが一番自然な解釈でしょう。犯人は殺人を犯すに当って、おそらくこう考えたのですよ――殺人は大事業であり、露見すれば身の破滅につながる、そして犯罪というのはいつどんなきっかけで発覚するか判らない。たとえ完璧に死体を、埋めるか何かの方法で隠したとしても、ひょんなことで見つからないとは限らない。それならば先手を打って、事件として警察に介入させ、その上で自分は安全圏に逃げればいい――そう考えたのだと思いますよ。そのためにアリバイ工作という手段を取ったのです」

「あれ、猫丸先輩、そうするとおかしいですよ、それだったら別にバラバラになんてしなくてよかったんじゃないですか」

八木沢が云った。猫丸は仔猫みたいな丸い目でそちらを見て、

「そう、確かに、偽のアリバイを作っていた犯人は死体が早く発見されることを望んでいた、だけどその死体には首がついていちゃマズかったんだ。なぜなら、身許まですぐにバレてしまう。犯人は時間を稼ぎたかったんだよ、被害者がアケミさんだと判明し、警察が一〇六号室を調べに行く前に、犯人は一〇五号の舞台装置を片づけたかったんだ。まさか隣が警察関係者でごった返しているさなかに、その部屋とまったく同じ家具を運び出すわけにはいきませんから――いいですか、このバラバラ事件は、死亡推定時刻ははっきりさせたいが、身許の判明は遅らせたい――そんな犯人の苦肉の策だったんですよ。そして何日間かかけてゆっくり身許が判明するように、ああいった具合に点々と各パーツをバラして置いたのです。頭部発見と身許発

覚があまり遅れると、今度はせっかく用意したアリバイが役に立たなくなってしまう——それであんな風に、順番に見つかるようにしておいたわけでした」

「なるほど、なあ——」

八郎は誰にともなくそう呟いていた。

「どうです、こう考えれば犯人の行動にあっさり説明がつくでしょう」

と猫丸は、八郎に向かって器用に片目をつぶって見せ、

「さて次に、犯人のアリバイ工作ですが、こいつがどんな物だったか想像してみましょう。まずアケミさんの一〇六号室に犯行の痕跡がない、そして被害者の三時以降の足取りが摑めない、また、例の一〇七号の宗教バアさんの『一〇六号室は犯行の日静かだった』との証言、それから死体の手足に縛った痕もなければ、さるぐつわを嚙ませた形跡もない、はたまた被害者は酒こそ飲んでいたが薬などは飲まされていない——まるでないない尽くしですが、これらの事実から警察は『被害者は、どこか民家から隔離された脱出不能な場所に監禁されていた』と、判断しました。例えば、江戸前川べりの廃倉庫などですが——これこそ犯人の思う壺だったのです。さっきこのテーブルで、八郎さん達のお話を漏れ聞いて、考えを巡らせていた僕の耳に山潟さんの言葉が飛び込んできました。その一言が、僕に解決へのインスピレーションを与えてくれたのです」

「え——俺？」

山潟がびっくりしている。

「そうです、さっき山潟さんがライターを見失って八郎さんに指摘された時、こう云いましたね——こいつは灯台もと暗しだ、と。それなんです、犯人の狙いはそこにあったのです。灯台もと暗し。あれだけないない尽くしにしておけば、まさか隣の部屋で犯行があったとは思うまい——」

そうだ——きちんとスーツを着ていれば、まさか近所の人も朝晩見かけるあの野球帽の男だとは思うまい——。ライターだって目の前にあったからこそ盲点になって見つからないことがある——八郎はぼんやりとそう考えていた。猫丸の独演はさらに続く。

「犯人は、灯台もと暗しの効果を狙ったのでした。そしてこの計画には、もう一つ素敵な特典がついていたのです。被害者を、頃合いの時間まで最も安全な監禁場所に閉じ込めておくことができたことです。被害者は犯人の手の中で、そこが自分の部屋だと思い込み、酔って眠り込んでいたのですから——。拉致するにもほとんど手がかからないし、見張りも簡単、そして何より被害者に監禁されている自覚がなかったから逃亡の心配もない——どうです、なかなか素敵な計画じゃありませんか」

と、猫丸は猫みたいな目をにやつかせて、

「さあ、これで大体の方向性は判ってきましたね、ここからは犯人の行動を順を追ってお話ししましょうか——若干、僕の想像が入りますけど、もし疑問点矛盾点があれば遠慮なくおっしゃってください、いいですね。まず犯人は、酔ったアケミさんが出勤しようとアパートを出たところで口実を設けて引き戻し、部屋を偽って一〇五号室に入れました。そこはほぼ完全に一〇六をコピーしていましたから、被害者は今出てきたばかりの自分の部屋だと思い込んでしまいます。テレビのワイドショーの大家さんの話ですと、アケミさんは三月ばかり前に引っ越してきたばかりだったそうですね。三ケ月程度生活したくらいではまださほど自分の体臭――生活感と云ってもいいですが、そうした空気が部屋に染み付いていないと思われます。ですから犯人にとって、舞台装置をセットするのはさほど難しくなかったことでしょう。何よりアケミさんはもうかなり酔っていて、冷静な観察力と判断力を失っていた。多分犯行の決行日は、彼女が出勤前から酔っぱらっている日を選ぶことになっていたのでしょう」

そう、八郎も本当に出かけるのかと訝しんだほど、あの日あの女は酔っていた。

「八郎さんが医者で手当を受けている間に犯人の『仕込み』は完了していたのでした。そして、いくら酔い潰れていたとはいえ、人を監禁しているのですから、たまたま紛れ込んできた集金人には金を払ってでも早く追っぱらいたいと思うのが人情というものでしょう。もし粘られでもしたらたまりませんからね」

それであんなにすんなりと払ってくれたのか。ドアを細く開けて顔しか出さなかったのも、部屋の中の舞台装置を見られたくなかったからに違いない。

「それから、アケミさんは寝言まで大きな声だ、とあの宗教バアさんはテレビで云ってましたよね――八郎さんと応対している時の寝言も、犯人は咄嗟のアドリブでうまくゴマ化したのでした」

ねえん、あんた、早くう――寝とぼけたような女の声。あの女の声は――被害者のものだったのか。

「でも猫丸先輩、ちょっと質問があります」

八木沢青年が軽く片手をあげ、

「先輩の今の説が正しいとすれば、被害者が一〇五号に連れ込まれたのは三時過ぎでしょう、それで殺されたのが十一時過ぎ——いくら酔ってるといっても、そんなに長い時間閉じ込めておけるでしょうか。ずっと眠っていてくれればいいですけど、トイレにだって行くでしょうし、仕事にも行くつもりになっていたんでしょ」

「そうだな、そいつは変だ。それに俺も一つ気がついたんだけどよ——」

と、小岩井もパイプを振り回しながら、

「相手の男ってのは自分を殺そうとしてるんだろ、そんなヤツを自分の部屋に——まあ、本当は違うんだけど、アケミって女はそう思ってたってんだろ、だから女にとっちゃ自分の部屋だよな——自分の部屋に入れてやったりするってのもおかしいぜ」

「当然の反論ですね——」

猫丸は表情豊かな瞳を、くるりと楽しげに動かして、

「そこでどうしても、女の共犯者がいた方が自然になってくるんです。アケミさんが、自分に殺意を持っているなどと露ほども疑わない女の共犯者が——。アケミさんと一緒に部屋に入ったのは、この女の方だったのです。男はちょっと様子を覗きに来ただけで、そこで八郎さんとハチ合わせしたわけです」

「女の共犯なんてのがいたのかい――」

山潟が四角い顔をごしごしこすって云う。

「こう云っちゃなんだが、そりゃやっぱり猫丸さんの想像だけだぜ、今までそんな怪しい女なんて事件に関わってねえじゃねえか」

「そうでもないんですよ――」

と猫丸は妙な含み笑いをして、

「現に八郎さんは三回程会っているはずなんです」

「俺がぁ？――その怪しい女に？」

八郎は素っ頓狂な声をあげた。

「ええ、そのはずですが、それは追い追い判ってくるとしまして――とりあえず今は僕の想像の話を続けましょう。――共犯の女の役割は、アケミさんを監視しながら、もっと飲ませることにありました。時間の経つのを忘れさせるように談笑したり、酔ったアケミさんが騒ぐのを止めるのも重要な役目でした。こんなことができるのですから、この女は、アケミさんが自室に招き入れるくらい親しい間柄で、二人で酒を酌み交わすほど身近な人間でもあったのです。ここでまた犯人の偽アリバイ計画に話が戻りますが、こうした身近な人物にこそアリバイが必要だとは思いませんか。二人組の犯人は、被害者と近しい女の方のアリバイを立てることによって容疑圏外へ逃れよう――こう計画したのです。ここからが本来の意味のアリバイ工作ですが、犯人の計略では、犯行はどこか遠く――江戸前川の近辺で行われたように見せかける予定でしたから、逆に云えば、死亡推定時刻前後にレジデンシャルコーポ藤谷の近くにいたことが証明されればいいわけです。例えば――そう、駅前などの人の大勢いる場所で騒動を起こして警官と関わりを持つ、とか――」

「あっ、あの女――」

駅のチカン騒ぎの女だ。ケバケバしい化粧で若い男に詰め寄っていた女。あの女が犯人の片割れだったのか――。

驚く八郎をちらりと横目で見て、猫丸は、

「僕は先ほど、アパートを出るアケミさんを犯人は口実をつけて引き止めた、と云いましたね。これも女の役目だったとも――。僕にはその時の女の台詞まで想像できますね――『さっきママから連絡あってさあ、今日臨時休業だってさ、お店。暇だから遊びにきちゃった、ねえ、あんたの部屋で飲もうよ、ちょっと相談したいこともあるしさ、ほら、カギ出しなよ、あんたの部屋ここだったわよね、何云ってるの、ここだよ、酔っぱらってるんじゃない、自分の部屋間違えるなんてさ。ほら開いた、さ、入ろう、お邪魔しまあす、あらまあ、あんたんとこ、相変わらずちらかってるわねえ』」

猫丸が身体をくねくねさせながら、気色悪い裏声を張り上げたが、八郎は笑う気にはなれなかった。他の三人も真剣な面持ちで黙ったままだった。猫丸の「想像」が正確なコースを辿っているのを、誰もが認めはじめているらしい。

八郎はテレビで見た三人の同僚ホステス達を思い出していた。あの左側の女、どこかで見た顔だと感じたが、駅前のチカン騒ぎの女だったのだ——。

猫丸は真顔に戻ると、淡々と続ける。

「さて、夜になり被害者が酔い潰れてから、頃合いを見計らって女は男を部屋に引き入れます。そして血なまぐさい惨劇の後——女は駅前にアリバイを作りに行く前に、もうひと仕事しなければなりませんでした。切断された死体の比較的軽い部分をゴミのビニール袋に入れ、あらかじめ路上駐車しておいた車へ運ぶことでした」

「え、あの——路地ですれちがったのもその女だっていうのかい」

八郎は叫んだ。暗かったので顔は見えなかったが、それが本当だとすると、あの狭い路地で八郎は、犯人の片割れと被害者の一部分とも同時にすれちがったことになる。いくら何でも話ができ過ぎではないか——。しかし猫丸は当り前だという顔つきで、

「だってそうでしょう、それでなくちゃ、あの時部屋の鍵が開いていたのと生首が喋ったのが説明つかないじゃないですか。いいですか、男がバスルームで切断作業中、女は死体を運んでいた——あと何往復かする予定だったので鍵をかけなかったんです。殺人を敢行している部屋の鍵が開けっ放しだった理由が他に考えられますか。女は路地の出口との数往復ならば大した時間はかかるまいと、鍵をかけなかったのです。普通僕達が、ちょっとゴミを捨てに行くのにわざわざ鍵をかけたりしないのと同じ感覚で——。そこへ絶妙のタイミングを計ったように、八郎さんが問題の部屋のドアを開けてしまったわけなんです」

何ともきわどい偶然。やはり何かに呪われていたとしか思えない。

「男は、相棒をからかってやろうと、首を部屋の中に転がしておいた。そして八郎さんがドアを開ける音を聞いて、てっきり女が戻ったと思い呪いの声を発したのでした。よもや生首が喋るわけもないし、こうでも想像しなけりゃ理屈に合わないでしょう、まあ、なかなか茶目っけのある犯人だったわけですが」

猫丸は面白そうににやにやしたが、八郎にしてみれば笑い事ではない。そのせいで死ぬほど肝を冷やしたのだ。

「計画は実に周到なものでした。男は一〇五号室を偽名で借り、女はちょくちょくアケミさんの部屋に出入りしてコピーする準備をしていたのです。八郎さんも感じたように、アケミさんは家具などにには無頓着な人だったようですから、部屋にあった物はデパートなどで誂えた物などではなく、多分駅前商店街かそこらの家具屋でみつくろった物だったのでしょう。そうした家具を探し揃えて舞台装置を作るのは、さほど難しいことではなかったはずです」

猫丸はそこまで云うと、ゆっくりと煙草を取り出して火をつけた。八木沢青年も、小岩井も山潟も、皆無言のままだった。異論を差し挟む余地は、ない――八郎もそう感じていた。

煙草の煙を吹き上げ、眉まで垂れた前髪を優雅な動作でかき上げて猫丸は、

「だからね、八郎さん、帽子も心配いりませんよ。あれが警察の手に渡ることは金輪際ありゃしませんから――いや、むしろ犯人の方で処分してますよ。それにしてもたまげたでしょうね、人殺しをしているところに、突然わけの判らない帽子が湧いて出たんだから」

そう云って、眠そうに拳で目をこすった。猫丸のその仕草も、猫が顔を洗う動作にそっくり

だった。

△

二週間後、犯人は逮捕された。

犯人の二人組は、猫丸が指摘した通りの人物だった。七時のニュースの際、二人の顔写真がブラウン管に映し出されると、さすがに八郎は感嘆の声をあげずにいられなかった。

主犯は、見かけとは裏腹に医学生くずれの詐欺師で、知能犯的な手口を常習としている男だった。

女はその内縁の妻でクラブのホステス。

男は詐欺師仲間と、妻の勤めている店で犯罪計画を話し合っていた。

「まさか妻のいるクラブで、そんな計略を相談しているとは誰も思わないだろう、こう犯人は考えたわけです、つまり灯台もと暗しの発想ですね――」

猫丸だったらそう云いそうだ。

ただホステス仲間の大半は、彼が同僚の情夫だとは知らずに、普通の常連客だと思っていたようである。男達は酔って、つい大声で話してしまい、耳に挟んだアケミは、まさか仲良しの同僚の夫とは思わずに、それを脅迫のネタにした。脅し取られた金額はわずかだったが、インテリの男は、ホステス風情に脅迫されたのを腹に据えかねて殺害を決意したという。女の方は、男に捨てられたくない一心で泣く泣く従ったらしい。

犯人は、女にはアケミを殺す動機がなく、脅迫の事実はアケミ自身が自ら口にするはずもあるまいと判断し、女にアリバイを持たせておけば捜査の手が自分に伸びることはないだろうと、高をくくっていた。しかしアケミは酔った勢いで、店の常連客から金を貰ったことを友人に自慢しており、ここから警察は犯人に行き着いたという。

事件は終結し、八郎達の生活は普段通りに戻った。だが、いくらか変化したところがある。

まず、酔って大声を出す癖だけは改めようと決心したことである。

猫丸に出会えたのは例外としても、どうも酔って大声になるのはあまり具合のいいことではないように思えたのだ。どこに脅迫のネタを探している人物がいるか判らない。

それから小岩井も山潟も、ベレー帽や派手なスーツの「変装」をやめた。どうせ今までうさぎ屋でも散々大声で喋り合っていたのだから、こっちの正体はとっくにバレている。そう思い直した。

その代わり、三人とも黒いダブダブの上着を愛用しはじめた。年甲斐もなく前髪を眉まで垂らし、むやみと回りくどい、もったいぶった理屈っぽい話し方をする。何か困った人がいれば、すぐさま相談に乗ってやるように心がける。それが不可解な謎であればもっと望ましい。

もちろん三人とも、うさぎ屋では今や「名探偵」を名乗っていることは云うまでもない。

日曜の夜は出たくない

あの人が人殺しだと疑いはじめたのはいつの頃からだったろう――。

○

九月十二日、日曜日――。

「それじゃ、ここで」

あの人は、少しはにかんだような笑顔を浮かべてちょっと右手をあげた。アパートの階段を一段だけ上がって立った私を、いくらか眩しそうに見上げながら。

彼は今でも――こうして日曜ごとに二人きりで出かけるような仲になった今でも、時折ああやって眩しそうな目で私を見る。そんな彼の目遣いは、ささやかな優越感を心地よく撫で、女ならば誰だって悪い気がするはずはない。もちろんそうした女の気持ちを忖度《そんたく》して、計算ずくでそんな目つきのできる人ではないことは、ここ二月ほどの交際で私にはよく判っていた。だから私もとびきりの笑顔を彼に向け、

「うん、それじゃ――」

「楽しかった」

「私も」

「じゃ、おやすみ」

「おやすみなさい」

私がもうワンランク上の笑顔で云うと、彼は物云いたげに私を見つめた。少し思い詰めた真

剣な顔。けれどすぐ諦めたように照れ笑いに紛らすと、自分の腕時計を人さし指でコツコツと叩き、そのまま右手を握って耳の辺りに当てる仕草をする。アトデ、デンワスル——彼のゼスチャーを読み取った私が、この日最上級の笑顔でうなずくと、彼は安心したみたいに背中を見せた。

まだまだ夏の気配が濃厚に残る町——それでも夜十時半ともなれば、風には少しばかり秋の香りが溶け込み、私の髪を快く揺らす。

しんとした薄闇の中を、彼のコットンシャツのひょろりとした背中が駅へと向かう四つ角に消えると、私もアパートの階段を昇りはじめた。バッグの中のキーを片手で探りながら、心の中ではもう、彼と過ごした今日一日を甘やかに反芻している。ロードショーの映画、銀座の歩行者天国、地中海料理の店、彼はビール、私はグラスのロゼ、そしてそれから——だけどそれから、彼は私を送ってくれて、電話する約束だけして帰っていく——。

部屋に入ると、十時三十分ちょうど——バッグをベッドに放り投げて窓を開け、日中閉めきっていたせいで1DKの部屋に居座ってしまった残暑の熱気を夜の空に追い出しながら、私は考えていた。恋人を送ってきた二十八歳の男性が別れぎわに何を云いたかったのか——。その答えが判らぬとしらばっくれても、カマトトぶってると笑って許される年齢では、私だって、もうない。

空気の入れ替えがすむと、窓をロックし直してから、手早くシャワーを浴びる。冷たい紅茶をいれ、髪にブラシを当てながら彼からの電話を待つ。

四十五分後の電話。

私のアパートから駅まで七分、電車の待ち時間が約五分、彼の住む町の駅まで二十分、そして彼の部屋まで歩いて十分――彼はそのまま受話器を取り、私の番号を押す。「後で電話していいかな、今日のデートの、その、反省会しようよ。そうだね、四十五分後、きっかり四十五分後にウチに着くから、そうしたらすぐかける」――初めて日曜を一緒に過ごした日、彼はそう提案した。それがそのまま定例になった。だから今日の電話は、十一時十五分にかかってくるはず――。

彼との出会いは二月ほど前――ほんの些細なきっかけからだった。おそらく日本中のほとんどの恋人達の出会いがそうであるように、ごく平凡でありきたりの偶然。でも私達には、多分これも日本中のほとんどの恋人達がそう思うように、それが神の啓示のごとく感じられたものだ。同じ私鉄の沿線、二十分しか離れていない駅を利用している――そんなちっぽけな偶然も、私にとっては運命的でさえあり、その線路が運命をつなぐ赤い糸のように思えて仕方がなかった。

そして日曜ごとに二人して出かけるようになった。

彼はごく一般的な会社員で、私もありきたりなＯＬ。平日は大勢の中の一人として、個を埋没させて過ごす。彼は夏前から取りかかっているプロジェクトが軌道に乗ってきたところだとかで忙しく、いきおい残業がちになり、土曜の出勤も辞さない。だから会えるのはどうしても日曜だけになってしまう。それに不満があるわけではない。日曜になれば彼は私を誘ってくれて、二人で歩き、喋り、笑い、そして夜十時半頃に私を部屋まで送ってくれ——そして、そのまま自分のアパートへ帰っていくのだ。四十五分後の電話を私にかけるために——。二ケ月の交際で未だにその程度の関係でいるのが遅いのかそうでないのか、私には判断がつかない。OL同士の他愛ない噂話には、出会ったその日にのっぴきならない仲になってしまうコのことはよく出てくるし、実際私の同僚にもそれに近い人がいないではない。けれど私達は、少なくとも私はこれでいいと思う。私は彼の、そうした慎重な——どちらかといえば気の弱いところが嫌いではないし、私自身も一年半前の痛手がまだ私の内に残っているのかどうかはっきりしない——つまるところ私は、男性に対していささか臆病になっているらしい。だからもうしばらくこのままでいいと思う。十時三十分のシンデレラのままで——。

ほら、電話が鳴った。

今夜は、あの地中海料理の店で、ワインの名前が外国人の店員に通じなくておたおたしていた彼の態度をからかってやることにしよう——。

私はいそいそと受話器を持ち上げた。

翌朝。慌ただしく化粧をしていた私の耳に、ニュースのアナウンサーの声が飛び込んできた。

「昨夜遅く、練馬《ねりま》区東光町《とうこうちょう》一丁目の路上で、若い女性が刃物で切りつけられるという事件が起こりました」

やだ、この近くじゃない——。私は頰紅をはたく手を止め、テレビに向き直った。音のしない部屋で朝の支度をするのは何となく心細くて、ベッドから出るとすぐにテレビをつけ、半ば上の空で聞き流しながら準備をするのが習慣になっている。しかし耳に馴染んだその地名はひときわ高く私の注意を引いた。

「昨夜十時五十分頃、練馬区東光町一丁目四番地の駐車場近くの路上で、女性の悲鳴が聞こえたのを不審に思った近所の人が駆けつけたところ、若い女性が肩から血を流して倒れているのを発見し、警察に通報しました。被害に遭ったのは東光町一丁目三の八に住む会社員、栗原《くりはら》早苗《なえ》さん、二十四歳で、栗原さんは発見が早かったため一命は取り留めましたが、右肩から背中にかけて二十一針を縫う、全治三ケ月の重傷を負い、区内の救急病院で手当を受けています」

事件の直後に撮ったらしい、テレビではお馴染みの「現場から」の映像が映し出された。黄色と黒のだんだら模様のロープが張り巡らされ、制服の警官が立ち並び、腕章を巻いた背広の男の人達が何人も忙しげに動いている。道路に描かれた、たくさんのチョークの丸い輪。報道陣の横殴りのライトを浴びて、異様に長く伸びたお巡りさんの影。うずくまって地面を調べる背広の人が嵌めた白い手袋。ライトが何度も動くのですべての影がそのつど禍々《まがまが》しく躍るのも、カメラが不安定なのか時々画像がブレるのも、否応なく「現場」の緊張感を伝えてくる。

それより何より私が驚いたのは、そこに映されているのが本当に私のアパートのすぐ近くだったから。あの塀は大きな犬がいつも寝そべっている庭のある家の塀。今映ったのは秋にはいい香りを漂わせてくれるあそこの金木犀《きんもくせい》の木。ほら、あれはあの小さな公園の入口の柵だ──。

「警察の発表によりますと、栗原さんは『帰宅しようと急いでいると、後ろから誰かが近づいてくる足音が聞こえた。怖くなって振り返ろうとした矢先に、肩に熱い鉄の棒が当ったような痛みを感じて、そのまま何も判らなくなった。どんな相手だったか姿を見る暇もなかった』と、収容先の病院で証言したということです。犯人は、栗原さんの所持していた現金四万円などが入ったハンドバッグには手もつけずに逃走しており、警察では物盗りではなく、栗原さんに恨みを持つ者の犯行か、悪質な通り魔事件の可能性もあるとして、目撃者を探すと共に、付近住民への注意を呼びかけています」

私は不思議な気分でアナウンサーの声を聞いていた。私にとっての日常がそのまま、黒い意思を持ったナイフで十四インチに切り取られてブラウン管に映し出されている——。そういえば昨日シャワーを浴びている時、救急車のサイレンを聞いたような気がする。

うひゃあ、凄い凄い——口の中でつぶやいて私は、東北の高速道路で起きた衝突事故を報じ始めた移り気なテレビのスイッチを切ると、出勤するためドアに向かった。

今日は柿色のスカートに白のブラウス。上着はまだ必要ありそうもない。

会社に着いたら、さっそくこのことをみんなに話してやろう。絵里子《えりこ》ちゃんなんて、きっときゃあきゃあ云って騒ぐだろう。そうだ、ちょっとだけ回り道して事件の現場を覗いてみようか。ひょっとしたら警察がまだ何か調べているかもしれない。

そう思いながら、私は晩夏の朝の光の中へ急ぎ足で飛び出していった。

この時はまだ、私はただの、やじ馬のひとりに過ぎなかったのだ。

九月十九日、日曜日――。

夜の中を遠ざかる彼の後ろ姿に、私はおどけて軽く手を振った。モスグリーンのサマーセーターのひょろりとした背中を、少しだけ窮屈そうに丸めた彼の後ろ姿。

きびすを返して私は、軽快なリズムで階段を駆け上がる。まだ耳に軽やかに残っているヨハン・シュトラウスのワルツのリズムで。うん、たまには気取ってクラシック鑑賞なんてのも悪くない。ただ途中、隣の席で舟を漕ぎだした彼が、いびきまでかかなければいいのだけど、と若干気を揉みはしたけれども――。一所懸命瞼を開いていようと努力する彼の様子を思い出し、ひとりくすくす笑いながらドアを開く。電気をつけると反射的に時計を見た。

午後十時三十六分。

「四十五分後の電話」は、今日は十一時二十分頃かかる予定。さて、その間にシャワーを浴びて電話に間に合うように紅茶をいれて――と、ワードローブを開け、

「あ、いけない」

思わず顔をしかめた。ストッキングの買い置きが切れている。会社のロッカーに予備のストックを入れておいたのと勘違いしていたようだ。古いのはまだ洗濯カゴの中で、洗ってもらう順番を待っている。

仕方がない、近くのコンビニエンスストアまでひとっ走りしよう。ついでに明日の朝の牛乳も仕入れるとするか――着替える前に気がついたのは不幸中の幸い。時刻は十時四十分。電話まであと四十分ある。急いで帰ってくれば余裕余裕――。

私は、今帰ってきたばかりのドアへ取って返した。

アパートの階段を降りきり、何気なく遠くを見た時、その姿を見つけた。道路のずっと向こう――ぽつんと立った街灯が、薄黄色のぼんやりとした三角錐の光を、白々としたアスファルトの道に立てている。その曖昧な灯りの中、こちらに背を向けた男の人が横切るのを。ひょろりと高い、少し猫背気味の背中。サマーセーターの淡いモスグリーン。手にした四角いセカンドバッグ。

彼――？

私が足を止め、目を凝らした時にはもうその姿は闇の中へ消えていた。

今の、あの人だったみたい――。

奇異な想いで、私はその場に立ち尽くす。

本当に、あの人――？

でもしかし、そんなはずはない。彼が今、こんなところにいるわけがないのだ。今時分彼は、ここから徒歩で七分かかる駅で、電車に乗り込んでいる頃なのだから。二十分を車中で過ごし、十分歩いて彼のアパートへ帰り着き、電話機の前に座って私の番号を押すために――。

そうだよね、あの人のはずないよ――。

ちょっぴり差した不安な影を、私は心から振り払って追い立てる。

さあ、こんなとこでぼんやりしている場合じゃない、急がないと電話に間に合わない――私は、買い物をするために柔らかな夜の空気の中へと駆け出した。人違い、人違い、他人の空似に決まってる――自分の心にそう云い聞かせるのは、その時の私にとっては造作ないことだった。

だから十一時二十分に電話のベルが鳴った時には、私はこの小さな間違いのことなど、とうに忘れ去ってしまっていた。

その夜の夢では、フル・オーケストラのヨハン・シュトラウスのワルツに、彼が盛大ないびきでもって唱和していた――。

私に、その後ろ姿を思い出させたのは、翌朝のニュースのアナウンサーの声だった。

「昨夜遅く、練馬区東光町の路上で若い女性が刃物で襲われ、死亡するという事件が、先週に引き続いて起こりました」

私は危うくドライヤーを取り落とすところだった。

「事件があったのは練馬区東光町三丁目五番地の路上で、近くに住む、陽和《ようわ》女子学園家政科二年の山下美也子《やましたみやこ》さん、十九歳、が血まみれになって倒れているのを通りがかった人が発見し、山下さんは病院に運ばれましたが、間もなく出血多量で亡くなりました」

髪をブローするのも忘れて、私はニュースに見入った。

先週の日曜に続いて、また同様の事件が起きた――アナウンサーは二つの事件の関連について詳しく解説を始める。

昨夜の事件の現場が、先週重傷を負ったOLの事件現場から一キロも離れていないこと――。

背後から忍び寄り、いきなり鋭利な刃物で切りつける手口の類似——。双方の事件とも犯人は金品を盗らずに逃げており、通り魔的な要素の強いこと——。二人の被害者は一面識もなく、いわゆる無差別犯行の色合いが濃いこと——。

私のやじ馬気分は吹き飛んでいた。

先週のOLの事件では、被害者に個人的な恨みでも持つ者がやったことだと、私は思っていたし、新聞でもそうしたニュアンスの報道がなされていた。しかしどうやら、その憶測は違っていたようだ。

通り魔——。この近所で立て続けに二件も。私は意味もなく、窓外の風景を見やった。

この近所で通り魔が跳梁《ちょうりょう》している。

ぞくりとした。

凄いな、凄く怖いことになっちゃった——。

だが、これが私にとってただのご近所の恐怖ではないことをアナウンサーの言葉が告げていた。

「——また、現場近くに住む人の、十時五十五分頃に悲鳴のような声を聞いたとの証言もあり、これらの事実から警察では事件発生をこの時刻と断定し、目撃者を——」

十時五十五分——。事件が起きたのは昨夜の十時五十五分——。

突然私の頭のスクリーンに、昨晩《ゆうべ》見かけた人影が甦った。彼によく似た、あの後ろ姿の人物。ひょろりと背の高いモスグリーンのセーターの、少し猫背の後ろ姿。

私があの人影を見たのが十時四十分頃。そしてここから三丁目までといえば、ちょうど十五分くらい——。

まさか、ね——。

朝っぱらから変な妄想。どうかしている。くだらないことを考えるのはよそう。おっといけない、ぼやぼやしてたら遅れちゃう。

私は殊更明るく弾みをつけ、アパートのドアを開け、町へと飛び出した。まだ血の悪夢から醒めきっていない朝の町へ——。

思えば、疑惑という名の小さな種子が、私の胎内に宿ったのはこの朝だったのかもしれない。

九月二十六日、日曜日——。

「それで姉貴夫婦っていうのが、揃って運の強い人達でさ——ほら、前にも話したよね——二人とも背が低くて、結婚式の記念写真で、収まりが悪いからって式場の写真屋の人に云われてさ、新郎新婦ともども台の上に乗ったって逸話の、あの姉貴夫婦なんだけど——この間、公団をたった一回の応募で当てたんだ。ね、ツイてる人ってのはいればいるもんだろ——」

彼は、テーブルの上の空になったコーヒーカップと私の顔を交互に見ながら訥々《とつとつ》と、それでも一所懸命喋っている。私は微笑を浮かべて、時折あいづちを打ちつつ彼の話を聞いていたけれど、もうひとつお喋りに興じきれないでいる自分に気がついていた。どこかしら乗りきれない——心の部品の一ピースをどこかに置き忘れてきてしまったような、小さな空虚感。もちろん彼が悪いのではない。私の気を逸らすまいと大真面目に語りかけてくる態度は好感が持てるし、彼のそんな一本気な気性を、私は好きだ。だけど、少しだけテンポがずれてしまったみたいに、気持ちが弾まないのはどうしてだろう。

ぶり返した残暑が、私達が座っている喫茶店の窓の外でも大威張りで暑さの羽をはばたかせている。

日曜日の渋谷《しぶや》の街。

ここ数年来、見違えるほど若返ったこの街は、今日も最先端の装いに身を包んだ若い人達で溢れ返っている。高校生にしか見えない男の子や女の子が誇らしげに纏ったファッションは、もはや私の目にも珍奇な物としか映らない。ふと視線を上げると、窓の外を五、六人の若い女の子達が笑いさざめきながら通るのが見えた。行く夏を名残惜しんでか、彼女達は皆ノースリーブで、若やいだ肌を九月の太陽の下に曝している。中にひとり、ピンクのタンクトップのコまでいる。二、三年前ならば私もああした格好ができたけれど、今ではあのスタイルで街を歩く勇気はとてもない。まだ若いつもりでもこんな時にはどうしても、二十七歳という年齢に直面しないわけにはいかないのだ。

「――引っ越しは来月の中頃なんだそうだけどね、義兄が自由業だから平日にやるらしいんだ。だから助かったよ、僕は仕事だから手伝いに行かなくてもすむしね。まあ、こっちに出てきてるたった一人の肉親なんだから仕様がないけど、姉貴はいつまでも僕を子供扱いでさ――」

彼は、窓の外を通り過ぎるノースリーブのコ達には目もくれずに話し続ける。そういえば彼は、私と歩く時でもめったによそ見をしない。信号を、階段を、私の目を、どれか一つを生真面目に見つめる。その点、一年半ほど前に別れた以前の恋人はよく目移りする人だった。綺麗な女の人とすれ違うと、わざわざ振り返って見直すくらいに。たとえ私と一緒の時でも。

あの人は目移りがする分、それだけ自分の意思には忠実な、はっきりとした人だった。多分に優柔不断なきらいのある今の彼とはそこが大きく違っている。三度目のデートで私を送ってくれ、部屋の前に着くやいなや私を抱き竦め、「今夜は帰らない」そうはっきり宣言した、そんな人だった。

その人とはそれから半年ばかり続いて、私は当然のようにいずれは結婚するものと決めつけていたけれど、あっさりと別れてしまった。理由もその人の性格同様はっきりしている。彼が私より若くて化粧のうまいコに目移りしたから——。ありていに云ってしまえば私は捨てられたのだ。世間にはよくある話。よくある話だけど、当事者にしてみればそんな一言で片づけてしまえるはずもない。私はその人の匂いの残る部屋を逃げるように引き払い、今のアパートへ越してきた。

これもよくある話だけれども、私はそれ以来少し男性不信に陥った。

今の彼との仲が踏ん切りがつかないまま、だらだらと一線を越えられないでいるのも、彼の煮えきらない性格のせいばかりではない。今時、プラトニックなどという言葉はシーラカンスなみの古臭さを感じさせるし、昨今は高校生のカップルだってもっとずっと進んでいる。判ってはいるけれど、私は、私の胸の内の頑迷に閉じてしまった扉を、自分の力では開けられないでいるのだ。そして、その扉が開くきっかけを、私自身待ってはいるのだけれど——。

翌朝。朝のニュースをいつもより熱心に観たけれども、通り魔事件は起こっていないようで、私は少なからずほっとした。先週の事件で被害者が死んでしまったため、躍起になった警察が「警邏巡回を強化する」と発表したおかげだろうか。

マスコミは先週から、早くもあの二連続通り魔事件を大々的に取り上げて、「日曜の切り裂き魔」といささかアナクロニズムな呼称を犯人に献上して、騒ぎはじめていた。

私は週刊誌の「日曜の切り裂き魔」特集を拾い読みしながら、毎日のルーティンワークに戻っていった。


十月三日、日曜日——。

時計の針が十一時三十八分をさしている。

四十五分後の電話は、あと二、三分でかかってくるはず。

今日は思いのほか話がはずみ、彼が私のアパートの前で手を振ったのが十一時五分前——先週恐ろしい事件がなかったせいで、私は安堵感から少し浮き立った気分になっていたし、素直な彼には私のそんな気持ちがすぐに伝染したらしくて、冗談口を叩き合って二人で大いに笑った。いつもよりお酒も、一杯ずつ余分に頼み、それで少しだけ遅くなった。

送ってくれる帰り道、彼の口から「日曜の切り裂き魔」の話題も出た。

「この近くなんだよね。今日は僕がいるから大丈夫だろうけど——女のコが一人で歩いてるのを狙うなんて、嫌なヤツだよなあ」

彼は憤慨し、きっと変質者の仕業だろう、と職場の同僚が推定した犯人像などについても語ってくれた。

「でも、平日は君一人だろう、心配だな」

彼は本気で心細げに云ったものだ。

「大丈夫よ」

「でも万一ってこともあるからさ」

「平気。平日なら帰る頃はまだ明るいし、駅から帰ってくる人や買い物のおばさん達だっていっぱい歩いてるから」

「そう、なら大丈夫だろうけど」

「うん、それに日曜はあなたが送ってくれるし」

「そうだね」

彼は心底ほっとしたらしく、私の目を見て眩しそうに笑った。そんな彼の様子も私の心を浮き立たせた。

洗い髪のまま紅茶をいれ、鼻歌まじりに以前彼から貰ったテディベアの頭をぽんと叩いてやる。上機嫌でベッドに腰を下ろして——さてと、もうすぐ電話がかかってくる。パジャマの腕を伸ばして電話機を引き寄せた。

私がふと気まぐれを起こしたのは、楽しかったデートのはしゃいだ余韻が身体の中に残っていたためなのかもしれない。

今夜は私から電話してあげようか――。

約束の時間まであと一分。このタイミングなら、彼はちょうど自分の部屋のドアを開けた頃――。上着を脱ぐ間もなく慌てふためいて電話機に飛びつく彼――そんな場面を思い描いてくすくす笑いながら、私は受話器を取り上げた。今までは彼からかかってくるばかりだったけど、たまには私からかけたっていいかもね――。

それはほんの気まぐれだったのだ。

私はためらわず、短縮ダイヤルで彼の部屋の電話を呼んだ。

呼び出し音が三回鳴り、カチリと小さな音。彼が何か云う間を与えずに、

「へっへー、私だよ」

「――あいにくただ今留守にしております。ご用の方は発信音の後にメッセージをお願いします、のちほどこちらから――」

テープから流れる彼の声。

私は拍子抜けした思いで、そのまま受話器を下ろした。

タイミングが悪かった。

今彼は、彼のアパートの五十メートル手前を歩いているのかもしれない。ほんの三十秒くらい早かった。今、四十メートル手前、三十メートル――ポケットからキーホルダーを出して、ドアの鍵を開けて――。よし、もう一度トライ。

短縮ダイヤル、呼び出し音が三回、そして——。

「——あいにくただ今留守にしております。ご用の方は発信音の後に——」

私が受話器をフックに置くと、その瞬間、ベルが鳴り響いた。

心臓が喉元まで跳ね上がった。

「——はい」

「あ、僕」

「——ああ」

「どうかしたの、気の抜けた声だして」

「ううん、何でもない」

「ならいいけど」

「ねえ——今どこからかけてるの」

「どこからって、ウチに決まってるじゃないか、どうして?」

「ううん、何でもないの」

嘘。

彼は嘘をついている。

私の電話のベルが鳴る直前まで、彼の部屋の留守番電話のテープは回っていた。その電話機でこんなに早くかけられるはずはない。

「それで例の友達の結婚祝いなんだけどさ、さっきまで電車で考えてたんだ——絵本なんてどうだろう。ほら、君も云ってたけど、日用品なんてどうせみんな考えるだろ、ダブっちゃってもつまんないしね。絵本なら夢があるし、そんなに場所も取らないし、子供が生まれた時にもいいだろうしさ——」

彼の声が受話器の向こうから明るく聞こえてくる。しかし私は別のことを考えていた。

どうして彼は嘘をついているのだろう。

彼はどこからこの電話をかけているのだろう。

あの、二週間前に見かけた、後ろ姿のシルエットが私の頭をよぎった。いるはずのない場所にいた、彼によく似た人影——。

ひょっとして彼は、この近くにいるのではないか。この近くの、どこか静かな公衆電話のボックスあたりに——。

電話を切った後も、疑問は私の内を渦巻いていた。——いったいどうして彼は嘘をついたのだろう。

その私の問いかけには、翌朝のニュースが答えてくれた。

アナウンサーはいつもの冷静な口調で、第三の事件を報じていた。場所は最初の事件と同じく東光町一丁目の路上。前の二件と同様の、背後からいきなり切りつける手口。被害者は近所に住む二十一歳の家事手伝いの女性。幸い傷は浅く、命に別状はなかったものの、暗かったためと動転したせいで、犯人の姿を目撃してはいなかった。

ニュースを聞き終えた後、口紅を塗ろうと鏡に向かった私は、間違って真っ青な口紅を塗ってしまったのではないかと思うほど蒼ざめた私自身を見つけていた。

日曜の切り裂き魔は、その名の通り、日曜の夜だけ犯行を繰り返す。それはとりもなおさず、彼が私を送ってこの町に足を踏み入れる夜。そして彼は、昨夜自分の部屋にいたと嘘をついた。

これはどうしたことなのだろう——。

私の胎内に宿った疑惑の種子は、今や芽を吹き、双葉をのぞかせ、次第に大きく生長しようとしていた。

この週、マスコミはさらにヒステリックに騒ぎ、私の町内では、自衛団を結成して、切り裂き魔の動きを封じようという趣旨のビラがあちこちに貼り出された。

そして私は——成長を続ける疑惑を持て余し、戸惑いながらも会社に通っていた。


十月十日、日曜日——。

今日も私は彼と会っている。

彼が好きだというアメリカ喜劇のリバイバル上映を観に、新宿の名画座へ出かけた。

体育の日にふさわしく、空は快晴。しかし私の心は、とても晴れやかとは云いがたかった。

もちろん私は、彼が「日曜の切り裂き魔」なのだと本気で疑っているわけではない。だけどほんの少しの疑心暗鬼は、小さな刺《とげ》が胸のどこかに引っかかっているみたいで、時折ちくちくと私を刺激する。

あの、彼の些細な嘘については、何となく聞くのがためらわれて、そのままになってしまっている。先週あれから平日にも、彼とは何度も電話では話したのだけれども、いつも聞きそびれて、とうとう一週間が経ってしまっていた。

何でもないことなのに――そう頭では理解している。

ねえ、そういえば先週の電話、本当はどこからかけてたの――。

一言でいい。

簡単なことなのに。

彼は苦笑して――いやあ、やっぱりバレちゃったか。実はちょっと飲み足りなくてさ、近くに友達の家があるのを思い出して寄ったんだ。それ正直に云うと、また君に、飲み過ぎだとか夜更かしだとかって叱られると思ってさ。わっ、ごめんごめん、そんなに怒んなくったっていいじゃないか、ホント、ごめんよ――きっとそんなふうに、あっさり答えるに決まっている。

簡単なことなのに。

でも、どうしても聞けない。頭とは別な、私の中の誰かがそれを押しとどめる。

他のことだったらなんでも話せるはずなのに。

どうしてもその一言が云いだせない。

その一言が破壊的な一言――ダムを決壊させる蟻の穴のような、決定的な一言にならないとは私には云いきれないから。

彼を失いたくない。

もし私のたった一言が、彼を私の前から消してしまう魔法の呪文だったとしたら——それが怖くて仕方がない。

失いたくない。

私の生活の中で、この「彼と過ごす日曜」の占めるウェイトが、他とは比較にならないほど大きくなっている。味気ない単調な日常の呪縛から、ほんの一日だけ逃れられる大切な日になってしまっているから。

入社して五年を経たＯＬの毎日なんて、心楽しく浮き浮きと過ごせる種類のものではないのを、私は近頃身をもって感じている。周りの男性社員にちやほやされるのはせいぜい三年目どまり。彼らの関心は、年ごとに入ってくる新人ＯＬ達へと、階段を下がるように確実に移っていく。私達古参組はそれを冷ややかに眺めるばかり。中には露骨に邪魔者を見る目で私達を見る上司もいて、そういう男に限って、若いコの前では寒けのするような猫撫で声を出すのだ。むろん、それほどあからさまな嫌がらせをされることはめったにないけれど、居心地は間違いなく年々悪くなっていく。

同期のコ達は結婚という片道切符を手に、次々と仲間の輪から飛び立っていくし、同窓会名簿にも「旧姓」の文字が目立つようになってきている。

私自身焦りを感じているのも否定しない。

だから私は彼と、彼との日曜日を失いたくない。

もっと正直に云ってしまえば、月曜の朝のロッカールーム。女子社員専用更衣室の、月曜の朝――あの、それとない、だけど熾烈な牽制とさりげない見栄の張り合いの、ちょっとした戦場へ素手で出ていく気には到底なれないから――そう白状しよう。

車でベイブリッジ行ってさあ――。

彼ったら無理しちゃってね、かなり高そうな店なのに――。

ほら、こないだ話したあそこ、昨日も行ったんだけど――。

でもあの人、テニスの方はからっきしでさあ――。

週末は混んでるばっかりなんだもん、もうイヤんなっちゃう――。

情報交換を兼ねた鍔《つば》迫り合い。

もしたった独りきりで週末を過ごしたとしたら、私は心穏やかにそうした会話の波を聞き流すことができないだろう。そんな打算的な感情が動いていることは否めない。

だから――だから聞けなかった。

ねえ、そういえば先週の電話、本当はどこからかけてたの――このたったひとつの問いを、私は発することができなかった。

そうして、今夜も私は彼からの電話を待つ――四十五分後の、彼からの電話を。

ベッドの上で膝を抱えて。時計の針を横目で眺めて。唇をきつく結んで。心に闇を抱きながら――。

しかしその夜、彼からの電話は、十分遅れてかかってきた――。

翌十一日は体育の日の振替休日だった。

しかし彼は休日出勤。今の仕事が一段落するまで、日曜以外は休めそうにない――昨夜の電話で彼はしきりに詫びていた。けれど、電話が十分遅れたことに関しては、何の弁明もなかった。

警察の警備の強化と町内会の自衛団の活躍のお陰なのか、日曜の切り裂き魔はさすがに出番がなかったらしい。ニュースでは穏やかな運動会日和だと、行楽地の様子などのんびりと伝えている。

ひとりの休日。

軽く部屋の掃除をし、とりあえず駅前の商店街にでも行ってみようかと、ぶらりと涼やかな外の道へと歩み出した私は、たちまちアパートの前で向かいの家のおばさんに捕まってしまった。

あけっぴろげで話好きの、気のいい近所のおばさん。出勤前の時間に追われている時でも、遠慮なく話しかけてくるので少々苦手な相手だったけれど、今日は急ぐ用事もない。少し世間話をする。

やはりおばさんの関心事は、もっぱら例の切り裂き魔事件で、しきりに怖い怖いを連発する。まるで次に狙われるのが自分だと確信しているみたいな話しっぷりで、それがちょっぴりおかしかった。

「ホントに怖いねえ、死んじゃったコまでいるんだからね。ウチなんて男ばっかりだからいいけど、お隣の大下《おおした》さんとこも娘さんでしょう、もう、危なくって外にも出せやしないってこぼしてたわよ。警察も何やってるんだかねえ」

「そうですね」

「あなたも気をつけなさいよ、夜ひとり歩きなんてしちゃダメよ」

「はあ、気をつけます」

「まったくここんとこどうにかしちゃってるよ、昨晩《ゆうべ》は昨晩で電車が止まるしね」

「え、そんなことがあったんですか」

「そうよ、架線事故だか何だかで——ウチの亭主が、ほら連休だろ、釣り仲間と新宿だかどこだかへ飲みに行っててさ、電車が止まって帰れないなんて電話してきて——何のことはない、これ幸いと午前様なんだから、いい気なもんだよ」

「あの、それ何時頃ですか」

私が彼に送ってもらって帰ってきた時は、事故など起きていなかった。

「そうねえ、十一時過ぎだったわよねえ——そうそう、十一時十五分過ぎね、十一時二十分の急行に乗ろうとしたけどダメだった、なんて云いわけしてたから」

十一時十五分過ぎ——それなら知らなかったはずだ。私がアパートの前で彼を見送ったのが十時三十五分——いつもの習慣で、部屋に入ってすぐに時計を見たからよく覚えている——。

おばさんと別れ、うららかな陽気の中を、私はそぞろ歩きながら考えを巡らせる。

彼もきっと大丈夫だったろう。ここから駅まで七分、電車待ちの時間が五分、彼の住む町の駅まで二十分――事故の起きる前にはかろうじて帰り着けたことだろう。架線事故が起きたことなど知らずに、彼は無事帰った計算になる。

でも――。

本当に大丈夫だったのだろうか。

四十五分後の電話が遅れた理由を、彼は何も云わなかった。

どうして遅れたのだろう。そんなこと一度もなかったのに。電車の事故と何か関係があるのかしら。

でも彼は、事故の前には帰れたはず。

しかし――しかし、彼が電話をした場所が彼の部屋ではなかったとしたら――。

先週の、彼の小さな嘘。いるはずのない部屋から電話をかけたと云った彼の嘘。

彼が十時三十五分に私と別れてから、まっすぐ駅へ向かわずにこの町を徘徊していたとしたら――。

いつか見た、モスグリーンのセーターのひょろりと高い後ろ姿。

事故の影響で思いがけず公衆電話が混み、空いているそれを探して十分間歩き回った。そう考えられないだろうか――。

何のために。

何のために――。どうして彼は駅へ直行しなかったのか。

この町で――通り魔の跋扈《ばっこ》する私の町で。

何をしていたのだろう。

獲物を、標的を物色するため?

日曜の切り裂き魔。

生贄の若い女を求めて、海底をさまよう深海魚のごとく、うろうろと、ゆらゆらと、この町を歩き、蠢くために——。

そんなバカな。

そんなバカげたことがあるはずはない。

しっかりしなさい、何をくだらないこと考えてるの。あの優しくて気の弱い人が、人殺しなんてできるわけがないじゃないの——。

私は頭を振り、おかしな妄想を振り落とそうとした。けれどそれは、どろりとタール状にねばついて、私の心を蝕む手を緩めようとはしなかった。


十月十七日、日曜日——。

結局、今日も彼と会ってしまった。

こうして、めっきり秋めいてきた昼間の街を彼と並んで歩いていると、先週一週間私を苦しめたどろりとした妄想が、何かの冗談のように思えてくる。

当り前だよね、この人が刃物を振り回して人を傷つけるなんてできっこないもの——。

彼はいつものように、ひょろりとした長身を持て余すようにちょっと猫背にして、一所懸命私に話しかける。

そう、この人が人殺しなわけはない――。

「あ、そう云えばさ、先週の日曜、電車止まったんだってね」

私は何気なく口にしてみた。

カマをかけようというつもりは毛頭なかった。

私は安心を買いたかったのだ。

彼はちゃんと事故の前、まだ動いている電車に乗って帰っていた。その確証を彼の口から聞きたかった。「え、そんなことあったっけ、僕が帰る時には別に何ともなかったよ」――そんな言葉を聞きたかった。それで私は、粘液のような不快な妄想を、きれいさっぱり洗い流すことができるだろうから。電話が十分遅れたのだって、別の何か、取るに足らない理由からだったと思い込むことができるだろうから。

「うん、そうだったね、架線事故だって。あれは大変な騒ぎだったなあ」

意に反して、彼はそう云った。私の心臓がごとりと音を立てる。

「え、でもどうして知ってるの？　事故があったの、十一時十五分過ぎだったみたいだけど――」

精一杯、できるだけさりげなく私は云う。声が震えないのが自分でも不思議なくらい、私は動揺していた。

「あ、いや、それ――新聞で読んだんだよ。ほら、僕が帰ったすぐ後だったろう、危ないとこだったなって思って、さ」

私以上に彼は狼狽していた。しどろもどろの言葉を聞きながら、私は、私の内の妄想が次第に粘度を増し、黒く固く、一つの形を取りはじめていくのを感じていた。

翌、月曜。

朝のニュース。

日曜の切り裂き魔事件は大きな転機を迎えようとしていた。

東光町二丁目の路上。

四番目の被害者——二十歳の専門学校生。

しかし今度は少し、これまでとは様相が異なっている。

背後に人の気配を感じた彼女はとっさに振り返ろうとした。切り裂き魔はそれを気取《けど》って一瞬早く、片手で彼女の口を覆い、もう片方の手の刃物で切りつけようとした。だが彼女は気丈にも、口を覆った相手の指に噛みついたのだ。虚を衝かれた切り裂き魔の凶刃は、彼女の右肩に全治十日間の擦り傷を負わせるにとどまった。

被害者のあげた叫びの声に、パトロール中の警官が、手に手に得物を携えた町内会のにわか保安官のおじさん達が、群がるように集結したという。必死の追走にもかかわらず切り裂き魔は辛くも逃げ延びたが、何人もの追撃者がその姿を目撃している。

ひょろりと背の高い若い男——。

テレビのアナウンサーは、彼女の勇気を誉め称え、切り裂き魔事件の終結が近いだろうことを、幾分興奮した面持ちで伝えていた。

私の心は、しかし重かった。

ひょろりと背の高い若い男――。あの夜、街灯の下を横ぎったセーターの後ろ姿。私のあの人とよく似た、ひょろりとした後ろ姿。

その日の昼休み。いたたまれずに私は、会社の資料室へ飛び込んだ。

先週一週間分の新聞。

各紙を隅から隅まで舐めるように調べる。

だけどどこにも、首都圏版の小さなコラムにさえ、先週の架線事故の記事は載っていなかった。予期していたとはいうものの、私は自然に深いため息をついていた。

やっぱり、彼は嘘をついていた。

彼は知っていた。知るはずのない電車の事故を。

日曜の夜――彼は帰っていない。

私に嘘をついて――そうまでして帰らない。

どこにいたのだろう。

日曜の夜、私を送ってくれてから、彼はどこに行くのだろう。

私の町――？

あの切り裂き魔が暗躍する、日曜の夜の私の町で。

彼は何をしているのだろう。

日曜の夜の私の町で――。

日曜の夜が、私は怖い。

日曜の夜は出てはいけない。

日曜の夜は外に出てはいけない。

扉をきつく閉ざして。

窓には厚くカーテンを引いて。

そして私の心にも固く鍵をかけて。

そうやって日曜の夜は、私はじっと閉じこもっていよう。

日曜の夜は出たくないから。

日曜の夜は外に出たくないから――。

だけど、その週の土曜の夜――人の心はどうしてこうも不確かなのだろう。土曜の夜の彼からの電話。

「午前中にちょっと姉貴夫婦のとこ行かなくちゃならなくってさ、明日会えるのは二時か三時頃になっちゃいそうで――ごめんね、それでいい?」

彼の言葉に私は静かに答えていたのだ。

諾――と。

私は彼に会わずにいられない。

ただ、彼を失いたくないから。

あの人を失いたくないから。
愛する——あの人を。

十月二十四日、日曜日——。

昨夜はよく眠れなかった。

気分が優れないまま彼と会い、茫然としたままの私の耳を、彼の言葉が空虚に通り過ぎる。日曜の午後の混雑したコーヒーショップ。周囲の喧噪も、遠い潮騒のようにうつろにしか聞こえてこない。

私を愕然とさせたのは——彼の左手の薬指。そこに巻かれた肌色の包帯。左手の薬指。

先週切り裂き魔に襲われた女の子は犯人に口を塞がれて、その左手の指に嚙みついた。日曜の切り裂き魔は左手の指に傷を負った男。ひょろりと背の高い若い男——。

どうしたことだろう。

何かが狂っている。私の生活が、きしむような音を立てて狂いはじめている。

「ちょっと失礼」

彼がトイレに立った。彼が空けた椅子に彼のセカンドバッグが残された。革製の、少し膨らんだ四角いセカンドバッグ。

私は何かに憑かれたように席を立ち、彼のバッグを手に取った。

彼はデートの時、いつでもこのバッグを持ち歩いている。もし彼が切り裂き魔ならば、きっとこの中に凶器を忍ばせているに違いない――。

実際、私はどうかしていたのだ。

――開けちゃいけない。

私の胸のどこかで誰かが叫ぶ。

――開けちゃいけない、だって彼はあんな事件とは何の関係もないんだから。

これを開けることは、とりもなおさず私が彼を疑っていると私自身はっきり認めることになってしまう。

――ダメ、開けてはダメ。

けれど私の手は、私の意思に反して、彼のバッグのジッパーをそろそろと開いていた。ジッパーの外れるジジーっという音が、店中に響き渡ったような気がして、私の胸は今にも張り裂けそう。

バッグの中を恐る恐る覗き込む。

手帳、財布、定期入れ、キーホルダー、ポケットティッシュ――だけど私の目には、そんな日常的な物など見えてはいなかった。

細長い物――。目にも鮮やかな純白の布が巻かれた、何か細長い無骨な物。布からはみ出した黒光りする木の柄。

刃物――?

どう見てもそうとしか思えない。

長さ二十五センチくらいの、バッグにぎりぎり収まっている細長い木の柄の——刃物。

私の視界の中の何もかもがぐにゃりと歪曲した。耳の中で、ぶんぶんと何万匹もの蜂が唸るような騒音がする。

私はそのまま外へ飛び出していた。

私は逃げ出したのだ。

何から？　どこから？

判らない。判らないけど逃げずにはいられなかった。

私は逃げ出した。

部屋の電話が何度も鳴ったけれど、私は受話器に手を伸ばそうともしなかった。

扉をきつく閉ざして。

窓には厚くカーテンを引いて。

そして私の心にも固く鍵をかけて。

日曜の夜が怖いから。

日曜の夜は出たくないから——。

じっとひとり、私は部屋に閉じこもった。

○

相談できるのはあの人しかいないと思った。

学生時代の私の恋人。

恋人――？　そう呼んでいいのだろうか。

よく二人で一緒に行動したことは確かだけど、恋人と呼ぶにはあまりに淡い間柄だったように思う。

ひとつ年上の先輩だった。

その頃私はまだ十代で子供だったたし、その先輩も、私が校門を出てくるのを何時間でも突っ立って待っているような、そんな人だった。よく他の先輩に、「みっともないほどオクテ」だと、彼はからかわれていたものだ。

でも、その人と私が、とうとう本当の意味での恋人同士になれなかったのは、別に彼のせいではない。彼は優しかったし、私のわがままを何でも聞いてくれた。ただ私の前に、より強引な男性が現れたから――。私とその人が恋人と呼び合う仲になった時も、些細な原因で別れた時も、いつも彼は微笑むだけで何も云わなかった。私は彼の微笑みにいつだって甘えた。もちろんその度に彼を傷つけてしまったことは、子供だった私にも判っていたけれど、彼はそれを微笑みに隠して傷ついてなどいないふりをしていたし、私も気づかない風を装った。若かった私達は、そうすることが思いやりなのだと信じていたから。

彼は私を赦してくれ、私も彼の寛容さに甘えた。

だからもう一度、もう一度だけあの人に甘えようと私は思う。厚かましいのは百も承知で、あと一回だけ、これを最後にするから、あの人の優しさに甘えることにしよう。

月曜の夜に電話をし、火曜の夜に待ち合わせた。

内装はむき出しの鉄筋と打ちっぱなしのコンクリート、シンプルだけど洒落た感じに調えてあるショット・バーだった。厚い鉄板を鋭角的に切り取ったテーブルも、擦り切れたみたいなジャズのレコードの音も、照度を落とした間接照明によく似合っていて、落ち着いた雰囲気を演出していた。

学生時代には居酒屋専門だった彼だけど、今日はこんな気取った店で私と待ち合わせている——。不器用だったあの頃との対比が少しおかしくもあり、なぜか哀しくもあった。

入口近くのテーブルでは、社用族ででもあるのだろうか、中年のビジネスマンらしい人達が額を寄せて話し込んでいる。もうだいぶ長い時間そうやっているのだろう、中の一人、鷲鼻の目立つ脂っけのない髪の男の人は、酔いで顔を真っ赤にしていた。

私はその傍らを通り抜け、店の中を見回した。

奥の、高いカウンターの近くのテーブルに、彼は一人でぽつんと待っていた。

私の姿に気づいて軽く手をあげ、ちょっと微笑んだ彼——八木沢さんは、あの頃と少しも変わっていないように見えた。けれど背広姿が思いがけず板についているのが、私に容赦のない時の流れを感じさせる。

「久しぶりだね」

そう云った八木沢さんの声は、前にもまして柔らかだった。懐かしさで、今まで我慢していた涙が堰を切って溢れそうになるのを、私は無理してこらえた。

「ごめんなさい、急に電話なんかして」

「ううん、いいんだ。ちょうど三日前に校了でね、今は時間、かなり自由になるから」

八木沢さんは出版社に入社し、推理小説専門誌の編集に携わっていると聞いている。

「それで、何だい、相談したいことって」

八木沢さんの言葉に導かれて、私はすべてを語った。

私の抱えてしまった重く、黒い疑惑を。

もちろん少し頼りないところのある八木沢さんだから、私を疑惑の澱からすぐさま救い上げてくれると思ったわけではないけれど、この人ならば少なくとも即座に警察へ駆け込むようなことはせず、きっと私の苦しみを私と同じ立場で受け止めてくれるだろう。そう私は信じたのだ。あの頃と同じように——。

だからこそ八木沢さんに相談した。

期待にたがわず、八木沢さんは親身になって私の話を聞いてくれた。学生時代と変わらずに、私のすべてを受け止めてくれた。

話し終わり、ほうと息をついて、氷が半分がた溶けてしまったジンライムのグラスに私が手を伸ばすと、

「それは——大変なことだな」

深刻な顔で八木沢さんは云った。

「日曜の切り裂き魔、か。あの事件、まだ容疑者も浮かんでないんだろう」

「ええ」

「それで、君は、君の彼がひょっとしたら――と疑ってる」

私はこっくりうなずいた。

「そうだなあ、その状況だと、君が疑うのももっともだしな――」

八木沢さんの眉に影が落ちる。

私は不安に駆られて、八木沢さんの瞳を覗き込んだ。そこに、泣き出しそうな私の顔が映っていた。

深い絶望が、私を襲う――と、その時、

「あーっじれったいっ、何をごちゃごちゃ云っとるんだよ、お前さん達はっ」

だしぬけにカウンターから傍若無人な大声があがった。

「どうしてお前さん達ってのはそうやって成長ってものをしないんだろうね、まったく。バカバカしいったらありゃしない。散々っぱらのろけやがって、くだらない。八木沢も八木沢だよ、人ののろけ話聞いて子供が青汁飲んで腹下し起こしたみたいな顔してやがる、バカらしくって面倒みきれないな」

カウンターの椅子にちょこんと座った小柄な男の人が、怒気を含んだ声でまくしたてながら振り返った。ライトが薄暗いので、私の席からはどんな人なのか判らない。

「ホントにお前さん達にゃ困っちまうよ、どこまで単純にできてるんだろうね。アホくさいったらないな」

目を凝らしてよく見てみると——。小柄な身体に黒いだぶだぶの上着を羽織った、ふっさりとした前髪を眉の下まで垂らした、仔猫みたいなまん丸い目をした——。

「猫丸先輩——」

私は啞然として呟いた。

八木沢さんより二つ上の先輩。いささかエキセントリックな言動で学内に知らない者のいなかった、伝説の変人。どうしてこの人がここにいるのだろう。

そういえば初めから気にしてはいたのだ。八木沢さんの背後のカウンター席に、どこかで見たような小さい後ろ姿が乗っているのを。高い椅子を持て余して、所在なげにぶらぶらしていた短い脚を。駄猫みたいにふわふわした癖っ毛の頭を。

「猫丸先輩」

私がもう一度云うと、

「そうだよ、僕だよ、悪いかよ」

脚の高い椅子から器用にひょいと飛び降りて、そのまま八木沢さんの隣にすとんと腰を落ち着ける。なぜだか変に怒っている。

「実にもう、しょうがないなあ、お前さん達は。もっと面白い話かと思ってたら、のろけっぱなしでお終いなんだから、あっちで聞き耳立てて損しちゃったよ、まったく。バカバカしいことこの上ないね、これじゃ僕までバカみたいじゃないかよ」

何か面白いことを期待していて、そのアテが外れたからこの先輩は怒っているらしい。でも、それにしてもどうしてここに——。

「どうしてここにいるんですか、猫丸先輩」

私が尋ねると、かの変人は急におろおろして、

「いや、そりゃまあ、その、要するに何だ、つまり八木沢に頼まれてさ——、ほら、お前さんが久しぶりに会いたいなんて、八木沢に云ってきただろ、そしたらこいつ不安がってな、ほれ、英会話の教材とか宗教とか、そんなんだったら困るなって、八木沢が、ね」

両手をばたばたさせて、猫丸先輩は云う。

英会話？　宗教？——一体私を何だと思っているのだろう。

「それでイヤイヤついてきたんだよ、僕は。気が進まなかったんだけどね、八木沢がどうしてもって泣いて頼むもんだから仕方なく——あ、もちろん焼けぼっくいになんとやらってやつで艶っぽい話になるようだったら、黙って退散する予定でいたんだけどさ」

八木沢さんが仰天しきった顔で隣の先輩を見た。

嘘、だ——。私は直感的にそう思った。

多分、八木沢さんが私に会うと聞きつけて面白がってくっついてきたに違いない。この人は昔からそういう人なのだ。呆れ返って二の句が継げない。もう三十路過ぎのはずなのに、一体どういう神経をしているのだろう。

私はあまりのことに怒る気にもなれずに、

「よかったですね、私が印鑑や壺のパンフレット広げなくて」

「うん、ホントによかった」

精一杯の皮肉もこの瓢簞鯰《ひょうたんなまず》には通じない。

「でもな、あんなのろけ聞かされるとは思いもよらなかったよ。それを八木沢が大真面目に聞いてるんだから、もう笑っちゃうよな」

「猫丸先輩っ――」

さすがに八木沢さんがむすっとして、

「今の話のどこがのろけなんですか、彼女は真剣に恋人のことを心配して――」

「何が真剣だよ、バカらしい。そうやって大魔神が癇癪玉くわえて破裂したみたいな顔して文句云うんじゃありません。のろけものろけ、大のろけ大会じゃないかよ。甘ったるくて聞いちゃいられなかったぜ、金米糖《コンペイトー》にザラメまぶして生クリームで和《あ》えたのをチョコレートでコーティングしてカラメルソースかけたみたいに甘ったるかった」

まだ少し怒ったように猫丸先輩は云う。

しかし、この人は何を聞いていたのだろう。私の話のどこが甘ったるいというのか。何だか途方もないまやかしの世界に、放り込まれた気分になる。

返答に窮している私と八木沢さんを交互に見て、猫丸先輩は、

「まあいいや、ちょっと話してやるか――」

と、煙草を取り出して火をつけると、

「こないだ、ちょいと頼まれてコントの舞台に出たんだけどさ、その時こんなギャグがあったんだ。場所は病院の一室、医者と患者が座っている――。

『先生、私の病気はどうなんでしょう』

『ふーむ、とても難しいですなあ』」

静かなショット・バーという場所柄もわきまえず、猫丸先輩は落語のように首を左右に振り分けながら、大きな声で喋りだす。

「『そんなに悪いんですか、私は』

『正直云って難病です。ことによると癌より難しい』

『そんなっ、では治らないんですか』

『そうですな、私はあなたの症状の患者を百人診ています、しかし治ったのはたった一人でした』

『それは何か特殊な治療で――』

『そうです。ですがとても難しい』

『ぜひ私にもそれをお願いします』

『しかし治ったのは百人に一人ですぞ』

『それでもいいです、お願いします』

『よろしい、そこまでおっしゃるんならやってみましょう』

と、医者がどこかへ電話をかけるんだ。すぐにラーメン屋の出前持ちがやって来る。

『ちわーっ、天来軒《てんらいけん》でえす、タンメンお待ちどおっ』

『よろしい、そこへ置きなさい』

『へい、毎度どうもおっ』

出前持ち、去る。そこで医者がいきなりタンメンをすすり始めるわけだ。患者が驚いて、

『あの、先生、何してるんですか』

『見れば判るだろう、タンメン喰っている』

『あの、私の治療は――』

『やってるじゃないか』

『は？』

『いや、先月私が天来軒のタンメン喰ってたら、奇跡的に病気が治っちゃった患者が一人いてね、これ喰ったらあんたも治んないかなと思って』

患者、ずっこける、と。なっ、おかしいだろ、きゃあはっはっはっはっ」

怪鳥《けちょう》みたいな声を発して、猫丸先輩は一人で笑いこけている。

面白くもなんともない。

「ちなみに僕がやったのは天来軒の出前持ちの役だ」

と、急に真顔になって猫丸先輩は、

「とまあ、こんな具合にね」

「どんな具合ですかっ」

八木沢さんが興奮して叫んだ。

「わけの判らないこと云わんでくださいっ、それとこれとどんな関係があるんですかっ。そのしょうもないコントと彼女の悩みと、何の関わりがあるっていうんですか」

するると、猫丸先輩は仔猫みたいな丸い目をぱちくりさせて、

「あれ、まだ判んないのか。お前さんもアレだね、物のありがたみの判らない男だね」

「判りませんよっ、そんなものは」

「おいおい、こういう店でさ、そうやって港で舟呼ぶような大きな声を出すんじゃありませんよ、みっともない」

「大きな声出させてるのは誰ですか」

「何をカッカしてるんだよ、お前さんは。変なヤツだなあ――。まあ、つまり僕の云いたいのはだね、お前さんも――」

と猫丸先輩は、のほほんとした顔で煙草の煙を吐きながら私に顎をしゃくって、

「このコントの医者と同じだってことだ。ましてやお前さんの場合、彼氏への想いで目が曇っちまってる。恋は盲目とはよく云ったもんだね。要するに今のお前さんは、彼中心に世の中が回っていると思い込んじまっているんだ。彼が、世の中の出来事すべてと関連を持っていると信じている」

「まさか、私はそこまで――」

傲慢な女ではない――。云いかけるのを、猫丸先輩は押しとどめて、

「まあいいから、黙って最後まで聞きなさいよ。例えばさ、ボクシングの試合を考えてみろや。打ちつ打たれつの攻防戦で、試合は判定にもつれこむ。勝負は五分と五分——判定結果を待つ緊張の一瞬——だけどチャンピオンを応援している観客は、チャンピオンの勝利を確信している。その人達には、挑戦者が放った決定打なんて見えてなくて、チャンピオンが繰り出した強烈打ばかりが印象に残っているから——だからチャンピオンが断然有利に思えるわけだ。な、判るだろ、こういうことってよくあるよな」

問われて私は、やむなくうなずく。云っていることは判るけれど、それがどうしたというのだろう。

「今のコントの医者もそうなんだよ。人間ってのはおかしなものでね、全然無関係な事柄にも、どうにかして関係を見いだそうとしちまうものなんだ。それをオーバーに表現したのがあの医者なんだけど——いいか、お前さん」

と猫丸先輩は、ぐいと指を一本立てて私につき出し、

「日曜日ってのは多くの人達にとって『意味のある日』なんだよ。官公庁、企業、金融機関、学校、そのほとんどが日曜日は休みだ。一週間の内、平日とは違う特別な日なんだ。その特殊な『意味のある日』には、家族サービスに努める人もいれば、一週間の疲れを癒すためにごろ寝をきめこむ人もいる、日がな一日趣味の模型造りに費やす人もいれば、お前さん達みたいに恋人との逢瀬を楽しむ人もいる——。なあ、考えてもみなさいよ、この広い東京に、日曜にしかデートできないカップルが何万組あることか。そしてそのたびに送ってくれる彼氏が何千人

いることか。それにな、お前さん達が問題にしている日曜の切り裂き魔の人にしたってそうだ。彼にとっても日曜日は特別な『意味のある日』であって、その日にしか犯行に及べない理由があるのかもしれない。それから、切り裂き魔の事件は、お前さんの彼がお前さんを送ってきた日曜の夜すべてに起こっているわけじゃないんだ。たまたまそれが同じ日曜日だっただけだと、どうして考えちゃいけないんだ。お前さんの彼が無関係だと、どうして決めつけちゃいけないんだよ」

猫丸先輩は愛嬌たっぷりのまん丸い目でじっと私を見据え、

「だからさ、お前さんが抱え込んでる苦しみも、お前さんのヒロイックで夢見がちな心が生んだバカげた幻想だと、どうしてそう断定しちゃいけないんだ。な、さっきのコントと同じだろ。すなわち、お前さんは無関係でバラバラな出来事に無理やり一貫性を持たせようとした——僕はそう思う」

「でも猫丸先輩——」

と、八木沢さんが遮って、

「それは間違ってますよ、証拠があるじゃないですか、決定的証拠が」

「うるさいなあお前さんは、またそうやって阿修羅像がゴキブリ踏んづけたみたいな顔して——そうムキになるんじゃありませんよ。何なんだよ、その決定的証拠ってのは」

「ケガと刃物ですよ、彼女がおととい見た。左手の指のケガと、バッグに隠し持っていた刃物です。これは説明がつかないじゃないですか」

「それだからお前さんはお目出たいって云うんだよ、いいか――」

猫丸先輩は苦笑まじりに私に視線を移して、

「お前さんが見たのは柄だけだろ、布を巻いた、何か細長い物の柄だけだ――。それをお前さんは疑いに曇った目で見たから刃物だと信じちまった。だけどな、もしそうした前提がまったくない上で、彼氏の指のケガと細長い物の柄だけを見たら、もっと別の、簡単な解釈が出てきたはずだぜ」

「別の簡単な解釈――」

私が呟くと、猫丸先輩はにやりと笑って、

「そう。いいか、一人の男が左手の指をケガしていて、バッグに細長い木の柄のついた道具を入れている――な、こんな状況なら、きわめてありがちな絵づらが思い浮かぶだろう――よくある構図、つまりその男が持っていたのはカナヅチであり、彼はそいつで指まで叩いてケガをした」

「――カナヅチ」

今度は八木沢さんが呟いた。

「そうだよ、でも僕がこう結論づけたのは何も当てずっぽうじゃない。情況証拠がいくつかあるんだ。いいか、お前さんの話の中で、彼氏はこんなことを云ってたな――姉夫婦が来月の中頃に引っ越しする――これが先月、九月の時点での話だ。今日は――十月二十六日か、だから姉夫婦が引っ越したのはごく最近、先週くらいってことになる。また、おとといの日曜、彼氏は午前中姉夫婦のところへ呼ばれている。それからその姉夫婦ってのがダンナも奥さんも、結婚式の時、揃って台に乗って写真を撮ったくらい小柄な人達なんだ。そしてお前さんの彼氏はひょろりと背が高い——な、どうだ、引っ越しをしたばかりの背の低い姉夫婦が、日曜の午前中にのっぽの弟を呼び出した理由。これはもう、何かを手伝わせるためと想像するのが一番自然じゃないか、例えば、高い所に棚を取りつけてくれ、とかさ——」

「あ——」

私は言葉を失った。確かにその方がしっくりくる。背伸びをして、高い場所に釘を打ちつける彼。勢い余って指を叩いて飛び上がる——その姿は容易に想像がつく。暗闇で、女のコの背中に刃物で切りつける姿よりずっと容易に——。

「それは、まあ、そうかもしれませんけど——」

八木沢さんがまだ釈然としない様子で、

「それじゃあ、彼は日曜の夜に、どうしてまっすぐ帰らなかったんです。彼女は彼を見かけてますし、電話の件もありますし」

「うん、それだがな——そいつは彼の性格にポイントがあるように思うんだ」

猫丸先輩はお得意の人を喰った表情で、じらすように新しい煙草に火をつけ、

「実際笑っちゃう性格だよな、『四十五分後の電話』だってやがる、聞いてる方が照れくさくなっちまうような話だぜ、ちゃんちゃらおかしいよ、いい年ぶっこいて恥ずかしげもなくよくやるよな、まったく。それにさ、何だっけ、友達の結婚祝いに絵本贈るだって云いやがるんだ

——普通いい年した男が考えることかよ。なあ、お前さんの彼ってのは、変にロマンティストなんだよな。センチメンタルで、その上優柔不断で頼りなくて、はっきりしなくてオクテで——誰かさんにそっくりじゃないかよ」

　妙な横目で八木沢さんを見て云う。

　八木沢さんは慌てて目を逸らし、咳払いなどしている。校門で、私の出てくるのを何時間も待っていた人——。

「そういう変にロマンティストの男ならば——まあ、こいつはあくまで僕の想像だが——多分こんなことを考えてたんじゃないだろうかな。彼は、お前さんの部屋の、窓の灯りを見ながら四十五分後の電話をかけたかった——」

　私ははっとして猫丸先輩の顔を仰いだ。その仔猫みたいなまん丸な目には、珍しく柔和な、優しい光が宿っている。

「思うにね、恐らくお前さんの彼氏は、その四十五分後の電話でこんな会話を望んでいたんじゃないだろうか——。

『次の日曜が待ち遠しいな』

　と、お前さんが云う。

『どうして』

　と、彼が聞く。そこでお前さんは甘えて、

『だってさ、日曜になればまたあなたと会えるじゃない』

『そうだね』

『不思議だね、今日会ったばっかりなのにもう会いたくなってる』

『僕もそうだよ』

『本当に？』

『うん、今すぐにでも会いたい』

『私も、すぐに会いたい』

『そうか——それじゃ窓を開けてごらんよ』

『え？』

『窓を開けて、外を見てごらん』

お前さんがそうすると、向こうの公衆電話でにっこりと手を振る彼の姿が——うひゃあっ、やだやだっ、自分で云ってて寒イボがでてきた。あーあ、くだらない詰まらない、バカバカしいったらありゃしない。バカだねお前さん達は、ホントにもう——。いい年ぶっこいて何やってんだか。まあ、とにかくそんなわけでさ、彼氏はそういうシーンを想像していたんじゃないかな。わざわざ四十五分間お前さんのアパートのそばをうろついて時間潰して、ね。もっとも今までチャンスがなくて使えなかったけど——」

猫丸先輩は眉まで垂らした前髪を、ふっさりとかきあげてからからと笑った。

「まあ、そうやって目論見が外れて、毎週とぼとぼ帰っていく彼ってのも、なかなかに味わいがあっていいもんだね。お前さんが見かけたのは時間を潰してる彼の姿だったし、電話を自分の部屋からかけたって嘘ついたのだって――そりゃ云いにくいよなあ、そんな子供みたいなことしてたなんて照れくさくって云えたもんじゃないからな――。ほら、なっ、結局お前さんの相談事ってのは、全編大のろけ特集だったってことだよ。お前さんの恋人が、如何にお前さんとより親密になりたがってるか――それをお前さんは深刻な顔して延々喋りやがったんだぜ。甘ったるくて聞いちゃいられなかったってのはそういうこった。しかし八木沢も何だね、わざわざ呼び出されてのろけ聞いてるんだから、難儀な男だな、ホントに」

猫丸先輩はゆっくりと煙草の煙を吐いて、楽しそうに云う。そして、急に真剣な表情になって私に顔を近づけると、

「お前さんもな、八木沢に負けず劣らず難儀な女だな――いつまでもそんなこっちゃいかんぞ。いいか、忘れるな、人にはな、捨て去らなきゃいけない過去と、創り上げていかなきゃならん未来ってもんがあるってことを」

猫丸先輩の言葉は、慈雨のごとく、じわりと私の胸に沁み込んでいく。

「だいたい考えてもみろよ。お前さんのアパートのそばを、そんな時間にうろうろしてたらお前さんの彼氏、それこそ切り裂き魔に間違われて警察にしょっ引かれるぞ。それにこれからどんどん寒くなる、彼氏に風邪でもひかせちゃ可哀相じゃないかよ。悪いことは云わん、一遍僕の云った通りの台詞云ってみろよ。惚れてるんなら、本気でそいつを失いたくないなら、試してみるのも悪くないと思うぜ」

私の耳許で囁く猫丸先輩の声は、まるで華やかなファンファーレみたいに高らかに、私の心

に響き渡った。春の陽に融ける雪のように、私の気持ちも軽くなっていく。

きっかけ、だ——。

頑迷に閉ざされた私の胸の内の扉が、音もなくゆっくりと開こうとしている——。

八木沢さんが何ともいえない恨めしそうな顔で猫丸先輩を睨みつけるのが、私にはたまらなくおかしかった。

それに気づかぬふりで猫丸先輩は、そっと器用に、そして優しく、私にウインクを送ってくれた。

△

十二月になり——。
日曜の切り裂き魔は逮捕された。
近くに住む独り暮らしの予備校生だった。
日曜は予備校も休み——休日に街へ出て、晴れやかに闊歩する若い女性を見ると、どうにもむしゃくしゃしてやりきれずに凶行を繰り返した、と自供したそうだ。予備校生は精神鑑定に回され、裁判を待っているところだという。
私と、私の町を襲った暗黒の日曜日の幻影は消え去り、日曜日は聖なる安息日としての本来の役目を取り戻している。
そして私と彼との仲は——それは云わぬが花というものだろう。

誰にも解析できないであろうメッセージ

「それにしても、お前さん――」

店に入ってくるなり、猫丸先輩は開口一番、

「よくもまあ、こんな変な話をこれだけ考えたもんだね」

感心しているというより、明らかに呆れたような口調だった。

「僕はまあ、それなりに楽しんで読ませてもらったけど――しかしなあ、どうだろう、こんなの、世間の読者の人が喜んでくれるかねえ」

そう云いながら猫丸先輩が、向かいの席に座るのを待って、僕も口を開いた。

「はあ、でも、――世の中には、こんなくだらないことばっかり考えて暮らしてる人間もいるんだ――って、読んだ人が少しでも自分の人生に自信を持って、幸せな気分になってくれれば

いいなあ、と、そう思いまして」

「あ、そりゃ云える。これ読んだら、大抵の読者は自信持つ」

あっさりと猫丸先輩は云う。僕はこれでも謙遜のつもりで云ったんだが――。少し情けない思いで、僕は先輩のまん丸い目を見返した。

金曜の夕方の喫茶店は、思いのほか立て込んでいる。

グループの客はほとんど見当らず、テーブルを占めているのはその大半がアベックか、それとも待ち合わせをしているらしい若い一人客である。お楽しみをこれからに控えた期待感と解放感で、どの顔も活き活きと輝いているように、僕には見える。

僕としてもこんな所で、貧相な三十男と差し向かいでいるのはあまり歓迎すべき事態ではないけれど、とにかく一日も早く猫丸先輩の感想を聞いてみたかったのだから背に腹は代えられない。日中は都内あちこちのオフィスビルやインテリジェント・ビルを駆け回る仕事の僕が、本社に戻って着替えてすぐに行ける喫茶店がここだったのだ。昼間、稀に打ち合わせなどで利用する時と違い、夕方を過ぎるとこんなカップルの巣窟になるとは思いもよらなかった。昼は静かで、落ち着ける店なのだ。だから僕も安心して、仕事の終わる時刻に合わせて猫丸先輩と落ち合うことにしたのである。

アベックの群れの中に男の二人連れが一組――いささか居心地が悪いような気がするが、猫丸先輩は例によって例のごとく、そうした周囲の状況には無頓着で、呑気な顔をして煙草を吹かしている。

軽い先制ボディブローの憎まれ口を叩いた後、猫丸先輩はランドセルみたいなバッグから紙の束をごそごそと取り出した。店の人にアイスコーヒーを注文してから、先輩はそれをどさりとテーブルの上に積み上げる。

「でも、まあ、なかなか面白かったよ。お前さんがこんなの書けるとは知らなかった」

猫みたいな丸い目で、僕のあごの辺りを見ながら猫丸先輩は云う。

「だけどなあ、お前さん。どうせ僕をモデルにするんなら、もうちょいとマシに書けなかったもんなのかね。これじゃただの変人だよ」

「そうですか」

「そうだよ、云うことが理屈っぽくて尊大だし、行動が突発的で無節操——何だか無茶苦茶な人間みたいに書いてあるじゃないか。ちょっとした分裂症野郎だよ、これじゃ。知らない人が読んだら、本当に僕がこんなヤツだと思われちゃうよ」

「でも、それに関しては——」

そのまんまなんですけどね——、僕は言葉の後半を呑み込んで濁した。実際、僕は何の誇張も加えていない。この先輩はこの通りの人なのだ。しかし本人に自覚がないから、はっきり云ってやるとヘソを曲げる恐れがある。今日はこの作品の感想を聞くと同時に、僕にも少し目論見があるのだからつむじを曲げられたら困る。

この作品——短編小説七編から成る、僕の初めての作品集。

ひょんなことから執筆の話がきて、とんとん拍子で出版の運びとなった。もちろん僕は勤めを持っているから夜こせこせと、昨日は五枚、今日は十枚と書き溜めて、やっとこうしてゲラになる段階まで漕ぎつけたのだ。題名は、短編の中の一つの題をそのままつけるつもりでいる。うまくすれば刊行予定は来春早々――是非買ってほしいものである。

「それで、モデル問題はさて措くとしまして――どうですか、先輩、その他何かご感想は」

僕が聞くと、猫丸先輩はゲラ刷りの束を指でぺらぺらやりながら、

「うん、まあ、どうでもいいけどお前さん、ボキャブラリーが貧困だね、似たような表現や単語がいっぱい出てくるぞ。それにさ、語句の統一がまるっきりなってないし、独りよがりの意味不明のギャグが多くて――文章もマズい。それから一番気になったのは、見事に全部バラバラだってことだ」

「バラバラ――ですか」

内心、してやったりと思いつつ、僕は強いてがっかりしたような声を出した。

「うん、笑っちゃうほどバラバラだ。内容も長さも、作品のタッチも――。だいたい作風が一編一編こうもちぐはぐじゃ、読まされる方がキツいよ――徹頭徹尾バカバカしいマンガじみた話ありの、ハードボイルドの出来損ないみたいなのありの、取ってつけたようなお涙頂戴ありの、この最後のは――女性心理サスペンスのパロディーか。よくもまあお前さん、ここまでバラバラにしたもんだよ、普通一冊の本にするんだったら、もう少しまとまりってもんを考えるぞ。それにほら、登場人物も一定してないしさ」

「お誉めいただきまして、どうも。バラバラ――それでいいんですよ、僕が狙ったのはそこな

んですから」

「何を威張ってるんだよ、お前さんは、焼きすぎたスルメみたいにそっくり返って――。そんなに胸張って云うことかよ」

「でも猫丸先輩、作品のカラーがバラバラなのは、わざとやったことなんですよ。それにもう一つ、バラバラな点があるのに気がつきませんでしたか」

僕が鼻をうごめかすと、猫丸先輩はこともなげに、

「ああ、気がついてたよ、死亡原因、だろ」

「あれ――」

お見通しだった。

「あれっ、じゃないよ、お前さんは。そんな簡単なことに僕が気がつかないとでも思ってるのかよ」

と、猫丸先輩は別段得意そうでもなく、運ばれてきたアイスコーヒーをつるつるっと啜って、

「まず最初のが高所からの墜死だろ、次のが冬の野外での凍死、次が溺死、それから毒殺、撲殺、えぇっとこれは――絞殺って書いてあるか、それで最後が刺殺。な、バラバラだ。お前さん、これを云いたかったんだろ」

「さすが――ですね」

やはりこの程度は見抜かれてしまっている。

「こんなもん誰だって気がつくよ」

「でも先輩、僕がこうやってわざとバラバラにしたのは、一つの共通性を際立たせようとした狙いからだってのは、気がつきましたか？」

僕が第二波の攻撃に移ると、猫丸先輩は仔猫みたいな丸い目を上げて、

「共通性――って、全部の話の謎を解く探偵役をやってるのが猫丸――つまりこの僕だってことか」

「そうです、それも確かに共通してますけど、それからもう一側面、共通性っていうか、方向性を持たせたつもりなんですけどねえ」

「ああ、アレだろ、お前さんがやりたかったのは、要するに脇役のバトンリレーだろ」

肩の力ががっくり落ちた。

せっかく猫丸先輩をぎゃふんと云わせてやろうと思っていたのに。常々「粗雑な頭」だの「単純垂直思考」だのとからかわれているのを、今日こそ見返してやろうと企んでいたのに。だからこそ、著者校正もそこそこにして、まっ先にゲラを読んでもらった。僕が作品の中に織り込んだ謎を、猫丸先輩が解けないのをにやにやして眺める算段をしていたのだ。それなのにこの先輩、どうして人の楽しみをこうやって次から次へと潰すのだろう。

僕の落胆にお構いなく、猫丸先輩はしれっとした調子で、

「僕がそれに気がついたのは、バラバラな話なのに重複している登場人物がいるのに注目してみたからなんだ。例えば、八木沢――僕らの後輩のあの平凡ヅラの男、な――あいつは『空中散歩者の最期』『生首幽霊』それから最後の『日曜の夜は出たくない』と、三つの話に出てく

るんだ。あれ、これはどうしてだろう、何か意味があるのかなって疑問に思ってね。よくよく読んでみると——さあ、いるわいるわ、ダブってる登場人物が他にも何人も見つかった。それでそれらの脇役をピックアップしてみると、ちょうどこの人物達が各作品にわたってバトンリレーをしているのを発見したってわけだ。どうだ、これでいいんだろ」

「どうぞ、続けてください」

僕は諦めの境地であごを撫でた。

「そうか、じゃ遠慮なく続けるぞ——。まずリレーの最初と最後は『空中散歩者』と『日曜の夜』、これはこれでいいだろう。ゲラの順番も始めと終わりだし、猫丸——僕が謎を解いてみせるのも同じ店だ。店内の描写を見れば一目瞭然だよな。だからこの二つを最初と最後に置けば、絵づらとしてもまとまりがいいだろう。さて、そうなるとスタートの『空中散歩者』からゴールの『日曜の夜』まで、どんな順番でバトンが手渡されるのか——。まず、『空中散歩者』に出てくる八木沢が『生首幽霊』にも登場する、これは簡単に判るな。『空中散歩者』→『生首幽霊』と、とりあえず一つ繋がった。次に『生首』に出ている脇役の誰かが他の作品にも顔を出しているかどうかを調べると——いたんだよ、これが。『寄生虫館の殺人』で、主人公のフリーライターが寄生虫博物館へ取材に行く途中の商店街で、『鬼瓦みたいな四角い顔の古紙回収車に乗った中年男』とすれ違う。この人物の特徴は、『生首』の主人公であるＮＨＫ氏の飲み仲間、チリ紙交換の山潟氏とぴったり合致する。これで『生首』→『寄生虫』のラインは繋がる。同じように次は『寄生虫』→『海に棲む河童』と繋がるんだ。『河童』の学生二人組が西伊豆への間抜けな珍道中に出かけるきっかけとなった雑誌、その記事に『記者K・D』という署名がある。これは『寄生虫』の壇原邦宏氏に違いない。Dって頭文字は日本の姓じゃないか、しいからな。それに、いかにもあのいい加減なライターが書きそうな適当な記事じゃないか、『D』イコール『壇原』と決めつけてもよかろう。さあ次、どんどん行くぞ――『一六三人の目撃者』で、主人公の舞台監督がいらいらしながら客が全部帰るのを待っている場面。最後に階段を上がっていった客は、『ぼってりした、あざらしを連想させる体型の学生風の若い男』だった。これは『河童』に出てくる二人組の片われ『シゲ』だ。体格と特徴は『河童』の方に明記されている。そして今度は『約束』。主人公の少女が、公園でやじ馬の団体を見てびっくりするシーンだ。少女が公園に入ろうとやじ馬の群れをすり抜ける、その時側にいたのが『額の禿げ上がった、丸顔の、象みたいな細い目をしたおじさん』だった。この男こそ誰あろう、『一六三人』にも出演している僕の友人、演出家の竹之内氏の普段着の姿にほかならない。それから最後に、『日曜の夜』で、女主人公が八木沢と待ち合わせて入った店には、『鷲鼻の目立つ、脂っけのない髪の社用族のビジネスマンが酔いで真っ赤な顔』をして入口近くのテーブルに座っている。この人物は『約束』の、麻由ちゃんのパパに相違ない。さあ、ゴールに着いた。つまり、

『空中散歩者の最期』――→八木沢

『生首幽霊』
↑
山潟
↓
『寄生虫館の殺人』
↑
壇原
↓
『海に棲む河童』
↑
シゲ
↓
『一六三人の目撃者』
↑
竹之内
↓
『約束』
↑
麻由のパパ
↓
『日曜の夜は出たくない』
↑

って具合に、脇役の皆さんがバトンを渡していって、もう一つの順番ができあがるってわけだ。それから『日曜の夜』の八木沢が『空中散歩者』に戻って、バラバラの作品群はめでたく輪になって閉じた――と、こんなもんでいいのか」

猫丸先輩は延々一人で喋り続け、煙草に火をつけてまずは一服。小憎らしいほど落ち着いて

いる。眉まで垂れた先輩の前髪が揺れるのを、僕は幾分気落ちしながら見て、

「普通——そこまで深読みしませんよ」

「別に深読みしたつもりはないさ、さあっと読んでたらすぐ判った」

煙を吐いて先輩は、ますますこっちの気が滅入ることを平気で云う。

「それで、先輩、その先は?」

「その先?」

「ええ、新たな順番がついて——それから」

「まだ何かあるのかよ——実のところ、僕にゃお前さんが何のためにこんな妙なことしたのかさっぱり判らんのだよ」

「判りませんか」

少し希望が見えてきた。

「判らん。季節——じゃないよなあ、『空中散歩者』は春だろ、『いい季節になってヘルメットも革手袋もいらなくなった』って記述がある。でも次の『生首幽霊』には季節の描写がない。夜にヘビの玩具を持って復讐に出かけるから冬じゃないことは確かだけど——そう考えると、

春—不明—夏—春—不明—冬—秋

ってなって、四季通りってわけじゃなし、何の必要があってこんなことしたのか、僕には見当つかないよ」

猫丸先輩は少し困惑したように云う。

勝った！

僕は思わず拳を握りしめた。他の客の目がなかったらガッツポーズをとっているところだ。先輩の、こんな表情が見たかったのだ。

「へへへ、猫丸先輩にも判らないことがあるんですねえ」

「そりゃあるさ、僕だって普通の人間だからな」

「おや、そうですか、普通のってとこが引っかかりますけど」

「何だよそれ、僕が異常だとでも云いたいのかよ」

あからさまに不機嫌になっている。

「へへ、まあいいですよ。順番については先輩のご明察の通りです、それでね、猫丸先輩、そうやって並べ替えたら、その次のステップがあるんですよ」

「へえ、次のステップねえ」

「聞きたいですか」

「そりゃ是非聞いてみたい」

「どうしようかなあ、教えてあげようかなあ」

「おい、そりゃないぞお前さん、ここまできて肝心なこと云わないなんてさ」

足をばたばたさせて猫丸先輩は云う。

どうやらジレンマに陥っているようだ。怒りたくても、僕の気が変わるのを恐れて本気で怒れない――。好奇心旺盛なるがゆえに、こういうじらしはこの人にはこたえる。

僕は大いに気をよくして、

「知りたいですか」

「ああ、知りたい、聞かせろ」

「人にものを頼む時は、それなりの云い方ってのがあると思うんですけど――」

「イヤな男だね、お前さんは、足許見やがって――。判ったよ――頼む、教えてくれ。これでいいんだろ」

やった。この台詞を云わせたかった。

僕は意気揚々とあごに手をやり、

「そうまで云うのなら教えてあげましょう。これはね、実はちょっとした暗号なんですよ。さっきも云いましたけどね、この作品集のテーマはバラバラ、内容も順番も――僕は敢えて全作品をバラバラにしてみたんです。そのバラバラの作品群は、今先輩の云った方法で正しい順番に並べ替えられました。でも、そうなったら今度はそれを繋ぎ留める鎖が必要になってくるとは思いませんか、バラバラのビーズ玉に糸を通すように――。そこでこれらの不統一な小宇宙に秩序をもたらす存在、それが猫丸先輩の役割になっているんですよ。猫丸先輩はすべての物語の探偵役であり、全作に共通する登場人物ですからね。そしてビーズの玉に糸を通す瞬間――つまり猫丸先輩の登場する場面。映画で云えば、猫丸先輩が初めてスクリーンに映る瞬間です。そこに重要な意味が隠されてるんですよ。例えば最初の『空中散歩者の最期』。僕と八木沢が夢の話で盛り上がっていると、猫丸先輩が割り込んでくる――映像ならカメラがパンして、先輩が最初にフレームに入る一瞬ですね。先輩の台詞があり、『猫丸先輩が口を挟んだ』――次の文章です。

『おどけた表情で煙草をくわえて――。』

この一文が重要になってくるんです、覚えといてくださいよ。それから『生首幽霊』では主人公達が酒場で飲んでいて、事件解決のキーワードになる言葉が出ると、猫丸先輩が突然『それだっ』と叫んで話に割り込んでくる。そこの描写です。たまげた主人公が振り返ると、『背中合わせに座っていた若い男が、体を捻ってこっちを見ているのと目が合った』――。ここが猫丸先輩が初めてフレームインする瞬間です。そして次の文――

『ふたり連れの若い男で女っ気はなし。』

と――。このように各作品のその一瞬に、必ずちょっと変な一文が挿入してあるんです。うまく滑り込ませたつもりですけど、文脈が多少不自然になってますから、洞察力のある読者ならきっと発見できると思うんですが――」

「あらまあ、ただ文章がヘタなだけかと思ってた――」

猫丸先輩が呟いたのを、僕は無視して、

「こんな風に各作品の、その重要な一文を抜き出してみます。そして、さっき脇役のバトンリレーでつけた順番に並べ直すと、こうなるわけです――

おどけた表情で煙草をくわえて——。（空中散歩者）25頁

ふたり連れの若い男で女っ気はなし。（生首幽霊）291頁

たいして階段など苦にした様子もなく。（寄生虫館）225頁

理由は判らぬが、ござを平らに見せていたのはカモフラージュ。（河童）117頁

のっそりと落ち着いた動きで舞台に登場した人影のぬし。（一六三人）170頁

見ていなくても麻由は感じた——人の気配を。（約束）82頁

ライトが薄暗いので、私の席からはどんな人なのか判らない。（日曜の夜）361頁

こうしておいて、頭の一文字を右から順に拾い、返す刀で末尾の一文字を左から拾っていくと——

おふた理の見ラいをしュくして——

ね、どうです、

おふたりのみらいをしゅくして——

『お二人の未来を祝して——』

と、まあ、メッセージが出てくる。そういう仕掛けなんです。実は、僕の友人が近々——この本が完成して世に出る頃、結婚する予定でしてね。そのお祝いにしようと思いまして」

「そりゃお前さん——そういうのを公私混同って云うんだぞ」

猫丸先輩は口をあんぐり開け、ぽかんとした顔で僕のあごを見て云った。

「だいたいお前さん、こんな暗号——暗号なんて呼んだら本物の暗号が怒りそうなくらいちゃちなもんだけど——こんな仕掛けを隠してるなんて、どこにも書いてないじゃないかよ」

「だって、ヒントは出しときましたよ、ほら、ちゃんと献辞に」

僕はにやにやして云ってやった。猫丸先輩のお株を奪ったみたいでいい気分だ。

「やれやれ——あのねえ、お前さん。お前さんそうやって得意満面でいるけど、こんなの誰も気がつかないぞ。頭の一文字とか末尾の一文字とか、ビーズの玉とかフレームインとか——そんなデータはどこにも示されてないじゃないかよ。こういうのをな、アンフェアって云うんだ、アンフェアって。何の材料も提示しないで、いきなり結論だけ持ってくるんだから——。なあ、お前さん、こういうこと書いてたら本格ファンに嫌われるぞ。そうでなくってもあの出版社の読者はマニアが多いんだし」

「いいんですよ、別に読み取ってもらわなくっても。これは僕の個人的なメッセージなんですから。公私混同、大いに結構。何とでも云ってください。最初っから解いてもらおうなんて期待してませんよ。披露宴の二次会ででも、僕が直接口頭で暗号を解いてみせればいいだけなんだし――あ、それよりこうした方がいいかな――今のこの先輩との会話、これをそっくり丸ごと最後に入れとくんです。そうすれば誰にでも僕のメッセージを読み取ってもらえる」

「好きにすりゃいいさ」

猫丸先輩は投げやりに云って、煙草に火をつける。そんな先輩のふてくされた態度に満足しながら僕は、

「本編では天才的な探偵能力を発揮した猫丸先輩が、僕のこの些細な暗号ではつまずいて降参した――ね、オチとしてもなかなか面白いと思うんですけど」

「大して面白いとは思わんけどな――。それに僕は別に悔しくも何ともないぞ、こんなアンフェアな暗号解けなくたって、痛くも痒くもない」

この人が負け惜しみを云うのを初めて聞いた。僕はますます嬉しくなって、

「ねえ猫丸先輩、そうやって誰にでも暗号を解析できるように説明を入れとけば、僕の本、ひょっとして売れるかもしれませんよ――バカバカしいけど面白い小説を読んで楽しんでもらって、その上結婚祝いのメッセージまでついている。ね、ちょっと素敵でしょう。結婚式のお祝

いには欠かせないこの一冊——なんてことになって、あちこちの結婚式場で僕の本が飛び交う——引き出物にも使われたりなんかして、式場から大量注文がくる——。そうやって売れたらいいなあ——僕も嬉しいし、版元も喜んでくれる。ついでに印税ががばがば入って——ね、いいでしょう」

しかし猫丸先輩は、お得意の人を喰った顔つきでにやりとして、

「アホか、お前さんは。そりゃお前さんの友人とやらは喜ぶだろうさ、著者から直接お祝いのメッセージをもらうんだから——。だけどな、世間一般の、お前さんの知らない新婚さんにこんなのプレゼントしたら——そりゃ単なる嫌がらせだぞ。だってそうだろう——こんな人死にてんこ盛りの小説。おまけに土左衛門だの寄生虫だの切り裂き魔だのって——縁起悪いって云えばこれほど縁起の悪いプレゼントはないだろうに」

「あ——」

印税ががばがばの夢は、一瞬にして敢えなく崩れる。

「まったくお前さんは、大事なとこで抜けてるな。云っちゃ悪いけど、お前さん——」

猫丸先輩は満面に笑みを湛えて云うのだった。

「この本、売れないぞ」

蛇足
——あるいは真夜中の電話

その電話がかかってきたのは深夜、遅い時間だった。

風の強い夜だった。

アパートの窓の外では電線が、風に震えてひょうひょうと悲鳴のような音を立てている。建てつけの悪いサッシから、夜の闇が冷たい空気を伴って這い込んでくる。

その頃の僕は、僕の初めての本が出版されて、それが書店の店頭に置かれているのを確認して一段落つき——それでも落ち着かない、鉛の玉が胸につかえたみたいなやりきれない気分の毎日を過ごしていたところだった。

僕の初めての本——短編小説七本と、まとめの軽い雑文を最後につけた、連作短編集——僕の初めてで、そしてもしかすると最後になるかもしれない本。

電話のベルが鳴った。

電灯もつけずに、闇の中にぼんやり座っていた僕は、ぎくりとして顔を上げた。

真夜中の電話は、何となく人の不安を駆り立てる。

僕は動揺を抑え、受話器に手を伸ばした。

電話は、猫丸先輩からだった。

「僕だ——読ませてもらったよ」

「あ——ありがとうございます」

胸の内に、もやもやとした黒い渦のような苦いうずきが広がるのを感じながら、僕は猫丸先輩の言葉に答えていた。

「それで、お前さん——一体何を企んでやがるんだ」

猫丸先輩の声は遠く、低く、遙かな夜の深い底からでも聞こえてくるみたいに、僕の耳に暗い響きを伝えてくる。

「あの本で、お前さん、何を云おうとしてるんだよ」

「——何のことでしょうか」

「今さらとぼけることもないだろうよ——お前さんの本の中に出てくる話、確かに僕が推理してお前さんに話してやった通りに書いてあるのもある。でもな、お前さん、意図的に手を加えて、現実をねじ曲げようとしているな」

「何のことだかよく判りませんけど——」

「まだしらばっくれるか。それじゃ、あのマルとサンカクは何なんだよ、こう云やお前さんには判るだろう」

「――」

やはり、猫丸先輩には気づかれてしまっている。

「お前さん、小説の中でパラグラフ替わり――時間経過や場面転換を示すのに○印を使ってるよな。でも一部、三つほど△印を入れている個所がある。それも大抵は物語の最後のパラグラフで、△印の後は全部、『犯人が逮捕された』となっている部分だな――。あれは、この△印の後は作り話ですよ、という合図のつもりなんじゃないか」

「よく判りましたね、まあ、少しでも注意力のある読者だったら気がつくでしょうけどね。つまり僕のやりたかったのは、虚構内虚構のスタイルだったんです。虚構の物語に、虚構の結末がつくという――」

「そうじゃない」

猫丸先輩が鋭く、僕の言葉を遮った。

「そうじゃないんだよ、お前さんがやりたかったのは現実内虚構なんだ。お前さんがあの本の中で扱った事件、あれはみんな現実に起こった事件じゃないか。しかも全部未解決の事件だ」

「――」

「いいか、お前さんの本の最初の話、『空中散歩者』の事件――あれは僕が推理してお前さん達に聞かせてやっただけで、現実には解決していないじゃないか。あれほど世間で騒いだにもかかわらず、実際には未解決の事件なんだ。それから次の公園の凍死事件。あれが殺人で、犯人が逮捕されたなんてニュースは聞いたこともない。つまりあれも未解決の事件なはずだ。そして劇場の毒殺事件――あの事件も証拠不十分でまだ犯人は特定されていないんだよ。それから博物館の撲殺事件、江戸前川のバラバラ死体遺棄、連続通り魔事件――みんな△印から後はお前さんの創作で、どの事件も現実には犯人はまだ捕まっていない事件だ、博物館の時はちゃんとすぐにパトカーが来たぞ――要するにお前さんは、現実のできごとの中に創作を滑り込ませて、現実の未解決の事件がまるで解決しているように見せかけている――どうしてそんなことをしたんだ」

「最初に――断っておいたはずですよ、目次の次のページ辺りで。実在の事件とは関係ないって、著者が――僕自身が保証しておいた」

「だが読者はそうは思わんだろうな――。すぐに見当がつくぞ、ああこの小説はあの事件の話なんだなあ――って。なあお前さん、そうやって現実を歪めて、事実を虚構とごっちゃにして、何をしようとしているんだ」

「――」

「僕が思うに――お前さんは僕を、猫丸という人物を名探偵に仕立て上げたかったんじゃないか。僕にすべての事件を解決させて、『この名探偵がこう推理するなら、本物の事件の真相もきっとこの通りなんだろう』と、そう読者に印象づけたかったんじゃないのか。すなわち、誤った推理で実際の犯人を誤認させ、間違った真相を世の中にアピールするため、そのためにお前さんはこの本を書いたんじゃないか」

「——」

「なあお前さん、お前さんはあのおまけみたいな『誰にも解析できないであろうメッセージ』って文の中で、脇役の重複ってことをしきりに強調してたな。だけどお前さん、どうしてあの文で、もう一人の重複している脇役には触れなかったんだよ」

「——」

どうやら、すべてを見抜かれてしまっているような感触がある。

「なあ、僕には判らないんだよ。お前さん、隠したいのか告発したいのか——どっちなんだよ」

「告発？　何の——ことでしょう」

「僕にはな、お前さんが何か訴えたがっているように思えるんだ。あの作品集を書くことによって、不特定多数の読者に向けて、何かを告白したがっているように思えてならないんだ。だがお前さんは、△印で現実と虚構の境界を曖昧にして韜晦《とうかい》した上、あんな『メッセージ』なんてどうでもいいようなものまで加えて、お前さんの真意を隠そうとしている。あの『メッセージ』は、謂わばストッパーの役目をしているんだろう。これ以上深読みしてもこの作品集には何も隠れていませんよ、この程度の底の浅いものだから、裏読みしないでくださいよ——って、そう誇示するために最後にわざわざあんな中途半端な文章を入れておいたんだろう。だけどお前さんは、そんなストッパーの中でさえ、脇役の重複を強調して、もう一人いる重要な脇役を目立たせようとしている——。矛盾してるよ——工夫を凝らして、お前さんは本当に訴えたいことを隠そうとして、それでいながら、もう片面では何かを大声で叫んでいる。——僕には判らないんだ、本当はどっちなんだよ、隠したいのか、告白したいのか」

「僕が——何を告白したがってると、思うんですか」

「それはつまり——お前さんが犯人だってことを、だ。そうなんだろう、お前さんがやったんだろう——あの博物館の事件は」

「——」

「お前さんは、あの『寄生虫館の殺人』って作品の中で僕に——猫丸という登場人物に推理を述べさせる時、エレベーターは使用不可だって切り捨てさせたな。でもそいつは、別の作品とバランスが取れていない随分雑な、僕らしくない推理じゃないか。あの事件ではエレベーターは一番疑ってかかるべき、重要なファクターなはずだぞ。だのにそれを『使用不可』の一言で僕は切り捨てちまってる。他の作品の猫丸は、そんないい加減な推理はしてないじゃないか。これはお前さん——作者であるお前さんが、エレベーターに読者の注意を向けさせないように、わざとそう書いたんじゃないのか」

「——」

「あの事件の犯人はエレベーターの点検整備員であり、被害者の受付嬢はエレベーターで三階に上がった——こう考えた方が、真相としては遙かに自然じゃないか。フリーライター氏が見たズボンの脚は、やっぱり証言通りに職員氏のもので、受付嬢はエレベーターを使った——こっちの方が理にかなってるだろう。だから犯人は、ライター氏が一階で会った『あごに大きなほくろのある若い男』——すなわちお前さん自身だったんじゃないか——と、僕はそう思う」

「確かに——確かに僕のあごにはほくろがあるし、そういう仕事をしていますよ。でもそれは先輩だから知ってることで、読者は知らないことじゃないですか。不特定多数の読者云々っていうのは、ちょっとおかしいですね」

僕は抗弁したが、その口調はどうしようもなく弱々しいものになっているのを、自分でも感じていた。

「なあお前さん、さっき僕は、少し云ったよな、もう一人重複する重要な脇役がいるって——それがお前さんなんだよ。お前さんは『空中散歩者』と『メッセージ』に『僕』として登場している。それは誰にでも判るよな——そしてお前さんは、『寄生虫館』のエレベーターの整備員としても登場するのを、隠しながらも小出しに暗示するやり方で、はっきり書いているだろう」

「——」

「人はたいがい気になる物に目が行ってしまうものでね——僕の友人に、目尻にほんの小さな傷痕のある男がいるんだけど——僕はその男と話をする時、ついつい無意識にその傷痕を見ながら喋っちゃうんだ。本人も気にしてるらしくて、そいつ自身も目の辺りを無意識に触る癖がある——。な、そんな具合に、人は気になる所を何気なく見てしまうし、手が行ってしまうものなんだ。お前さんもそれを知っていて、作品の中でも使ってるじゃないか——『一六三人の目撃者』の舞台監督氏は、しきりに女優のドレスの胸許ばかり気にして見ているし、『日曜の夜』の『彼』も、よそ見をしないで恋人を生真面目に見つめる。それに全作品において、『見る』『目をやる』『見つめる』『目を逸らす』という、視線の移動を表現する描写が異常に多いのにも僕は気づいている。これは、そうした視線の動きが重要ポイントだと、密かに暗示してるんじゃないか。そして『空中散歩者』と『メッセージ』では、『猫丸先輩』は『僕』のあごを不自然なほど気にしている。

『あごを見て』
『あごの辺りを見て』
『あごの辺りを見ながら』
『あごの辺りを丸い目で見て』

という記述があり、また『僕』自身も、

『あごを撫でた』
『あごに手をやり』
『あごを撫でながら』

と、絶えず自分で触ってもいる。こういう描写が都合七回も出てくるんだよ。普通に考えたら不自然だよな。これは要するに『僕』=〈作者自身〉のあごに何か目立つ特徴があることを示しているというわけだ。それに『メッセージ』では『僕』は『オフィスビルやインテリジェント・ビルを駆け回る仕事』であると明示しているし、『空中散歩者』では『機械と電気には強い僕』に向かって猫丸先輩は『高い低いはお前さんの専門』であると発言している。こうやって様々な要素を積み重ねていって、お前さんは、『あごに大きなほくろのあるエレベーターの整備員』＝『僕』であると、そう読者に語っている——んではないかと僕は思う」

猫丸先輩の言葉が途切れると、外で風がうなるのが耳に甦ってくる。

電線がひょうひょうと鳴いている。

寒さがいちだんと深くなった。

受話器の向こうでしゅっとかすかな音がしたのは、猫丸先輩が煙草に火をつけたのだろう。

「お前さん、どうしてやったんだ——。あの受付嬢、お前さんの何だったんだ」

「——」

「もういいだろう、云っても」

「——恋人、でした。別れた——僕から逃げるように——」

僕は静かに答えていた。

あの日——博物館へ仕事に行って、作業を終えて一階に降りると、受付に彼女が座っていたので僕はひどく驚いたものだ。

彼女はその数ケ月前、僕から逃げるようにして、理由も告げず逃げるように——勤めも替え、アパートもこっそり引きはらい、僕の前から消えてしまった。

あの一階ロビーで云い争いになり、彼女があまり騒ぎ立てるので僕は咄嗟にエレベーターの中に引っぱり込んだ。暴れた彼女の手が三階のボタンに触れ、そしてドアが開いて逃げようとした彼女を僕は——。

その時の僕は逆上し、完全に前後の見境を失くしていた。

凶器に使ったスパナを工具箱にしまっている時に、フリーライターが降りてきたのには僕も肝を潰した。だがうまくその場を取り繕って、僕は殺人現場から遠ざかったのだった。

あの階上に猫丸先輩がいたなんて、後で聞かされるまで知りもしなかった。

もちろん現場に居合わせた者として、後日警察の調べは受けた。しかし僕が思っていたほどの追及はしてこなかった。

それから僕は、今日警察が来るか明日は逮捕されるかと、戦々兢々の日々を過ごしたのだが、結局今でも、こうして自由の身でいる。

しかし、僕には重すぎた。

殺人を犯した、この手で人を殺した重圧に耐えきれなくなった。

だからこうして、不特定多数の読者の審判を仰ぎたくてこの本に僕の罪の告白を織り込んだのだ。勇気がなくてこんな回りくどい告白の仕方しかできなかったけれど——。

「先輩——猫丸先輩、僕は、どうしたらいいんでしょう。もう、限界です、これ以上支えきれない——耐えられないんです。——教えてください、僕はどうしたらいいんでしょう。自首して責任をとるべきか、それとも自殺でもして罪を清算するべきか——教えてください、僕はどうしたらいいんですか」

しばらくの沈黙の後、猫丸先輩は僕の問いかけに答えを与えてくれた。

解説

小野不由美

本作は倉知淳氏のデビュー作にあたる、と言ってもいいと思う。倉知氏の作品が商業誌上に初お目見えしたのは、『五十円玉二十枚の謎』（創元推理文庫刊）で若竹賞を得た解決編だということになるのだろうが、これは筆名も違っているわけだし、デビュー短編と呼ぶのには、いささか戸惑いが残る。かの解決編を契機にして本作でデビューしたと言ったほうが適切なのではないかと思う。

氏はこのデビュー作となる連作短編集以後、初の長編『過ぎ行く風はみどり色』、第二の連作短編集『占い師はお昼寝中』（以上、創元推理文庫刊）、第二の長編『星降り山荘の殺人』（講談社文庫刊）と順調に作品を上梓、本格ミステリの書き手としての評価も高く、倉知ファンとでも言うべき、熱心な固定客もいるようだ。新作を心待ちにしている読者も少なくはないことだろう（かくいう私もそのひとり）。すでに本格ミステリの中で地歩を築いていると言ってもいいと思う。とはいえ、このたびデビュー作が文庫化されて、さらに多くの読者の目に触れるチャンスを得たのは、まことに目出度いことである。
そういうわけで、頑張ってください。新作、心から待っています。

……と言って締めてしまいたい気持ちでいっぱいである。

人間、安請け合いはするものではない。私はそもそも倉知氏のファンだし、高く評価もしている。本作も非常に気に入っている。本音で褒めればいいわけだし（別に解説だから褒めなくてはいけないというものでもないだろうが）、解説なんて楽勝だい、と思ったのは我ながら甘かった。倉知氏の作品が、こんなに褒めにくいとは思わなかった、というのが正直なところだ。とはいえ、決して褒めるところがないから褒めにくいのではない。ここは充分に御理解をいただきたい。たとえば、以下のように言って褒めることは簡単なのだ。

倉知氏の作品の魅力は、まず第一にその登場人物にある。魅力的で、しかも存在感のある登場人物たち。人間が非常によく描かれており、しかも本格ミステリとしても美しく、楽しい。

——これは掛け値なしの本音なのだが、さて、このように書いて、これを「これも仕事だから褒めておかんとね」的な提灯解説と、いったいどう見分けろというのだろうか。

……おかしい。きちんと読み込んで、作品の持つ優れた点を正当に評価してみただけなのに、どうしてこう嘘くさく、安易な匂いがしてしまうのだろう。

思うに、倉知氏の作風というのは、非常に正統派なのだ。だから褒めると嘘臭くなる。それを正面から突破しようとして、いかにキャラクター造形が上手く、それを表現する力に優れているか、倉知氏のように描くことが、実はどれだけ難しいことかを述べようとすれば、話は複雑な小説上の技術論に及んでしまう。そういうキャラクターの造形と、本格ミステリとしての良さを並び立てることが、いかに困難なことかを述べようとすれば、話はミステリとは何か、その中でも本格とは何で、どうして倉知氏の資質が希有なものだということになるのかを解き明かさねばならない。しかもその「本格」という語の定義すら、未だに公には確定していないありさまで、まずは「本格」とは何なのか、定義を試みるところから始めなくてはならない。

……悪戦苦闘した結果、それをやるには枚数も足りず、何よりも解説者の能力が足りないという結論に達した。こうなれば仕方ない、正直に言いたいことだけ言って、とにかく作品を読んでください、とお願いするしかないであろう。

というわけで。

倉知淳作品の魅力は、まず登場人物の造形の上手さにある。キャラクターは魅力的で、共感しやすい。人物を描くことが上手いのだ。とはいえ、一口に「人物を描く」と言ってもその内実はいろいろだし、それが「上手い」と言っても、上手さにもいろいろある（このへん、委細は省略）。

倉知氏の場合は、なによりも作者の観察眼が優れている。現実にいる「人間」というものを観察する力が卓越しているのだ。偏った先入観なしにありのままの人間を受け入れて、それを造形物として還元することができる。

——と、そのように言えば簡単なようだが、まず先入観なしにありのままの人間を観察すること自体、実は非常に難しい。我々の認識は、さまざまな先入観や固定観念によって歪められており、それを離れてしまうことが難しいのだ。

人間というものは実に複雑な多面体で、本人自身、自分自身というものを知らないことが圧倒的に多い。人間は自分の置かれた状況によって社会的役割としての自分というものを演じ分けるものだし、得てしてそういう自分に気づいていない。人間は自分自身をいくらでも騙す。本人が「自己」としてアピールする自己イメージは、他者が冷静に本人を観察した場合の客観的な像とずれており、そうやって他者が捕まえた像は、あくまで外側から観察者が見て取ったものに過ぎず、さりとて本人と他者が手を携え、理性を総動員して観察したところで、環境が変わればすぐさま人格の別の面が現れる。

人間とはかくも複雑怪奇な混沌としたものだが、そういう混沌を無秩序なまま受け入れることは難しいのだ。我々は混沌に何らかの秩序を見つけ、意味を付与しようとする。そのときに観察者自身の持っている先入観や固定観念から完全に逃れることはほとんどできない。そして、にもかかわらず、「逃れられない自分」というものを自覚していないことが多いのである。

倉知氏が優れているところは、おそらくは「逃れられない自分」というものを充分以上に自覚していることなのだと思う。だからこそ、非常に優れた観察者であり得る。そしてまさしく、混沌とした人間というもの、それを混沌としたまま受け入れることができず、無意識のうちに先入観や固定観念で読み解き、秩序立てて受け入れようとする人間の性、その部分で「仕掛けてくる」。

倉知氏の観察眼は素晴らしい。それを生かしてキャラクターとして還元し、表現する力にも優れている。そればかりではなく、現象を――ことに人間を――ありのままに観察しようとしてもできない人間というものを仕掛けの一部にがっちりと組み込んで、ミステリそのものを造作している。だから、倉知氏がしっかりと人間というものを描こうとすること、キャラクターの魅力を引き出し、存在感を出そうとする行為は、ミステリにとって余剰でもなければ装飾でもない。倉知流ミステリにとっては、絶対に不可欠な仕掛けの一部なのである。

いわゆる「新本格」に対する批判として、「人間が描けていない」というのは、言われ尽くしたことだ。実際のところ、本格ミステリたらんとして、「人間を描くこと」を切り捨てざるを得ないことが確かにある（このへんも委細は省略）。この批判に対して、「人間を描く」ことに筆を割いて応えようとする作家もいるが、これは「ミステリでありつつ、なおかつ可能な限り、人間も描く」という行為であって、両者の要素を共に作品の中に取り込もうとすることに他ならない。AとBと両方の混合体であろうとすることと、ABの融合体であろうとすることとは、根本的に別物なのだと思う。

倉知氏が模索している方向性は、混合体ではなく融合体たらんとする方向であり、そのために実に有効な方法論をすでに倉知氏は手にしており、実際のところ、作を追うごとにそれは確実に完成度を高めていると思う（このへんも委細はネタバレになるので割愛）。作を追うごとに、倉知氏の方法論を学ぶなら、二作目以降を読むよりも、本作を読むほうが分かりやすい。

倉知氏が手慣れてくるので、「そこで何が行われているのか」がどんどん見えにくくなっていくのである。

私は倉知氏をそのように評価している。だから、倉知淳は本格にとって大きな収穫のひとつだと思うのだ。独自の方法論を提示して本格の可能性を押し広げたところが、何にも増して優れている。そして、「収穫だ」と思う理由はもうひとつある。

倉知氏の作風は前にも言ったように、非常に正統派なのだ。いわゆる新本格の面々とその作品を見渡してみると、意外にコアの本格を真っ直ぐに射抜く作品は少ない。誰もが本格というものを熟知しているために、どうも変化球を狙うところがあって、オーソドックスな作品は、その数が少ないし、そもそも作風からしてオーソドックス、という作者はもっと少ない。

だが、それでいいのだろうか、とも思うのだ。私は自分も書き手だから、つい正統派の直球よりも変化球に走ってしまいがちな作者の心情は痛いほど分かる。直球を投げることは、実はとても怖いことなのだ。しかしながら、そうやって変化球に走った結果、本格のもっともコアになる部分がもっとも薄い、というのは、何とも寂しい話だよな、という気がする。だから倉知氏の存在が嬉しく、頼もしい。

倉知淳は二重の意味で、本格ミステリにおける大きな収穫である。——私はそう思っている。

（一九九七年十二月）

新版刊行によせて

この作品は私の実質的なデビュー作ということになる。

細かいことをいえば、本作が刊行される前年に短編が一本、雑誌に掲載されたことがあったり、アンソロジーに〝解決編だけ〟の文章が載ったりしたこともあるので、それをもってデビューということもできるのだけれど、一般的に考えて、本を一冊丸々書き下ろして出版した時点でデビューとしたほうが区切りがよさそうだ。

だから本作をもって倉知淳はデビューした、ということでいいだろう。

デビューに至る経緯などは『私がデビューしたころ』(東京創元社刊)という本の中で事細かに語っているからここでは詳細は割愛する。ただ、大方の新人のように新人賞を受賞して華華しく世に出ました、という段取りではなかったことは強調しておこう。

とにかく私は、新人賞を獲《と》るでもなく、何となくずるずるっと出てきてしまったのだ。本当に、ちゃっかりひょっこり出ちゃったわけである。

なので、作家としての自覚が甚《はなは》だしく乏しい。自分が作家であると、ほとんど思っていない。大抵は新人賞を獲得してデビューするものなので、作家になるきっかけがはっきりしていることと思う。受賞の報せを受けた時、授賞式で賞状をもらった時、受賞作とオビに書かれた本が出た時、「ああ、俺は作家になったんだな、これから良い作品をたくさん書こう」などと思って意識が切り替わったりするものだろう、多分。

でも、そういうきっかけがついぞなかった私は、ああ自分は作家になったんだな、と感慨に浸ったりする時間がなかった。なにせ、ずるずるっと出てきたわけだから、自分の中で気持ちを整理する機会もなく、意識の切り替えができていない。作家になったと自覚する暇がなかったわけだ。おまけに悪いことに、まともに就職したことが一度もなくアルバイトなどでその日暮らしみたいな生活をしており、そこから何となくずるずるとミステリを書く生活にスライドしちゃったものだから、余計にそんな自覚を持つきっかけがなかった。

そのせいで、自分が作家であるという自覚がまるっきりないのに小説を書いているという、実に無責任かつ中途半端な人間が出来上がってしまったわけである。

何だか非常に申し訳ない。

あ、そうそう、申し訳ないといえば、ひとつ思い出したことがある。

本書を執筆中の時期のエピソードだ。

その日、私は飯田橋にある東京創元社さんのビルにいた。実は、本書の執筆時には割と頻繁にそこを訪れていたのだ。出版社の建物に入るという体験が物珍しくて面白く、それほど急ぎの用事があるでもないのに（ゲラの受け渡しとかちょっとした打ち合わせとかで）ちょくちょく出入りしていた。その際、編集部の部屋を横切ったのだが、その時、見てしまったのだ。その段ボール箱を。

段ボール箱には、大判の封筒が数十、ぎっしりと詰まっていた。封筒を立たせて詰めてあるので、封筒の頭が箱から飛び出して蓋が閉まらない状態だった。だから箱の中身がみっちり詰まった封筒だと確認できたわけである。そんな段ボール箱が三つほどあっただろうか。封筒はひとつひとつ、それぞれ色もサイズも厚みもまちまちで、まとまりがなかった。だからこそ、それを見てピンときた。好奇心に駆られて聞いてみる。

「あの、ひょっとしたらこの封筒の山は」

「ええ、今年の鮎川賞の応募作ですよ。これから開封するんです」

と、編集部の人が答えてくれた。

そう、それは全国から集まった新人賞の応募原稿が詰まった箱だったのである。

途端に、その段ボール箱から何やらオーラのようなものが立ちのぼってくるのが見えるような気がしてきた。何十何百という応募者から送られてきた原稿の封筒。それがぎっちり詰まった段ボール箱。新人賞がほしい、この原稿でデビューしたい、世に出たい本を出したい、俺の小説を読んでくれ認めてくれ、という、強い願望の集積がオーラとなってゆらゆらと立ちのぼっているように見えてしまったのである。

もちろん、そんなのは気のせいだ。そんなものが目に見えるはずがない。しかし、これからちゃっかりひょっこりデビューしようしている私には負い目のようなものがあったからだろう、賞を獲りたいという多くの人達の強烈な願いが、幻影となって見えたように感じてしまったのかもしれない。だからその段ボール箱を前にして、とても肩身が狭いような、いたたまれない気分になったのだ。あの時の面目ない気持ちを、今でもはっきりと記憶している。世の中にはこうして新人賞ルートでデビューを狙っている人がこんなにいるのに、ズルみたいに横入りしてあっさりちゃっかり本を出してしまっていいのだろうか、と申し訳なさでいっぱいになったものだ。

だからこそデビュー作となる本書は精一杯、我武者羅《がむしやら》に書いた。何も考えずに、必死に書いた。人に読んでもらおうということを考える余裕もなかった。一ヶ月で短編を三本と、まとめの短文をふたつ、一気に書いたのだから、今思えば驚異的なスピードだった。人間、追い込まれれば思ってもみない力が出せるものなのだなあ、と他人事《ひとごと》みたいに思う。今それをやれと云われても、できないだろう、絶対に。

とまあ、そんなこんなでこの一冊を書いてデビューしたというところへ繋《つな》がるのだが、さっきも云ったけれど、作家になったという自覚は相変わらず、ない。今でもない。

年ばかり食ってしまったけれど、これればかりはどうしようもない。だって、そんなきっかけがなかったんだもん。ずるずるとデビューして、そのままずるずるっとミステリを書く生活に移行しただけだから、おお自分は作家になったのだぞ、と感じる瞬間がまるでなかったのだ。今でも気分的には、いいとこ駆け出しの新人か無名のぺーぺー程度。プロの作家になった気はいまだにしない。ああ早く一人前の作家というものになってみたいものであるなあ、などと思ったりする。まったくお恥ずかしい限りなのだけど、これればっかりは仕方がない。

だから毎年、鮎川賞の受賞お祝いパーティーに潜り込むと（いや、別に本当に潜入しているわけではなく一応正式に招待されているのだが、作家としての自覚ゼロなので出席するのがどこか後ろめたいのだ）本物の作家さんを見かけてドキドキする。〝ミステリ・フロンティア〟辺りで書いている若い作家さんなんかとすれ違うと、おお本職の作家さんがいるっ、と思ってワクワクしてしまう。こっちのほうが二十も三十も年上だったりする場合もあるが、年齢差など関係ない。相手はプロの作家さんであり、こちらは無名のぺーぺーだ。ミーハーな心持ちで嬉《うれ》しくなって当然だろう。毎年、楽しくって仕方がない。プロの作家さんを目撃する機会などめったにないからね、いつも新鮮な気持ちでいられるのである。

かように、プロとしての自覚がいつまでも持てないでいるわけだ。だからこれまで、自ら作家であると名乗ったことは一度もない。本当に、ない。たまに雑誌のアンケートなどに答えると、肩書きを勝手に〝作家〟と書かれていたりして、ちょっとムッとしたりする。誰が作家やねん、こちとらそんな大それた者じゃねえぞ、と。いや、そんなことでカチンとくるほうが間違っているのは重々承知しているのだけど。

さて、デビューして四半世紀を経過し、こうしてデビュー作の文庫が新版として出る今に至っても、作家になった自覚がまるっきりないのは、我ながら問題があると感じてはいる。ダメだろおっさん、しっかりしろよ、とも思う。誠に申し訳ないことだとも判っている。でもねえ、こればっかりは気持ちの問題だからどうにもならないんだよねえ。

まあ、これから追い追い、そういう気分になってくるかもしれないから、気長に待とう、と当人は至って呑気《のんき》に構えている。いつかそのうち、作家になった気になるだろう。そうなればプロ意識も芽生え、もっとハイクオリティな小説をたくさん書けるようになるに違いない。そんな日が来ることを信じて、今日もせっせと原稿用紙に向かう私なのである。

倉知淳

著者紹介　1962年静岡県生まれ。日本大学芸術学部演劇学科卒業。93年『競作 五十円玉二十枚の謎』で若竹賞受賞。2001年、『壺中の天国』で第1回本格ミステリ大賞を受賞。著書に『幻獣遁走曲』『ほうかご探偵隊』『皇帝と拳銃と』『片桐大三郎とXYZの悲劇』などがある。

日曜の夜は出たくない

1998年1月30日　初版
2018年1月12日　11版
新版　2019年1月31日　初版
2025年2月14日　再版

著者　倉《くら》知《ち》淳《じゅん》

発行所　（株）東京創元社
代表者　渋谷健太郎

162-0814 東京都新宿区新小川町1-5
電話　03・3268・8231-営業部
　　　03・3268・8201-代表
URL　https://www.tsogen.co.jp
組版　フォレスト・暁印刷
印刷・製本　大日本印刷

乱丁・落丁本は、ご面倒ですが小社までご送付ください。送料小社負担にてお取替えいたします。

ISBN978-4-488-42121-2　C0193

泡坂ミステリの出発点となった第1長編

THE ELEVEN PLAYING-CARDS◆Tsumao Awasaka

11枚のとらんぷ

泡坂妻夫

創元推理文庫

◆

奇術ショウの仕掛けから出てくるはずの女性が姿を消し、
マンションの自室で撲殺死体となって発見される。
しかも死体の周囲には、
奇術小説集「11枚のとらんぷ」で使われている小道具が、
毀されて散乱していた。
この本の著者鹿川は、
自著を手掛かりにして真相を追うが……。
奇術師としても高名な著者が
華麗なる手捌きのトリックで観客＝読者を魅了する、
泡坂ミステリの長編第１弾！
解説＝相沢沙呼

からくり尽くし謎尽くしの傑作

DANCING GIMMICKS◆Tsumao Awasaka

乱れ からくり

泡坂妻夫

創元推理文庫

◆

玩具会社部長の馬割朋浩は、
降ってきた隕石に当たり命を落とす。
その葬儀も終わらぬ内に、
今度は彼の幼い息子が過って睡眠薬を飲み死亡。
更に馬割家で不可解な死が連続してしまう。
一族が抱える謎と、
「ねじ屋敷」と呼ばれる同家の庭に造られた、
巨大迷路に隠された秘密に、
調査会社社長・宇内舞子と新米助手・勝敏夫が挑む。
第31回日本推理作家協会賞受賞作にして、不朽の名作。
解説＝阿津川辰海

泡坂ミステリのエッセンスが詰まった名作品集

NO SMOKE WITHOUT MALICE◆Tsumao Awasaka

煙の殺意

泡坂妻夫

創元推理文庫

◆

困っているときには、ことさら身なりに気を配り、紳士の心でいなければならない、という近衛真澄の教えを守り、服装を整えて多武の山公園へ赴いた島津亮彦。折よく近衛に会い、二人で鍋を囲んだが……知る人ぞ知る逸品「紳士の園」。加奈江と毬子の往復書簡で語られる南の島のシンデレラストーリー「閏の花嫁」、大火災の実況中継にかじりつく警部と心惹かれる屍体に高揚する鑑識官コンビの殺人現場リポート「煙の殺意」など、騙しの美学に彩られた八編を収録。

収録作品＝赤の追想，椛山訪雪図，紳士の園，閏の花嫁，煙の殺意，狐の面，歯と胴，開橋式次第

ミステリ界の魔術師が贈る傑作シリーズ

泡坂妻夫

創元推理文庫

◆

亜愛一郎の狼狽
亜愛一郎の転倒
亜愛一郎の逃亡

雲や虫など奇妙な写真を専門に撮影する
青年カメラマン亜愛一郎は、
長身で端麗な顔立ちにもかかわらず、
運動神経はまるでなく、
グズでドジなブラウン神父型のキャラクターである。
ところがいったん事件に遭遇すると、
独特の論理を展開して並外れた推理力を発揮する。
鮮烈なデビュー作「DL2号機事件」をはじめ、
珠玉の短編を収録したシリーズ3部作。

記念すべき清新なデビュー長編

MOONLIGHT GAME ◆ Alice Arisugawa

月光ゲーム
Yの悲劇'88

有栖川有栖
創元推理文庫

◆

矢吹山へ夏合宿にやってきた英都大学推理小説研究会の
江神二郎、有栖川有栖、望月周平、織田光次郎。
テントを張り、飯盒炊爨に興じ、キャンプファイアーを
囲んで楽しい休暇を過ごすはずだった彼らを、
予想だにしない事態が待ち受けていた。
突如山が噴火し、居合わせた十七人の学生が
陸の孤島と化したキャンプ場に閉じ込められたのだ。
この極限状況下、月の魔力に操られたかのように
出没する殺人鬼が、仲間を一人ずつ手に掛けていく。
犯人はいったい誰なのか、
そして現場に遺されたYの意味するものは何か。
自らも生と死の瀬戸際に立ちつつ
江神二郎が推理する真相とは？